SETE
MENTIRAS

ELIZABETH KAY

SETE MENTIRAS

TRADUÇÃO
Regiane Winarski

Copyright © 2020 by Elizabeth Kay

Grafia atualizada segundo o Acordo Ortográfico da Língua Portuguesa de 1990, que entrou em vigor no Brasil em 2009.

Título original
Seven Lies

Capa
Hannah Wood

Preparação
Natália Pacheco de Souza

Revisão
Clara Diament
Renata Lopes Del Nero

Dados Internacionais de Catalogação na Publicação (CIP)
(Câmara Brasileira do Livro, SP, Brasil)

Kay, Elizabeth
    Sete mentiras / Elizabeth Kay ; tradução Regiane Winarski. — 1ª ed. — Rio de Janeiro : Suma, 2021.

    Título original: Seven Lies
    ISBN 978-85-5651-115-7

    1. Ficção de suspense 2. Ficção inglesa I. Título.

21-56614   CDD-823

Índice para catálogo sistemático:
1. Ficção de suspense : Literatura inglesa   823

Maria Alice Ferreira – Bibliotecária – CRB-8/7964

[2021]
Todos os direitos desta edição reservados à
EDITORA SCHWARCZ S.A.
Praça Floriano, 19, sala 3001 — Cinelândia
20031-050 — Rio de Janeiro — RJ
Telefone: (21) 3993-7510
www.companhiadasletras.com.br
www.blogdacompanhia.com.br
facebook.com/editorasuma
instagram.com/editorasuma
twitter.com/editorasuma

*Para Anne e Bob Goudsmit
ou, como eu sempre os conheci,
Mamãe e Papai*

A PRIMEIRA MENTIRA

1

— E foi assim que conquistei o coração dela — disse ele, sorrindo. Encostou-se na cadeira, colocou as mãos atrás da cabeça e expandiu o peito. Ele era sempre tão arrogante.

Ele me olhou, depois para o idiota sentado ao meu lado e para mim de novo. Estava esperando que respondêssemos. Queria ver os sorrisos no nosso rosto, sentir nossa admiração, nosso respeito.

Eu o odiava. Odiava de uma forma completa, ardente, bíblica. Odiava o fato de ele repetir aquela história cada vez que eu vinha jantar, às noites de sexta. Não importava quem eu levava junto. Não importava com qual degenerado eu estivesse saindo na ocasião.

Ele sempre contava essa história.

Porque essa história era seu maior troféu. Para um homem como Charles — bem-sucedido, rico, encantador —, uma mulher linda, inteligente e vibrante como Marnie era a melhor medalha da coleção. E como se alimentava do respeito e da admiração das pessoas, e talvez porque não recebia isso de mim, ele arrancava então dos outros convidados.

O que eu queria mas nunca consegui responder é que o coração de Marnie nunca esteve disponível para ele conquistar. Para sermos sinceros, e finalmente estou sendo, um coração não pode ser conquistado. Só pode ser doado, só pode ser recebido. Não se pode persuadir, seduzir, mudar, silenciar, roubar, endurecer, pegar um coração. E certamente não se pode conquistar um coração.

— Creme? — perguntou Marnie.

Ela estava parada ao lado da mesa de jantar, segurando uma jarra branca de cerâmica. O cabelo estava bem preso acima da nuca, com cachos soltos em volta da bochecha, e o colar estava virado, o fecho ao lado do pingente, ambos sobre o esterno.

Balancei a cabeça.

— Não, obrigada.
— Você não — respondeu ela e sorriu. — Sei que você não.

Quero contar uma coisa agora, antes de começarmos. Marnie Gregory é a mulher mais impressionante, inspiradora e surpreendente que conheço. Ela é minha melhor amiga há mais de dezoito anos — nosso relacionamento já é maior de idade; podemos beber, casar, apostar dinheiro —, desde que nos conhecemos no fundamental II.

Era nosso primeiro dia, e estávamos formando uma fila de crianças de onze anos, indo na direção de uma mesa na outra ponta do corredor longo e estreito. Havia grupos amontoados em intervalos, como ratos em uma cobra, avolumando a organizada fila indiana.

Eu estava ansiosa, ciente de que não conhecia ninguém, me preparando psicologicamente para ficar sozinha e solitária pela maior parte de uma década. Olhei para os grupos e tentei me convencer de que não queria ser parte de nenhum deles mesmo.

Dei um passo longo demais, avancei rápido demais e pisei no calcanhar da garota à frente. Ela se virou. Entrei em pânico; tinha certeza de que seria humilhada, ouviria gritos, seria diminuída na frente dos meus colegas. Mas o medo se dissipou assim que a vi. Parece ridículo, eu sei, mas Marnie Gregory é como o sol. Foi o que pensei naquela ocasião; penso muitas vezes agora. A pele dela é chocantemente branca, um creme de porcelana temperado ocasionalmente com bochechas rosadas, como depois de fazer atividade física ou quando ela está muito exultante. O cabelo dela é castanho avermelhado, preso em espirais de ruivo e dourado, e os olhos são de um azul pálido quase branco.

— Desculpe — falei, dando um passo para trás e olhando para baixo, para os meus sapatos novos e brilhantes.

— Meu nome é Marnie — disse ela. — Qual é o seu?

Esse primeiro encontro é símbolo de todo o nosso relacionamento. Marnie tem um jeito aberto, um tom caloroso e amoroso. Ela é despretensiosamente confiante, destemida e alheia a qualquer preconceito que você possa levar para a conversa. Já eu sou intensamente ciente. Tenho medo de qualquer animosidade em potencial e estou sempre esperando o que sei que acabará vindo. Estou sempre esperando ser ridicularizada. Na época, eu tinha medo de críticas às espinhas na minha testa, ao meu cabelo sem vida, ao meu uniforme grande demais. Agora, ao tom da minha voz, à forma como ela treme, às minhas roupas — confortáveis e raramente atraentes —, ao meu cabelo, aos meus tênis, às minhas unhas roídas.

Ela é luz enquanto sou escuridão.

Eu sabia naquela época. Agora, você vai saber também.

— Nome? — perguntou a professora de blusa azul, que estava de pé atrás de uma mesa à frente da fila.

— Marnie Gregory — disse ela, tão firme e segura.

— E... F... G... Gregory. Marnie. Você está naquela sala ali, a que tem o C na porta. E você... — continuou ela. — Quem é você?

— Jane — respondi.

A professora ergueu o rosto da folha de papel e revirou os olhos.

— Ah. Desculpe. É Baxter. Jane Baxter.

Ela consultou a lista.

— Com ela. Ali. A porta que tem um C.

Algumas pessoas poderiam argumentar que foi uma amizade de conveniência e que eu teria aceitado qualquer tipo de gentileza, de afeto, de amor. E talvez seja verdade. Nesse caso, eu poderia responder que fomos destinadas a ficar juntas, que nossa amizade foi escrita nas estrelas, porque, mais à frente no nosso caminho, ela precisaria de mim também.

Parece besteira, eu sei. Deve ser mesmo. Mas às vezes eu podia jurar que não.

— Sim, por favor — disse Stanley. — Aceito creme.

Stanley era dois anos mais novo do que eu e um advogado com vários diplomas. Tinha um cabelo louro-branco que caía nos olhos, e sorria o tempo todo, muitas vezes sem motivo aparente. Ele conseguia falar com as mulheres, diferentemente da maioria dos seus colegas, talvez como resultado de uma infância cercada de irmãs. Mas era fundamentalmente chato.

Não foi nada surpreendente que Charles parecesse estar gostando da companhia dele. O que me fez desgostar de Stanley ainda mais.

Marnie passou a jarra por cima da mesa, apertando a blusa contra a barriga. Ela não queria que o tecido (seda, acho) tocasse na tigela de frutas.

— Mais alguma coisa? — perguntou ela, olhando para Stanley, depois para mim e depois para Charles.

Ele estava usando uma camisa listrada de azul e branco, com os botões de cima abertos, de modo que um triângulo de pelos pretos surgia entre as bordas do tecido. Os olhos dela pararam lá por um momento. Ele balançou a cabeça, e a gravata, desfeita e pendurada em volta do pescoço, escorregou mais para a esquerda.

— Perfeito — disse Marnie, sentando-se e pegando a colher de sobremesa.

A conversa foi, como sempre, dominada por Charles. Stanley podia acompanhar, incluindo seus sucessos sempre que possível, mas eu estava entediada e acho que Marnie também. Nós duas estávamos encostadas na cadeira, tomando o resto do vinho, absortas nas conversas fantasiosas que se desenrolavam em nossos pensamentos.

Às dez e meia, Marnie se levantou, como sempre fazia às dez e meia, e falou:
— Certo.
— Certo — repeti. Levantei-me também.

Ela pegou as quatro tigelas na mesa e as empilhou na curva do braço esquerdo. Uma gotinha de sumo rosa de uma framboesa que sobrou em um dos pratos manchou o branco da sua blusa. Peguei a tigela de frutas agora vazia, que ela mesma tinha feito em uma aula de cerâmica alguns anos antes, e a jarra de creme e fui atrás dela até a cozinha, nos fundos do apartamento.

Aquele apartamento — o apartamento deles — foi o testemunho do relacionamento deles. Charles pagou a entrada vultosa, como pagava pela maioria das coisas, mas por insistência de Marnie. Ela soube na mesma hora que o apartamento tinha sido feito para eles, e você não vai se surpreender ao saber que persuasão sempre foi uma coisa muito natural para Marnie.

Quando eles se mudaram, não era grande coisa: pequeno, escuro, imundo, úmido, espalhado em dois andares e nem um pouco bem cuidado. Mas Marnie sempre foi uma visionária; ela vê coisas onde os outros não conseguem. Ela encontra esperança nos lugares mais sombrios — absurdamente, em mim — e acredita que vai chegar a algo ótimo. Sempre invejei essa autoconfiança. Para Marnie, vem de um lugar de teimosia. Ela não tem medo do fracasso, não por nunca ter falhado, mas porque o fracasso sempre foi um desvio, uma pequena distração, em uma viagem que acabou sempre levando ao sucesso.

Ela trabalhou incansavelmente — à noite, nos fins de semana, usando todas as férias — para construir uma coisa bonita. Com suas mãozinhas, arrancou papel de parede, lixou portas, pintou armários, ajeitou tapetes, instalou piso de madeira, costurou persianas... Tudo. Até que aqueles aposentos passaram a emitir o mesmo calor que ela; uma confiança tranquila, uma sensação de lar reconhecível, mas indefinível.

Marnie colocou as tigelas na lava-louças, deixando um espaço entre elas.
— Ficam mais limpas assim — disse.
— Eu sei — respondi, porque ela dizia a mesma coisa todas as semanas, porque eu fazia o mesmo barulho, um pequeno grunhido, todas as semanas, porque parecia um desperdício de água para mim.
— As coisas estão indo bem com Charles — disse ela.

Um arrepio subiu pela minha espinha, me empertigando, forçando ar aos meus pulmões.

Só tínhamos falado sobre o relacionamento deles uma vez antes, e foi uma conversa carregada pela história longa e complicada de uma amizade muito antiga.

Desde então, só falamos disso em termos muito práticos: os planos deles para o fim de semana; a casa que eles podem comprar, um dia, bem longe dos limites de Londres; a mãe dele, que tem câncer, está morando na Escócia e sofrendo uma morte lenta, dolorosa e solitária.

Não discutimos, por exemplo, o fato de que eles estavam juntos havia três anos e que vários meses antes eu descobri, inesperadamente — e eu sei que não devia ter procurado —, escondida na mesa de cabeceira de Charles, uma aliança de diamantes. Também não discutimos o fato de que, mesmo sem a aliança, eles estavam caminhando para um compromisso permanente que os uniria para sempre, de uma forma que, mesmo depois de quase vinte anos, Marnie e eu nunca fomos.

Nós não discutimos o fato de que eu o odiava.

— Sim — respondi, porque fiquei com medo de que uma frase completa, talvez até uma palavra de duas sílabas, jogasse nossa amizade no caos.

— Você não acha? — disse ela. — Não acha que as coisas parecem boas para nós?

Assenti e virei o resto do creme da jarra de volta no recipiente de plástico do supermercado.

— Você acha que somos certos um para o outro, não acha? — perguntou ela.

Abri a porta da geladeira e me escondi atrás dela, devolvendo, devagar, muito devagar, o creme à prateleira de cima.

— Jane? — perguntou ela.

— Acho — respondi. — Acho, sim.

Essa foi a primeira mentira que contei para Marnie.

Agora, fico pensando, assim como na maioria dos dias: se eu não tivesse contado a primeira mentira, contaria todas as outras? Gosto de dizer para mim mesma que a primeira mentira foi a menos importante de todas. Mas, ironicamente, isso é mentira. Se eu tivesse sido sincera naquela noite de sexta, tudo poderia ter — tudo teria — sido diferente.

Quero que você saiba disso agora. Achei que estivesse fazendo a coisa certa. Amizades antigas são amarradas como cordas velhas, gastas em algumas partes e grossas e volumosas em outras. Eu tinha medo de que aquele fio do nosso amor fosse fino demais, puído demais, para aguentar o peso da minha verdade. Porque claro que os fatos — de que eu nunca tinha odiado ninguém como o odiava — teriam destruído nossa amizade.

Se eu tivesse sido sincera, se tivesse sacrificado nosso amor pelo deles, Charles quase certamente ainda estaria vivo.

A SEGUNDA MENTIRA

2

Essa é a minha verdade. Não pretendo soar tão dramática, mas acho que você merece conhecer essa história. Acho que acredito que você precisa conhecer essa história. É tão sua quanto é minha.

Charles está morto, sim, mas essa nunca foi minha intenção. Na verdade, nunca me ocorreu que sua presença pudesse ser algo além de dolorosa e permanente. Ele era uma daquelas pessoas opressoras, dominadoras: a voz mais alta, os gestos mais grandiosos, mais alto e mais largo e mais forte e melhor do que qualquer pessoa presente em qualquer lugar. Poderíamos até dizer que ele era maior do que a vida, o que agora, claro, parece meio irônico. Dito isso, o simples fato de existir parecia evidência suficiente de que ele sempre existiria.

Nos primeiros anos da minha vida (e acho que isso é verdade para os primeiros anos da maioria das vidas), minha família formava uma estrutura. As grandes escolhas, as que definiam meu dia a dia — como onde eu morava, com quem passava tempo, até mesmo como eu me chamava — não eram minhas. Meus pais eram os titereiros que ditavam o formato da minha vida.

Enfim, chegou uma hora em que o esperado era que eu fizesse minhas próprias escolhas: de que brincar e com quem e onde e quando. Minha família foi tudo, a única coisa, até se tornar apenas a base sobre a qual construí uma identidade. Foi revigorante descobrir que eu era uma entidade própria, no entanto, foi um pouco sufocante também.

Mas tive sorte. Encontrei uma companheira.

Marnie e eu logo nos tornamos inseparáveis. Éramos nada parecidas, mas nossas professoras trocavam nossos nomes com regularidade, porque nunca ficávamos uma sem a outra. Sentávamos lado a lado em todas as aulas, andávamos juntas pelos corredores e, no fim do dia, voltávamos para casa no mesmo ônibus.

Espero que um dia você viva uma amizade parecida. É possível sentir um amor adolescente de um jeito que parece eterno, unido por novas experiências e por uma sensação nova de liberdade. Há algo encantador em ter uma primeira melhor amiga aos onze anos. É inebriante ser necessária, desejar tanto alguém e esse sentimento de estar tão completamente entrelaçada. Mas esses laços precoces são insustentáveis. E um dia, em busca de amantes, você vai escolher se retirar dessa amizade. Você vai se retirar membro a membro, osso a osso, lembrança a lembrança, até que consiga existir independentemente, até ser, de novo, uma pessoa e não duas.

Nós ainda éramos duas, Marnie e eu, quando, depois da faculdade, fomos morar no apartamento em Vauxhall. Era moderno, em um prédio novo construído menos de uma década antes, cercado de outros prédios parecidos com outros apartamentos parecidos, todos em corredores com carpete azul, atrás de portas idênticas de pinho. Tinha um piso de plástico que imitava madeira, eletrodomésticos brancos e modernos na cozinha e paredes de magnólia sem alma. Havia holofotes em todos os cômodos, até nos quartos, e ladrilhos cor de pêssego no piso do banheiro. Era meio frio, meio invernal, mas, ao mesmo tempo, sempre quente demais. Mas era nosso refúgio das luzes fortes e do barulho incessante de uma cidade cosmopolita onde nenhuma de nós, na época, se sentia totalmente à vontade.

As coisas eram diferentes. Enquanto comíamos cereal, conversávamos sobre nossas agendas e delegávamos as responsabilidades do dia: um frasco novo de xampu, pilhas para o controle remoto, alguma coisa para jantar. Andávamos lado a lado até a estação de metrô. Subíamos no mesmo vagão. Teria feito sentido para mim subir na outra ponta do trem, a fim de ficar de frente para a minha saída quando eu desembarcasse, mas nossas vidas estavam tão intrincadamente entrelaçadas que viajar em separado parecia ridículo.

Corríamos para casa depois do trabalho, para cimentar os vãos que tinham se aberto ao longo de um único dia. Ferviamos água na chaleira e ligávamos o forno e ríamos de colegas de trabalho ridículos e chorávamos por causa de reuniões horríveis. Éramos íntimas, coabitando de uma forma que nos unia: caixas de leite compartilhadas na geladeira, sapatos empilhados atrás da porta de entrada, livros misturados nas prateleiras, fotografias nos parapeitos das janelas. Estávamos tão embutidas na vida uma da outra que uma rachadura, ainda que pequena, parecia impossível.

Tínhamos pouco dinheiro e pouco tempo. Mesmo assim, de vez em quando, nos aventurávamos em um novo canto daquele novo mundo, para conhecer um restaurante ou um bar e explorar uma nova parte daquela nova cidade. Além do emprego, Marnie trabalhava como freelancer e estava sempre procurando alguma coisa sobre a qual escrever. Ela sonhava em ser a primeira a reconhecer um restaurante que depois ganharia uma estrela Michelin. Tinha trabalhado na equipe de marketing de uma cadeia de pubs depois que se formou, mas, em poucos meses, decidiu que queria uma coisa mais criativa, mais gratificante e também mais íntima. Tinha começado a escrever um blog sobre culinária: reunia informações e críticas de restaurantes e acabou escrevendo suas próprias receitas.

Isso foi o começo de tudo, a parte mais emocionante, provavelmente. Em pouco tempo, a audiência dela começou a se expandir rápido. A pedido de seus seguidores, ela começou a gravar vídeos cozinhando. Aceitou patrocínio de uma empresa de utensílios de cozinha modernos, que encheu nosso apartamento de frigideiras de ferro fundido, ramequins em tons pastel e mais utensílios do que duas pessoas poderiam possivelmente precisar. Ofereceram-lhe uma coluna fixa em um jornal. Mas, no começo, éramos só nós, folheando revistas gratuitas em busca de lugares novos a visitar.

Acho que dá para saber muito sobre um relacionamento pela forma como as duas pessoas comem juntas em público. Marnie e eu adorávamos ver casais entrarem de mãos dadas; grupos de homens em ternos elegantes iam falando cada vez mais alto, se expandindo para preencher o espaço disponível; o caso ilícito; o jantar de aniversário; o primeiro encontro. Gostávamos de entender o ambiente, de adivinhar o passado e prever o futuro dos outros clientes, criando histórias das vidas deles que esperávamos que fossem verdade.

Se você fosse um daqueles clientes sentados a uma daquelas outras mesas, fazendo o mesmo jogo e nos observando, teria visto duas jovens, uma alta e clara, outra miúda e morena, totalmente à vontade na companhia uma da outra. Acho que você talvez percebesse que desfrutávamos uma amizade de galhos fortes e raízes firmes. Você teria visto Marnie, sem pensar, sem perguntar, sem precisar, esticar a mão para pegar os tomates do meu prato. Talvez tivesse me visto, em resposta, pegar os pedaços de picles ou as fatias de pepino do dela.

Mas Marnie e eu não comemos sozinhas há três anos, desde que ela foi morar com Charles. Nunca ficamos tão à vontade agora como ficávamos antes. Nossos mundos não estão mais entrelaçados. Sou agora uma convidada intermitente na história da vida dela. Nossa amizade não é mais uma coisa independente, mas uma marca na pele, uma protuberância que subsiste dentro de outro amor.

Na época eu não achava (nem acho agora) que Marnie e Charles tinham um amor maior do que o nosso. Mas eu entendia implicitamente que o nosso amor era e tinha que ser subordinado ao deles, um amor romântico. Ainda assim, o nosso amor, que floresceu quando andávamos uma ao lado da outra pelos corredores da escola, em passeios de ônibus, em noites passadas uma na casa da outra, parecia muito mais merecedor de uma vida juntas.

Todas as sextas-feiras, por volta das onze da noite, quando eu saía do apartamento deles, eu me despedia de um amor que tinha me dado forma, me definido, me decidido. Sempre parecia muito cruel estar, ao mesmo tempo, dentro dele e sem ele.

E uma verdade que eu sabia na época e que ainda não consigo compreender totalmente é que, mais cruel ainda, eu criei essa situação completamente sozinha. Sou completamente responsável por aquele primeiro membro cortado, por aquele primeiro osso quebrado, por aquela primeira lembrança esquecida.

3

Três meses depois que conheci Jonathan, fui morar com ele no seu apartamentinho em Islington. Éramos jovens, sim, mas estávamos total e completamente apaixonados. Foi inesperadamente fácil, de uma forma que raramente acontece com coisas novas. Foi vibrante e emocionante, de uma forma que raramente acontece na minha vida simples. Amei morar com Marnie, fui feliz, mas acabei desejando algo mais, algo diferente.

Eu tinha passado a maior parte da minha infância em um lar que parecia amoroso visto de fora, mas que falhava constantemente em cumprir essa promessa. Meus pais foram casados por vinte e cinco anos antes de se divorciarem. Deveriam ter se separado bem antes, porque as brigas e implicâncias dos dois tornaram nossa casa intolerável.

A versão curta é que meu pai era mulherengo. Ele teve um caso de vinte anos com a secretária, e houve muitas outras mulheres que entraram e saíram da vida dele ao longo do casamento dos meus pais. Minha irmã era quatro anos mais nova, e fiz o que pude para protegê-la do barulho e do drama e da tensão. Eu a levava para a rua, botava música alta e sempre a distraía com promessas de algo interessante em outro lugar. Mas acho que isso é história para outra hora. O que quero dizer é que eu, talvez mais do que a maioria das pessoas, era suscetível a ideais de amor romântico. Eu adorava Marnie. Mas aquele novo amor me consumiu completamente.

Jonathan e eu nos conhecemos na Oxford Street, quando tínhamos vinte e dois anos. Eram seis da tarde, e estávamos indo cada um para suas respectivas casas, que ficavam em lados opostos da cidade. As entradas da estação estavam fechadas, como costuma acontecer, pela superlotação das plataformas. O céu estava escuro, ameaçando chover, e nuvens densas e cinzentas passavam rapidamente acima das nossas cabeças.

Jonathan e eu, sem ainda nos conhecermos, ficamos ambos presos no meio da fila de pessoas que se dirigiam à bilheteria. A multidão parecia um ser vivo com consciência própria, um desejo impaciente, que emanava de nós como se fôssemos um só, de estar em qualquer outro lugar. Eu sentia outros corpos invadindo o meu: braços espremidos juntos aos meus, coxa na coxa de uma forma que parecia íntima demais, o peito de alguém empurrando a parte de trás da minha cabeça. Estávamos tão espremidos que eu não conseguia ver além da nuca do homem parado na minha frente.

Em um determinado momento, houve um estrondo, metal em metal, em algum lugar à frente, quando os portões foram abertos por dentro. A multidão começou a vibrar, a se preparar. O homem que bloqueava minha visão se inclinou para a frente e, quando pisei no espaço vazio que ele deixou, ele cambaleou para trás. Esbarrou em mim, e eu, na pessoa de trás. As duas metades da multidão seguiram, enquanto nós geramos uma onda, empurrando o meio na direção errada.

— Mas que...? — falei, recuperando o equilíbrio.

— Você... — disse ele, virando-se para me olhar.

Eu soube. Assim como soube com Marnie. Na mesma hora, eu soube. Parece tanta idiotice, tanta ingenuidade, eu sei. As pessoas já me fizeram essa crítica centenas de vezes: quando fui morar com ele, quando aceitei me casar com ele, até mesmo na véspera do nosso casamento. E só o que eu podia dizer em resposta a todos na época e só o que posso dizer para você agora é que espero que um dia você também saiba.

Acho que foi diferente com Marnie. Nós duas estávamos procurando alguém. Os sete anos seguintes naquela escola nos aguardavam, e nenhuma de nós queria passar por aquilo sozinha. A alegria que sentimos por encontrarmos uma a outra foi ampliada por uma sensação gigantesca de alívio.

Mas com Jonathan... Não sei. Eu nunca tinha me sentido como o tipo de mulher que se apaixonaria daquele jeito. E, assim, não havia vontade, não havia espaço vazio, não havia algo que precisava ser substanciado. Eu simplesmente o vi e soube na mesma hora que precisava conhecê-lo melhor. Eu poderia contar, com palavras que ao longo das décadas se tornaram sinônimo de grande amor, como foi a sensação, mas essas banalidades nunca foram verdade para mim. O mundo não se desfez sob os meus pés; eu me sentia firme e substancial de uma forma que nunca tinha acontecido antes. Não houve mãos tremendo, nem coração saltando, nem rosto ficando vermelho. Não houve frio na barriga. Houve apenas a sensação de que ele parecia, para mim, o porto seguro de que sempre precisei, mas nunca soube.

— Você... — falei, ajeitando as lapelas do meu casaco. Os olhos dele eram verde-oliva, e, quando ele me encarou, perplexo, senti uma vontade inadequada de levar a palma da mão à bochecha dele. — Você só...

— Meu cachecol — disse ele, indicando o chão. — Você pisou no meu cachecol.

— Eu não... — Olhei para baixo. Eu ainda estava pisando na franja do cachecol azul-marinho dele. — Ah — falei, chegando rapidamente para o lado. — Me desculpe.

— É melhor vocês andarem logo, porra — disse uma voz atrás de nós, alta e ríspida, a voz da multidão.

— Sim, claro — disse ele, se virando. — Desculpe.

Ele começou a andar em frente, e fui atrás, sorrindo de uma forma fútil e boba, o rosto ainda espremido junto às omoplatas dele. Ficamos assim, juntos pela força da multidão, por toda a área da bilheteria, pela escada rolante e na direção das plataformas. Em algum momento, começamos a conversar. E eu não poderia recontar agora tudo que dissemos, mas, quando chegou a hora de nos separarmos, de ele ir para o norte e eu ir para o sul, estávamos tagarelando sobre o cachecol e sobre um pub que ele disse que não existia.

— Você não sabe do que está falando — eu disse. — Já fui dezenas de vezes. Posso te levar lá agora.

— Tudo bem — respondeu ele.

As pessoas passavam rapidamente ao nosso redor, se abrindo em dois fluxos, um em cada lado de nós, se dispersando nas plataformas.

— O quê? — perguntei.

— Vamos — respondeu ele.

O pub existia, como falei que existiria; era um esconderijo quase medieval com painéis tradicionais de madeira nas paredes, teto baixo e lareira aberta. Seu nome era (e ainda é, apesar de eu não ir lá há anos) The Windsor Castle. Fica a dez minutos de Oxford Circus, escondido em uma rua estreita de paralelepípedos, um sinal de boas-vindas a uma versão mais antiga da cidade que existia bem antes das enormes lojas de departamento e dos cafés que se repetem a cada cem metros.

Ficamos lá por horas, até a proprietária bater o sino, indicando que aceitaria os últimos pedidos, quando voltamos para a bilheteria do metrô, agora quase vazia, e nos despedimos com beijos, totalmente atípico para nós dois, e promessas de um próximo encontro. Senti uma coisa se mexer dentro de mim quando ele tirou as mãos do meu quadril. Enquanto o via se afastar, o casaco verde-escuro batendo nas coxas, eu soube que já o amava.

Aquele amor é a base sobre a qual eu teria — poderia ter — construído uma vida. Há uma versão desse mundo na qual Jonathan e eu ainda estamos juntos, ainda apaixonados. Prometemos um ao outro um amor inabalável, uma vida que celebrasse risadas e um laço que nunca se afrouxaria, nem por um momento. Às vezes é impossível acreditar que não conseguimos cumprir uma coisa que já pareceu tão certa.

Ele me pediu em casamento um ano depois, um ano certinho, naquele mesmo pub. Apoiou-se desajeitado em um joelho e me disse que tinha planejado um discurso, que tinha decorado tudo, mas que não conseguia lembrar uma única palavra que queria dizer. Mas ele me amaria enquanto vivesse, ele disse, se fosse o suficiente por enquanto.

Achei mais do que suficiente.

Nós nos casamos naquele outono, no cartório. Não chamamos ninguém e comemoramos com o champanhe mais caro que a loja de bebidas mais próxima tinha em estoque. Tomamos nosso café da manhã de casamento no The Windsor Castle. Parecia certo que o pub fosse o quartel-general de todos os grandes acontecimentos do nosso relacionamento. Fiz o pedido no balcão do bar, citando claramente que *meu marido* gostaria de um hambúrguer. A atendente revirou os olhos, mas sorriu, achando graça da jovem recém-casada de vestido azul-claro e do marido de gravata verde. A sobremesa, brownie com sorvete de baunilha, veio acompanhada de um "Parabéns" escrito com cobertura de chocolate na borda de cada prato.

Puxamos as malas de rodinha até Waterloo e pegamos o trem para a costa sul, para ficar numa pousada, em uma cidade litorânea chamada Beer. Chegamos tarde da noite e fizemos o check-in, anunciando, como só recém-casados fazem, que o quarto estava reservado para o sr. e a sra. Black.

— Para Jane? — perguntou a mulher idosa que cuidava da recepção. Eram quase dez horas, e ela estava fazendo questão de que percebêssemos a inconveniência.

— Sim — respondi. — Para Jane Black. — Ela podia dizer o que quisesse, fazer o que quisesse, e nada chegaria nem perto de atrapalhar minha felicidade.

— Subindo a escada, no final do corredor, à direita. — Ela me entregou, presa a um pedaço de madeira com a palavra *quatro* por uma fina corrente dourada, uma chavinha também dourada. — Mais alguma coisa?

Balançamos a cabeça.

Jonathan levou nossas malas para o andar de cima, pelo corredor e até nosso quarto. O piso era de madeira escura, e a colcha, bordada com pequenas flores em tons pastel. A cortina, da cor de ferrugem, tinha sido fechada, e um pequeno abajur rosa brilhava suavemente no canto. Uma garrafa de champanhe em miniatura tinha sido deixada em um balde de gelo, em cima de uma antiquada escrivaninha de mogno. Ele tirou a rolha, serviu duas taças, e brindamos ao nosso casamento uma segunda vez.

Na manhã seguinte, acordamos quando o sol nasceu e pontilhou nossa colcha de amarelo e laranja. Eu me lembro do calor de Jonathan nas minhas costas quando ele se inclinou por cima de mim, a pele macia da palma da mão alisando minha barriga e os lábios nas minhas omoplatas. Eu me lembro de como foi ser envolvida por ele, ser abraçada de forma tão segura por alguém, de como as suas mãos me viravam para ele, de como seus beijos mudavam e se solidificavam quando queria algo mais.

Só mais tarde, quando houve uma batida na porta e uma mulher entregou, com um pedido de desculpas, as toalhas que deveriam ter sido deixadas no banheiro, saímos da cama e planejamos o dia. Abri a cortina e olhei o mar. Estava plano no horizonte e ladeado por penhascos brancos com grama verde em cima. Era outubro, e o céu ainda estava luminoso, sem nuvens, convidativo.

Calçamos as botas de caminhada e nossos suéteres grossos de lã.

Do lado de fora, a praia era pedregosa. Comecei a seguir o caminho até lá, até o mar, até as ondas que quebravam na areia.

— Por aqui — chamou Jonathan, apontando para cima, para os penhascos. — Acho que devíamos ir pra lá.

Por isso, subimos pela estrada, andando no asfalto, passando por carros estacionados e janelas com cortinas, até chegarmos a uma beirada de grama com placas sobre horários e feriados bancários e uma pequena máquina de bilhetes.

— Vamos em frente — disse Jonathan, seguindo, pela grama, entre as poucas vans estacionadas.

Dali, andamos em silêncio, às vezes de mãos dadas, às vezes com ele na frente e eu atrás, me distraindo com alguma coisa e correndo para alcançá-lo.

Ele era sempre tão concentrado, principalmente ao ar livre, sempre com a câmera, querendo ver o que tinha à frente, depois da esquina, o que podia estar esperando lá. Para mim, era simplesmente maravilhoso estar tão isolada, sem nada para ouvir além do mar que batia nas pedras abaixo e o grito da gaivotas acima.

Depois de mais ou menos uma hora, nos aproximamos de outro vilarejo costeiro: menor do que Beer, ao que parecia, mas tinha um estacionamento, um pequeno prédio que abrigava alguns banheiros públicos e um café com telhado de palha.

— Talvez esteja aberto — disse Jonathan, e estava, porque Jonathan estava comigo.

Ele pediu uma caneca de café para si e, para mim, um copo de suco de laranja gelado. Nós nos sentamos do lado de fora, nos bancos de piquenique, e olhamos o mar enquanto esperávamos nossos sanduíches de bacon. Havia pescadores reunidos em grupos, protegendo uns aos outros do vento. Imaginei-os discutindo suas pescas, o preço do bacalhau, seus planos para o resto do dia.

Depois do café da manhã, andamos pela praia, as ondas indo e vindo, lambendo as frestas de cada pedra e as solas das nossas botas. No pé do penhasco,

Jonathan viu um pequeno recorte na vegetação e insistiu que explorássemos mais. Andamos pelos arbustos densos e nos afastamos da costa para entrarmos numa floresta e ziguezaguearmos por espinheiros e urtigas em um caminho estreito de lama batida. Subimos cada vez mais, e o penhasco continuava alto acima de nós.

Depois de uns dez, talvez quinze minutos, chegamos a uma bifurcação na trilha; o lado esquerdo tinha degraus feitos na própria terra, e o direito, um caminho estreito bem no beiral.

— Vamos por aqui — disse Jonathan, apontando para a direita.

— Por aí não — respondi.

Ele tinha passado a infância no campo, tinha sido criado na lama e no feno e na grama alta. Mas eu não ficava à vontade naquele mundo. Ficava hipnotizada pelas vistas e pelos sons e pelo espaço infinito, mas me sentia uma intrusa, incômoda e indesejada.

— Aqui parece mais seguro — falei, indicando a esquerda.

— Não se preocupe — disse ele e sorriu. — Você vai ficar bem.

Hesitei. Mas fiquei tentada, encorajada pela fé dele em mim, pela certeza dele. Eu achava tão difícil recusar o que ele queria. A verdade? Eu teria feito quase qualquer coisa que ele pedisse.

Abri as mãos, estiquei os dedos e andei na direção dele até a pequena orla que ladeava as pedras.

Ele deu um passo para trás com muita facilidade, tão ágil quanto um equilibrista numa corda bamba.

— Isso mesmo — disse ele. — Você está indo muito bem.

O beiral era estreito, tinha menos de trinta centímetros de largura. Era impossível colocar um pé ao lado do outro.

— Dê outro passo — disse ele.

Ouvi nosso futuro naquele momento: Jonathan falando com um filho, encorajando-o. A lembrança disso, de algo que ainda não tinha acontecido, me fez bem e me deixou mais ousada.

— O que você está esperando? Continue — insistiu ele. — Eu te ajudo.

Levantei a perna de trás e a movi lentamente para a frente, por cima do mar abaixo. Finalmente, meu pé encontrou apoio no beiral, e eu expirei.

— E agora? — perguntei. Eu tinha me virado. Estava de frente para o penhasco, meu peito na rocha e meus calcanhares no ar. — Como você vai fazer isso?

— Você pode andar normalmente — disse ele. — Ou só arrastar os pés. Tente não pensar demais.

Olhei para ele, alguns passos à frente. Ele sorriu para mim, covinhas nas bochechas e os primeiros sinais de rugas surgindo em volta dos olhos. A mão estava esticada para mim de forma tranquilizadora, a aliança no dedo cintilando ao sol. A outra mão estava apoiada em um beiral acima de nós, e dava para ver uma parte do quadril dele, onde a camisa tinha se levantado um pouco.

Eu me inclinei na direção dele. Mas meu pé de trás escorregou, e me lembro da sensação de queda, do meu peso caindo para um dos lados. Eu me lembro do ar sugado para os meus pulmões, dos meus dedos roçando a face da pedra, do pânico que vibrou em mim. Senti o peso da sua mão nas minhas costas, quando ele me empurrou firmemente contra as pedras e meu queixo se arranhou na superfície afiada do penhasco.

— Você está bem — disse ele. — Você está bem.

— Não — falei. — Isso não é seguro. Não deveríamos estar aqui.

Meu rosto estava ardendo, e meus joelhos, doendo do impacto.

— Você está bem — disse ele. — Eu garanto. Está tudo bem.

Balancei a cabeça vigorosamente.

— Tudo bem. Tudo bem. Não se aborreça. Vá chegando para lá.

Eu me movi alguns centímetros para a esquerda, de volta para o caminho gramado.

— Pronto — disse ele. — Tudo bem?

Assenti. Levei a mão ao queixo; achei que estava sangrando, mas meus dedos saíram limpos.

— Tudo bem — disse ele. — Te encontro lá em cima.

Assenti, e ele começou a subir.

Eu sei que disse que teria seguido Jonathan a qualquer lugar, e era verdade. Mas havia algo no destemor dele que não batia com meu medo inato. E, por mais que eu tentasse, como tentei mesmo, às vezes o medo vencia. Preferi o caminho mais seguro, e nos encontramos novamente alguns minutos depois, no alto do penhasco.

Se eu soubesse na época que só tínhamos alguns meses à frente, eu teria encontrado coragem para passar aqueles poucos minutos com ele.

Há uma ironia trágica que, olhando para trás agora, se inseriu em todas as fibras do meu relacionamento com Jonathan. Nós nos conhecemos em um cantinho da cidade, e aquele lugar se tornou uma parte fundamental de como vivíamos e amávamos e existíamos juntos. Até que se tornou o local onde nosso relacionamento terminou. Jonathan e eu nos apaixonamos em uma esquina da Oxford Street, e, fatidicamente, foi lá que ele morreu.

Posso contar bem mais sobre aquele dia do que sobre o dia em que nos conhecemos. Repassei aquele show de horrores, a sequência que levou à sua morte, por semanas, sem parar. Às vezes, ainda relembro tudo.

Jonathan estava participando pela primeira vez da maratona de Londres. Estávamos esperando chuva, gelo e ventos insistentes. Mas ele estava animado. Tinha treinado desde o outono; era acostumado a correr na chuva e não ficou preocupado.

Ele estava incontrolável naquela manhã, agitado, reclamando sobre tudo e nada, a expectativa contagiante. Éramos tão comuns. Nossa manhã era formada por despertadores e café e um banho e procurar as chaves de casa e quase nos atrasarmos — mas só quase — e o ritmo regular e tranquilizante de um dia como outro qualquer.

Eu queria fazer parte da vitória dele e por isso fui direto para a Mall Road. Fiquei parada junto à barreira de metal, esperando por horas, e nem reparei o tempo passar. A atmosfera estava elétrica. Empolgação e nervosismo e encorajamento emanavam da multidão ao meu redor. Os corredores de elite passaram primeiro (eles faziam tudo parecer fácil), seguidos de uns poucos homens, algumas mulheres e um casal com os rostos pingando profusamente, os corpos vestidos com fantasias de dinossauro.

Jonathan estava determinado a completar a corrida em menos de três horas, e eu não duvidava de que ele conseguiria. Eu o vi passar depois de duas horas e cinquenta e um minutos, e ele atravessou a linha de chegada só três minutos depois.

Nunca fui destinada a ser bem-sucedida. Sempre trabalhei duro, mas nunca me destaquei. Sempre participei; nunca venci. Mas Jonathan, sim; Jonathan vencia. Ele superava até suas próprias metas ousadas.

Portanto, não fiquei surpresa quando ele foi entrevistado para um programa da BBC News que seria transmitido naquela noite, por ter sido anunciado como o milionésimo maratonista, desde a primeira maratona de Londres, em 1981, a ultrapassar a linha de chegada. Ele sempre esteve atrás das câmeras em eventos esportivos, filmando para canais de notícias ou transmissões esportivas, mas foi tão encantador e modesto com suas respostas naquele dia. Eu me lembro de pensar se ele deveria considerar uma carreira na frente das câmeras e não atrás.

Depois da entrevista, fomos para o The Windsor Castle, para tomar uma bebida, só uma, e celebrar o sucesso dele.

Nunca chegamos lá.

Quando saímos da estação do metrô em Oxford Circus e fomos na direção da rua estreita de paralelepípedos, um motorista embriagado atravessou uma faixa de pedestres e atropelou meu marido.

Eu me lembro dele deitado de costas no asfalto. O joelho estava virado em um ângulo estranho. Os olhos estavam fechados, quase em paz, o queixo bem apoiado no peito. Ele ainda usava seu short preto e sua apertada camiseta amarela. A mochila estava a um ou dois metros de distância, e o fino cobertor de alumínio que ele tinha ganhado aparecia entre o zíper. A garrafa de água estava rolando na direção do meio-fio, tão lenta, ao que parecia, escorrendo como piche.

Uma multidão se formou, ciclistas e pedestres, mas não o motorista do táxi, que ficou paralisado no seu assento.

Jonathan também estava paralisado, estranhamente imóvel, rígido, mas ao mesmo tempo sereno demais para estar dormindo. Uma poça de sangue começou a se formar embaixo da bochecha, se espalhando embaixo do corpo.

Eu me lembro da ambulância chegando, parando ao lado de nós, a sirene berrando. Foi rapidamente silenciada; eu me lembro da ausência repentina de ruído onde antes estava ensurdecedor, mas o brilho das luzes continuou, vermelho e azul e vermelho e azul. Os paramédicos pularam da van, dois, ambos vestidos de verde, e vieram na nossa direção, gritando por cima do capô da ambulância. Tudo estava acontecendo num tempo diferente: ela colocou luvas brancas de látex, a mão direita primeiro e depois a esquerda, puxando a ponta de cada dedo; uma bolsa estava pendurada no ombro dele. Havia uma policial de chapéu, e ainda consigo vê-la agora, fazendo sinal para as pessoas chegarem para trás, para se moverem, por favor, não há o que ver aqui.

Os paramédicos se moveram ao nosso redor, verificaram o pulso de Jonathan, abriram as mãos sobre o corpo dele, cortaram a camisa, apontaram uma luz forte para os olhos dele.

— Se você puder... — disse a mulher, e cheguei para trás e saí do caminho. Os braços deles se esticaram à minha volta, as faixas refletoras dos uniformes desviando as luzes da ambulância para os meus olhos. Apertei-os e percebi que estavam molhados.

Eles o colocaram em uma maca, uma placa estranha de plástico, e o acomodaram nos fundos da ambulância. Seguimos pelas ruas de Londres, para o sul, para o Hospital St. George. A viatura da polícia nos seguiu, e a policial, ainda de chapéu, segurou meu cotovelo quando desci da ambulância e ficou comigo na sala de espera. Ela me disse para respirar fundo: entrando pela boca e contando até seis, segurar contando até seis, soltar contando até seis. Depois foi embora, e eu fiquei sozinha, ainda esperando. Estava escuro lá fora quando um médico me chamou para outra salinha, para me dizer o que eu já sabia, para confirmar que Jonathan tinha morrido.

Ele se ofereceu para fazer alguma ligação por mim, e não lembro se respondi a pergunta. Fui embora, chamei um táxi e recitei o endereço do apartamento em Vauxhall. Quando cheguei lá, havia três jovens de short e camisa sentados do lado de fora, em volta de uma mesa de piquenique, em um bar perto do rio, com medalhas douradas da maratona penduradas no pescoço. Senti uma bolha explodir no peito e imaginei Jonathan sentado lá com eles, o short e a camisa, a medalha, comemorando a vitória. Senti bile subir pela garganta e engoli de volta, porque não era a hora, aquilo não era real, mas eu não conseguia lembrar o que tinha que estar fazendo ou como ser eu naquele momento.

Eu me sentei na entrada do prédio. Imaginei-o de pé, massageando o cotovelo, passando a mão no peito, para soltar a sujeira do asfalto. Imaginei-o em choque e com uma certa raiva, um pequeno corte embaixo do olho direito, o lado sobre o qual ele caiu, mas, fora isso, bem: andando, falando, se movendo, vivo. Fechei os olhos e vi seu cabelo comprido demais, os braços cruzados sobre o peito e o queixo meio pontudo, com sardas espalhadas no nariz por causa de tantas tardes correndo, por horas, no sol.

Vomitei porque não era real — não havia corte embaixo do olho, nem cabelo comprido demais, nem sardas, nem mais horas de corrida —, e eu jamais voltaria a vê-lo, e ele jamais voltaria a ser visto, e isso era simplesmente grande demais, impossível demais para ser real.

4

Durante um tempo, eu estava ganhando. E digo isso no sentido mais simples da palavra. Se a vida é uma competição, algo pode ser perdido, e tenho certeza de que pode. Então, também deve haver algo que possa ser ganhado.

Marnie saía em encontros com uma série infinita de homens inadequados que bebiam demais, ficavam chapados em parquinhos infantis nos fins de semana e cheiravam cocaína sobre caixas de descarga de privadas, e eu estava me apaixonando por um homem brilhante. Enquanto os amigos dela da faculdade passavam as noites de sexta em clubes horríveis com música alta e luzes néon e chão grudento, eu estava planejando uma lua de mel. Enquanto eles iam ficando desanimados e lamentavam o fracasso de outro relacionamento, afogando as batidas do coração com gim e pedindo comida de delivery, eu estava me casando. Eu tinha um marido. E, melhor do que isso, eu realmente, de coração, o amava. Eles brigavam por causa de quartos pequenos e contas rachadas e leite derramado, resolviam o entupimento do ralo pelo excesso de pelos pubianos, o transbordamento no boxe, as pilhas de pratos sujos em cima da lava-louças. Enquanto isso, eu morava em um apartamento lindo, com pé-direito alto e janelas grandes. Eu tinha amostras de tinta na parede e gravuras emolduradas na lareira, esperando para serem penduradas.

Marnie tinha dado seu aviso prévio. Alguns estavam sendo demitidos por cortes de orçamento, outros, por mau desempenho, e muitos reclamavam dos chefes e das tarefas menores que compunham o dia a dia: pegar café e chamar táxis e encomendar resmas de papel para a impressora. Eu estava sendo promovida. Tinha começado numa função administrativa de uma loja on-line — eles vendiam de tudo: livros, brinquedos eletrônicos —, e me ofereceram uma vaga em uma equipe de cotação de móveis. Eu fazia uma coisa da qual gostava, em um emprego que eu sentia que teria futuro, em uma empresa que estava crescendo.

Eu estava melhor do que todos. Estava mais feliz do que todos.

Acho que eu gostava de ter sido a primeira a encontrar o amor. Sinto-me mal de falar isso agora, porque parece tão idiota, tão infantil, mas é a verdade, e foi isso que prometi a você.

Marnie foi a primeira de nós a arrumar um namorado. Tínhamos treze anos, e Richard era um ano mais velho. Os pais dele eram divorciados, e ele morava com a mãe. Tinha um cabelo ruivo vibrante, e as bochechas eram cobertas de sardas. Ele e Marnie foram ao cinema, e seus dedos se tocaram no saco de pipoca, no meio do filme, e eles passaram o resto da sessão de mãos dadas. Ela foi à casa dele no segundo encontro, e a mãe dele preparou nuggets de frango. Mas Richard terminou com Marnie no dia seguinte. Decidiu que tinha sentimentos por outra garota do nosso ano — acho que o nome dela era Jessica — cujo cabelo era da mesma cor do dele, e, por isso, ela era bem mais compatível.

Eu estava certa de que eu também precisava de um primeiro namorado e, por isso, em meio ao sofrimento de Marnie, negociei um encontro com um garoto chamado Tim. Não fomos ao cinema, mas, em vez disso, fomos dar uma volta, e ele comprou sorvete para mim, e eu tive certeza de que tinha encontrado minha alma gêmea. Um fator que ajudou foi que ele era, por uma boa margem, bem mais bonito do que os garotos com quem minhas colegas de turma tinham saído. Ele aumentou minha popularidade dramaticamente, e, de repente, virei a melhor conselheira de encontros. Infelizmente, não tive uma influência tão positiva na reputação dele, então ele terminou tudo depois de uma semana e meia.

Marnie e eu sofremos juntas. Decidimos nunca mais nos apaixonarmos e nos tornarmos lésbicas.

Isso por si só é meio curioso, você não acha? Já estávamos bem cientes de que uma simples amizade não bastaria para a idade adulta, de que não seria suficiente. Sabíamos, desde nossos anos de adolescência, que o amor romântico sempre se tornaria mais importante.

Não sei dizer quando tudo mudou. Durante anos, por mais de uma década, éramos o epicentro da vida uma da outra. Contávamos tudo uma para a outra, e isso incluía garotos e depois homens, encontros e depois sexo, relacionamentos e depois amor. Mas, em algum ponto, um abismo se abriu entre nós, e nossas vidas românticas se tornaram uma coisa que existia fora da nossa amizade. Era uma coisa que filtrávamos nas nossas conversas, citando só pontos importantes e novidades, em vez de viver tudo juntas.

Acho que isso também foi coisa minha. Eu contei a ela como foi me apaixonar por Jonathan? Contei como foi naquela primeira noite? Acho que não.

Em vez disso, a abandonei. Eu tinha feito uma visita a Jonathan depois do trabalho, e ele preparou o jantar para mim e comentou sobre o espaço vazio do apartamento, as prateleiras vazias, as gavetas pela metade, e perguntou se eu gostaria de preenchê-lo. A promessa de um lar assim, um lar com ele, era atraente demais.

— Vou me mudar — falei para Marnie quando voltei à nossa casa naquela noite.

— Ah, vai? — respondeu ela, distraída. Ela estava sentada no nosso sofá azul e branco, os pés, calçados em chinelos, apoiados na mesa de centro, os dedos trabalhando nas teclas do seu laptop novo. Ela tinha gravado seu primeiro vídeo nas noites anteriores: sua receita de carbonara, que sempre foi a minha favorita.

— Isso é impossível. Como eu...? — Ela pegou o celular e começou a bater, com os polegares, furiosamente, na tela.

— Vou morar com Jonathan — eu disse.

— Quando? — devolveu ela.

— Amanhã — eu disse.

Ela olhou para mim.

— Como é? — A testa estava franzida em confusão. — Amanhã? Mas você acabou de conhecê-lo.

— Faz três meses — respondi.

— Isso é nada!

Dei de ombros.

— Pra mim, é alguma coisa.

— Ah — disse ela baixinho. — E você tem certeza? — Ela fechou a tela do laptop. — E tem que ser amanhã?

Assenti.

Seria fácil olhar para trás agora e me julgar por sair rápido demais, por estar ansiosa demais, mas a verdade é que eu não mudaria nada.

Ela me ajudou a fazer as malas e me deu um kit de facas afiadas, uma caçarola do tamanho de um caldeirão e um conjunto de jantar vermelho.

— Porque você vai ter que aprender a cozinhar — disse ela. — Não dá para viver de feijão e torrada.

— Vou voltar na hora das refeições — brinquei.

— Espero que venha — disse ela. — Não vou ter pra quem cozinhar sem você aqui.

Eu me perguntei na época se ela estava tentando me agradar, se achava que eu voltaria em duas semanas. Mas agora não sei se estava. Acho que ela entendia que aquele era meu passo seguinte, o começo de uma coisa nova.

Vi-a embrulhar um *Evening Standard* velho em volta de um conjunto de rameo quins vermelhos que eu sabia que nunca usaria. Ela os colocou de lado e suspirou.

— Tem certeza disso? — perguntou. — Porque você sabe que eu o acho ótimo, e juro que estou perguntando por você e não por mim, mas isso está acontecendo rápido. Você tem certeza, certeza absoluta?

— Tenho — falei, e tinha mesmo.

— Vou sentir sua falta — disse ela.

— Eu sei — respondi. — Eu também.

Uma explosão de lágrimas brotou na minha garganta quando pensei nas coisas de que sentiria falta: as meias coloridas dela secando no aquecedor, restos de comida embrulhados com plástico-filme me esperando na geladeira, carinhas sorridentes desenhadas no espelho embaçado do banheiro. Engoli as lágrimas e sorri, e ela segurou minhas mãos e as apertou com força.

As primeiras semanas foram meio frenéticas, porque tentei ser tudo para os dois. Eu não queria que Marnie achasse que eu a amava menos (pois não era verdade), mas também queria que Jonathan soubesse que eu era completamente dele. Quando a avó de Marnie morreu, poucas semanas depois, ela me ligou aos prantos no meio da noite. Eu me vesti, desci para a rua, procurei um táxi e cheguei ao antigo apartamento em menos de trinta minutos. Acho que, depois disso, ela soube que era só pedir e eu sempre estaria lá, como sempre estive antes.

Marnie e Jonathan tornaram-se bons amigos. Ela nunca havia aprendido a andar de bicicleta quando era criança, e ele decidiu ensiná-la. Ele deu uma das suas bicicletas velhas para ela, e ela gostou que fosse uma masculina. Ela o ensinou a fazer carbonara. Ela disse que tinha tentado me ensinar, mas era uma tarefa ingrata demais, então ela teria que compartilhar seus segredos culinários com ele.

Nós nos entendíamos muito bem juntos. Jonathan tinha tantos hobbies (pedalar e acampar e escalar), e eu só tinha Marnie. Assim, quando ele foi passar o fim de semana no interior, em uma barraca maltratada pelo vento, com aranhas no saco de dormir e os sapatos úmidos de chuva, fiquei no antigo apartamento, confortável e aquecida com minha melhor amiga. Aqueles poucos anos foram os melhores da minha vida. Foi uma alegria tão grande descobrir que eu era digna — e capaz também — de dois grandes amores.

Quando Jonathan morreu, achei que nossa amizade voltaria a ser o que era antes. Não foi o que aconteceu. Não sei se foi a ausência dele, mas tudo na minha vida parecia mais vazio.

Perdi tantas coisas enquanto estava com ele. Não vi uma nuvem por mais de dois anos; estava sempre cega pelo azul. Encontrei alegria em lugares idiotas: em crianças andando devagar, em cachorros latindo no parque, na luz da lua entrando pela persiana, tarde da noite. Eu achava que os olhos dele eram verdes como uma azeitona. Mas não encontrei nenhuma azeitona tão linda desde então. Cada gargalhada é difícil de arrancar. Cada sorriso é fugidio. Cada dor parece eterna. Minha capacidade de absorver o bom e o ruim do mundo e equilibrar ambos desapareceu completamente. Estou descalibrada.

Eu achei que ficaria de novo com Marnie. Achei que poderia me reiniciar. Mas as coisas andaram quando eu estava olhando para o outro lado.

5

Stanley e eu ficamos em silêncio enquanto o elevador descia até o saguão. Ficamos em silêncio enquanto saíamos pela porta da frente do prédio de Marnie e Charles. Ficamos em silêncio enquanto andávamos pelo caminho de paralelepípedo que levava até a rua. Estávamos lado a lado, mas eu me sentia muito sozinha.

— Foi legal, não foi? — Stanley acabou dizendo. Ele fechou os botões do casaco e levantou a gola na direção das orelhas. — Sua noite foi boa?

Enrolei o cachecol no pescoço uma segunda vez. Era setembro, e tenho a mania de achar que setembro ainda é verão, só que nunca é. Sempre é mais frio, mais fresco, apesar das noites claras.

Não respondi à pergunta.

— O que você achou do Charles? — perguntei.

Charles tinha presenteado a mesa com a história do seu primeiro encontro com Marnie. Foi em um bar da cidade. Ele mandou garrafa atrás de garrafa de champanhe para Marnie e suas amigas, até que ela finalmente concordou e foi se sentar à mesa dele. Ele achava que isso tinha demonstrado a força do seu amor. Ela achava que isso tinha demonstrado charme e compromisso. Eu achava que fazia com que ele parecesse desesperado.

— Um cara legal, né? — respondeu Stanley, se virando para mim e sorrindo.

— Um cara muito legal.

Não olhei para ele; olhei para a frente, para a rua. Eu sempre esperava que um dia fosse fazer essa pergunta e alguém fosse se virar para mim sorrindo e dizer: "Um babaca, né?".

Porque isso era verdade sobre o homem que eu conhecia. Ele era simplesmente insuportável.

"Mas você acha mesmo isso, Jane?", Charles dizia para mim sempre que eu expressava uma opinião que contradizia a dele de alguma maneira. "Porque acho que temos opiniões iguais sobre isso", continuava ele, "e o que você quis dizer é..."

E começava um sermão sobre a crise imobiliária, ou sobre a falta de funcionários nos hospitais, ou sobre a economia do imposto sobre heranças, como se fosse uma autoridade no tema. Depois, quando tínhamos quase mudado de assunto, quando a conversa estava quase esquecida, ele dizia: "Fico muito feliz que concordamos sobre aquilo, Jane", apesar de a minha posição não ter mudado, só sido silenciada pelo volume e pela postura e pela confiança sufocante dele.

Quando queria que fosse enchida, ele batia duas vezes, rapidamente, na borda fina da taça de vinho, mas só quando a garrafa estava do meu lado da mesa, porque parecia que eu não era merecedora de palavras. Ele às vezes pegava a minha mão, abria meus dedos e dizia: "Você deveria parar de roer as unhas, Jane". Depois, perto do fim da noite, quando os olhos de todos estavam vermelhos de sangue e álcool e fechando de cansaço, ele dizia essas coisas, coisas vulgares, sempre voltadas para outro alvo, mas sempre para mim, como: "Acho que está na hora de você levar Jane pra casa, não?", e depois piscava e dizia: "Se é que você me entende. Você me entende?". E nós todos entendíamos, então sorríamos e gargalhávamos. Mesmo assim, toda vez algo afundava ainda mais em mim. Porque eu não dormia com ninguém havia três anos, desde Jonathan, e a ideia das mãos de outro homem na minha pele me deixava tensa e incomodada.

Sabe aquela versão do Charles que falava com todo mundo, que encantava todo mundo, ria das piadas das pessoas? Era um disfarce, uma fantasia usada para esconder a verdade. E ele enganava todo mundo: principalmente os homens, mas a maioria das mulheres também, que o achavam bonito e despreocupado e carismático.

— Então — disse Stanley, quando chegamos ao ponto. Eu me afastei dele e fingi ler os horários dos ônibus no poste de concreto. — Então — repetiu ele. — Quais são os planos?

Olhei intencionalmente para o relógio (tinha sido presente de Marnie) e continuei sem falar nada.

— Acho que estamos mais perto da sua casa, você não acha?

— Estamos? — respondi. Passei o dedo pela lista de horários, os números pretos no papel branco fixado entre dois painéis de plástico. Tentei parecer relaxada e natural, como se fosse uma coisa que as pessoas faziam com frequência e não um ato antigo de uma década anterior.

— Acho que sim — disse ele. — Não muito, mas um pouco mais perto da sua.

Continuei fingindo ler.

Ouvi os passos dele nas placas de concreto, o peso dele se aproximando. Sua respiração estava alta atrás de mim, densa, fumegante, com odor de álcool, e eu soube que ele ia me tocar.

— Jane? — chamou ele. Deu outro passo na minha direção, até estar imediatamente atrás de mim, e passou o braço pela minha cintura. Ele beijou minha nuca, um beijo úmido e ruidoso, e eu enrijeci e plantei os calcanhares no chão, prendendo o ar e mantendo o corpo firme, para que eu não me encolhesse. Ele me apertou, não com muita força, mas mesmo assim senti que meu corpo todo estava sendo estrangulado, que eu estava sufocando.

— Como está...? — Ele limpou a garganta. — Sua casa? — Com a palma da mão direita, ele acariciou a minha barriga, os movimentos indo cada vez mais alto, até eu sentir seus dedos roçarem no arame da parte de baixo do meu sutiã, até senti-los irem na direção do tecido macio. — Jane, você e eu... — sussurrou ele no meu ouvido, as palavras arrastadas e quentes e úmidas.

— Stanley — falei e cheguei para o lado, para longe dele e do poste de concreto. — Stanley, infelizmente não sei bem se existe um você e eu.

— Ah — respondeu ele, meio afrontado, mas mais confuso do que qualquer outra coisa. — Mas eu...

— Não é você — falei.

Ele assentiu solenemente.

— É por causa do seu falecido marido? — perguntou ele. Estava confiante de novo, seguro de que tinha encontrado uma resposta para uma pergunta não feita, seguro de que sabia qual unguento aliviaria a dor dessa ferida. — Marnie disse...

Ela devia tê-lo avisado para ser gentil, para ser cuidadoso.

— Não, Stanley — eu disse. — Não é por causa do Jonathan. — E era verdade. — E não é por sua causa. — O que também era verdade, acho. — É só por minha causa mesmo.

Um ônibus vermelho de dois andares surgiu na esquina, os faróis brilhando contra o céu da noite e, pela primeira vez, na hora certa.

— Você acha que talvez esteja sentindo...

— Foi ótimo — interrompi, mas não sei por que me dei a esse trabalho, já que ficou bem claro que não era nem um pouco verdade. — E fique à vontade para manter contato com Charles, se faz você feliz. Mas acho que vamos ficar por aqui. Em termos de você e eu. Desculpe — eu disse. — E adeus.

Estiquei a mão esquerda, e o ônibus desacelerou, parando ao meu lado. Subi e, quando as portas se fecharam, ofereci a Stanley um aceno desnecessariamente entusiasmado. Ele ainda estava de testa franzida enquanto nos afastávamos.

Saí com homens demais nos anos seguintes a Jonathan. Por mais de um ano, não falei com outro homem. Mas todo mundo começou a se preocupar, a achar que eu estava sufocada pelo meu luto, e pareceu importante assegurar que eu ainda era uma participante ativa da minha própria vida. Porque, e esta é outra coisa que todos acabamos aprendendo, todo mundo sabe que uma mulher solteira que não está, pelo menos, atrás de amor romântico deve estar completamente infeliz.

Isso é piada. Pode sorrir.

A verdade é que eu não estava procurando; era demais esperar que eu encontrasse outro grande amor na minha vida tão mediana. Eu tive Jonathan e não poderia nem começar a imaginar que outro amor pudesse chegar perto daquele. E eu tinha Marnie. E ela ficava feliz de achar que eu ainda estava procurando, que eu tinha fé, que eu acreditava na bondade do mundo.

Mas tentei não sair com homem nenhum por tempo demais, por isso minha partida rápida. Em parte porque eu os achava (e isso é verdade, cada um deles) sufocantemente arrogantes e totalmente insuportáveis.

E também porque uma parte muito pequena de mim tinha medo de que eles pudessem realmente começar a me curtir.

Isso parece hipócrita? Não é a intenção. Antes de Jonathan, eu não achava que fosse possível alguém se sentir desse jeito por mim. Eu não acreditava que alguém pudesse encontrar esse tipo de amor em alguém tão desanimada e tão insegura. Mas Jonathan encontrou coisas para gostar, coisas para amar. Ele admirava minha natureza competitiva. Ficava impressionado, porque eu nunca perdia uma gincana de perguntas de pub. Achava certo eu chegar sempre cedo. Ficava impressionado quando eu lia um livro em um dia. Amava o fato de eu ser meticulosa, perfeccionista, de querer pendurar os quadros eu mesma. E, por fim, acabei começando a amar essas coisas também.

Eu não queria que aqueles homens se apaixonassem por mim, porque eu sabia que nunca poderia me apaixonar por eles. E sabia na época (e ainda sei) que a rejeição é uma bolha sob a pele, uma pequena dor que pode inchar e virar uma coisa muito mais significativa.

Isso é exagero?

Acho que não.

Mas agora não é hora.

Eu queria poder dizer que esta é uma história fácil de ouvir, mas não acho, nem por um momento, que vá ser assim. Vai haver muitas mortes esta noite, e eu queria que fosse de outra forma, mas prometi a verdade, e essa, finalmente, é uma promessa que posso cumprir.

Ainda não sei bem onde essa história realmente começou... E não tenho ideia de onde vai acabar. Mas sei como começar.

Há dois anos, Marnie e Charles estavam morando juntos no apartamento deles, e eu estava saindo com homens que não eram o meu marido, e a minha vida familiar estava complicada, mas administrável. Essas são as bases sobre as quais esta história começou. Esta é a história de como ele morreu.

6

A maioria das mulheres de vinte e tantos e trinta e poucos anos gosta de variedade, espontaneidade, da chance de conhecer pessoas e fazer coisas novas. Nunca fui assim. Sempre fui aquela garota de onze anos encolhida em um corredor de escola, prevendo uma rejeição. Nunca procurei ativamente por amizades, e por isso tenho bem poucos amigos.

Porque eu tinha uma amiga, sabe. E nenhuma das outras — as louras bonitas de short jeans apertado acima da polpa da bunda, os caras de calça jeans larga e moletom de capuz reunidos em volta de um baseado, os atletas em seus trajes de treino e tênis, as ratas de biblioteca com seus óculos e blusinhas, os garotos elegantes em suas calças cáqui e jaquetas —, nenhuma dessas pessoas se comparava. Eu não precisava delas, então não corria atrás.

Eu sabia do que gostava. Eu gostava de rotina e repetição. Ainda gosto.

Assim, na manhã seguinte à noite em que cortei Stanley da minha vida, fui visitar minha mãe. Ela morava em um lar de idosos no subúrbio, e eu sempre levava pelo menos uma hora para chegar lá. E, como gostava de chegar no máximo às nove horas, para poder estar lá no começo do horário de visitas, eu programava o despertador antes de ir dormir e saía de casa cedo, para pegar um dos primeiros trens do dia.

Os vagões estavam sempre tranquilos nas manhãs de sábado. Em geral, havia um homem de terno, de ressaca da noite de sexta que havia inesperadamente virado uma manhã de sábado. Com frequência, havia uma mulher com um carrinho de bebê, uma mãe novata tentando preencher o horário entre acordar e dormir e dormir e acordar, horas que não existiam alguns meses antes. Às vezes havia seguranças, faxineiros, enfermeiras, todos indo para casa depois do turno da noite. E sempre havia eu.

Eu via Marnie todas as noites de sexta e ia visitar minha mãe todas as manhãs de sábado.

* * *

A sala de estar ficava na frente do prédio, e passei por ela a caminho do quarto da minha mãe. Tentei não olhar lá dentro e me concentrar só na sua porta no fim do corredor, mas a sala sempre atraía o meu olhar. Tinha um aspecto sobrenatural que era estranhamente magnético. Estava cheia de idosos sentados em poltronas, alguns em cadeiras de rodas, todos com cobertores sobre as pernas. O tapete era todo colorido, decorado e intensamente estampado. Lembrava os carpetes de hotéis chiques, onde os gerentes tinham medo de manchas de comida e de lama e de maquiagem.

Aqui, as estampas tinham uma eficiência similar. Disfarçavam sujeira e vômito e, sim, manchas de comida, mas não de jantares exagerados regados a gargalhadas e fofocas e vinho, mas de purê de batata denso jogado deliberadamente no chão.

Fora o tapete multicolorido, a sala em si era sem graça: paredes bege vazias, sem fotografias ou gravuras, sem pinturas ou pôsteres, e poltronas escuras de couro, fáceis de limpar. Mas a decoração em si não era importante. A sala era interessante não por causa dos detalhes, mas pelos habitantes. Servia como pano de fundo para uma cena que exibia vida, morte e a periferia estreita que existia entre ambos. Aquelas pessoas estavam meio para cá e meio para lá. Seus corações batiam, e o sangue corria por suas veias, mas suas almas estavam resvalando, suas mentes, derretendo, seus corpos, murchos e quebrados. Era um lugar sinistro e inquietante, uma sala cheia de gente que quase não era mais gente, de vida que quase não era mais vida, de morte que ainda não era morte. Minha mãe nunca queria passar tempo lá, e as enfermeiras tinham parado de insistir há muito tempo.

Ela estava no quarto dela, sentada ereta, na cama, quando cheguei.

Parei na porta e a observei, só por um momento, enquanto ela mexia nas bolinhas costuradas no cobertor azul que estava dobrado em cima do seu edredom. Ela puxou as cobertas até o queixo e entrelaçou as mãos, que fizeram um volume. A janela estava escancarada, e uma brisa fria ergueu o tecido da cortina, que voou e lançou uma sombra na parede.

Aos sessenta e dois anos, minha mãe sofria de demência precoce. Os médicos do lugar onde ela morava (quando visitavam, uma vez por semana; nós raramente nos encontrávamos) tinham observado que ela estava no estágio mais avançado da doença, como se isso fosse uma revelação que devesse provocar consolo. O que queriam dizer, claro, era que com outros era bem pior. Eu entendia. Mas braços quebrados não aliviavam minhas farpas.

Bati na porta e entrei no quarto. Ela olhou, e eu sorri, na esperança de que ela se lembrasse de mim. Seu rosto estava estático, com rugas fundas na testa, e os lábios, permanentemente repuxados. Pude ver suas mãos se moverem debaixo do edredom e soube que ela estava usando o indicador de uma das mãos para puxar a pele ressecada em volta das cutículas da outra.

Às vezes, ela demorava alguns minutos para me reconhecer. Ela estava me encarando, e eu soube que estava remexendo nos arquivos enterrados nas alcovas fundas de sua mente, tentando avaliar minha entrada, localizar meu rosto, minha roupa, desesperada para decifrar essa nova chegada.

Ao olhar para trás agora, é difícil acreditar que ela morava lá havia dezoito meses. Sempre pareceu temporário, uma espécie de limbo. Não pensei na hora, embora pareça impossível agora, mas claro que lares de idosos são temporários. São o meio do caminho, não entre dois momentos da vida, mas na margem da própria vida.

Ela foi diagnosticada aos sessenta anos, mas, na época, estava morando sozinha havia um ano, o divórcio, concluído, e meu pai, já longe. Eu já sabia havia vários meses que algo estava errado; pensei na época que ela talvez estivesse deprimida. Ela vivia irritadiça de uma forma que nunca tinha acontecido antes, me criticando por pequenas inconveniências; leite demais no chá dela, lama nas solas dos meus sapatos.

Ela começou a falar palavrão. Nos primeiros vinte e cinco anos da minha vida, ela nunca, ao menos na minha frente, disse *merda* nem *porra*. Preferia dizer *meleca* e *pombas*, murmurando baixinho. Mas de repente os palavrões mais bombásticos faziam parte da linguagem diária dela. *Eu só queria uma gotinha da porra do leite. Você está espalhando a merda da lama pra todo lado.*

Às vezes, ela esquecia quando eu ia fazer uma visita, apesar da minha rotina rigorosa. Na manhã de sábado, eu tocava a campainha cedo. Ouvia seus chinelos no tapete, quando ela se aproximava da porta. Ouvia um tilintar enquanto ela prendia a corrente. Ela puxava a porta, só alguns centímetros, e enfiava o nariz na pequena fresta. Ela me observava, me olhando de cima a baixo, e dizia: "Ah, é hoje?".

Eu me perguntava se ela estava bebendo demais. Levei-a ao médico. Ele assentiu enquanto eu explicava a situação, e tive certeza de que ele entendia. Tive certeza de que ele sabia exatamente a causa dessa mudança de personalidade, que sabia as respostas que eu não tinha encontrado on-line, os remédios ou as terapias ou os conselhos que poriam fim àquilo.

— Menopausa — disse ele, quando terminei de descrever os sintomas da minha mãe. Ele assentiu solenemente. — Definitivamente é a menopausa.

Na manhã seguinte, minha mãe caiu da escada. Recebi uma ligação do vizinho. Ele ouviu um barulho estranho e, felizmente, usou uma chave extra para entrar. Meu pai tinha dado a ele anos antes, para molhar as plantas e alimentar os peixes quando estávamos todos na Cornualha.

Quando cheguei, minha mãe estava sentada no sofá, o roupão bem amarrado na cintura, segurando uma xícara fria de chá, discutindo com o vizinho, que queria muito que ela fosse para o hospital... Só para um exame rápido, só por garantia.

— Ah, não você também — disse ela quando me viu. — Não vi o degrau. Não estava concentrada. Eu teria me levantado logo, mas esse xereta não conseguiu ficar no canto dele, não é, e teve que entrar como se morasse aqui. Que ousadia.

Ele era um homem gentil, bem mais legal e mais paciente do que eu teria sido na presença de uma vizinha tão grosseira e ingrata, e prometeu que ficaria de olho nas coisas. Ele disse que trabalhava em casa, então estava sempre por perto. As paredes eram finas, ele disse, e ele manteria a música baixa para o caso de ela precisar de ajuda de novo.

Eu me perguntei quantas brigas ele ouvira ao longo dos anos.

Ela caiu de novo quinze dias depois. Ele escutou o estrondo e chamou uma ambulância. Ela sofreu um corte na testa quando bateu no corrimão. Disse que estava bem, que não era fundo, só um arranhão, mas ele insistiu que ela fosse ao hospital. Ainda estava sangrando quando a encontrei lá quase duas horas depois.

Uma médica foi nos ver, uma mulher não muito mais velha do que eu, que franziu a testa quando assenti seguramente e falei com confiança:

— Menopausa.

— Você acha que é a menopausa, sra. Baxter? — perguntou a médica, e minha mãe fez cara feia. — Não estou dizendo que não seja, mas é isso que *você* acha que é?

Minha mãe ergueu a sobrancelha não ensanguentada, suspirou e balançou a cabeça.

— Nesse caso, eu gostaria de fazer mais alguns exames. Tudo bem?

Minha mãe assentiu.

Ela foi diagnosticada com suspeita de demência naquela tarde. Ela morou sozinha por pouco tempo depois daquilo e foi ficando cada vez pior. Mas, quando o diagnóstico foi confirmado seis meses depois, ela se mudou para o lar de idosos, com o apoio, a equipe de enfermagem e o cuidado que, mesmo morando com ela, eu não teria como oferecer.

Eu me sentei na poltrona, botando o casaco no colo. Abri a boca para falar, mas minha mãe balançou a cabeça. Ela queria encontrar o arquivo certo; não queria minha ajuda.

— Você se atrasou — ela acabou dizendo.

— Só alguns minutos — respondi, me virando para ver o relógio pendurado acima da minha cabeça.

— Foi o trem? — perguntou ela.

Assenti.

Ela estava lá. Seus olhos estavam concentrados e calorosos. Às vezes, eu temia que ela tivesse desistido, que estivesse desejando que a demência se espalhasse pelo seu cérebro como um fungo, que penetrasse e destruísse os restos finais de humanidade. Mas, em dias como aquele, eu tinha certeza de que ela ainda estava lutando, reagindo do jeitinho dela, se recusando a ser doutrinada pelo vazio antes de ser absolutamente necessário.

— Você terminou com aquele garoto? — perguntou ela. Stanley e eu tínhamos saído duas vezes antes, sendo que uma delas não havia sido horrível, e eu tinha contado a ela sobre o piquenique no parque e as bebidas no pub, quando a visitei na semana anterior. Mas também contei que ele era advogado, que, em seus melhores momentos, ainda era chato e que a única coisa que o salvava era o cabelo muito macio.

Vi que ela estava orgulhosa de ter se lembrado da nossa conversa anterior. Era comum que ela se lembrasse do tom de uma discussão, se estava com raiva de mim, se estava satisfeita ou se tinha apenas gostado da companhia, mas, às vezes, ela se lembrava de pequenos detalhes. Eu me lembro de imaginar se ela os anotava depois que eu saía, se deixava lembretes para a semana seguinte, como meios de permanecer conectada quando a mente estava se esforçando tanto para se desligar.

— Com Stanley? — perguntei.

— Talvez. — Ela deu de ombros. — Não tenho espaço suficiente aqui para me lembrar de todos os nomes — disse, indicando a própria testa.

— Então, sim — falei. — Terminei ontem à noite.

— Que bom — ela disse. — Ele não me pareceu nenhum Jonathan.

A demência da minha mãe tinha, um tanto convenientemente, apagado as lembranças do meu relacionamento com Jonathan. Ela só se lembrava que eu tinha me apaixonado e que ele havia morrido. E não foi isso que aconteceu.

Não que meus pais não tenham gostado do Jonathan. Na verdade, acho até que gostaram; ele era magnético e engraçado e sempre muito educado. Mas acho que eles gostavam dele da forma como pais gostam de um primeiro namorado. Ele era legal. Ele serviria. Mas não era o que eles imaginavam quando me visualizavam casada.

Eles ficaram furiosos quando falei que estávamos noivos. Considerando que eles não concordaram em nada durante a década anterior, os dois tiveram certeza de que eu estava cometendo um erro irreversível. Argumentaram que éramos diferentes demais. Ele amava espaço e ar fresco; eu amava o conforto da minha própria casa. Ele amava pessoas e barulho; eu amava familiaridade e silêncio.

Acredito que eles acharam que ele não era bom o suficiente, não era inteligente o suficiente, não ganhava o suficiente como câmera. Não me importei.

Nas semanas seguintes ao noivado, minha mãe me ligou repetidamente, de vez em quando várias vezes em um único dia, para insistir que eu estava estragando minha vida. Ela falava sem parar, com zelo, repetindo que o amor não era fácil e que era complexo demais, multifacetado demais para eu conseguir entender, e que o casamento era para outra hora, outra década, outra vida. Ela alegou que éramos jovens demais, ingênuos demais, presos demais a uma coisa que ia além da nossa compreensão. Ao fundo, eu ouvia o ar assobiando pelo bocal enquanto ela andava pelo corredor de casa, suas viradas acentuadas em cada ponta do corredor, os suspiros intensos entre frases. Ela não falou, não com essas palavras, mas acho que estava tentando me proteger do seu próprio erro, de um casamento que reduziu todas as partes de quem ela era antes a poucas palavras murchas: "esposa", "mãe", "coração partido".

Ela me disse que eu tinha que fazer uma escolha. Escolhi Jonathan.

Talvez devesse ser uma decisão difícil. Mas não foi.

Quando Jonathan e eu estávamos sozinhos, éramos completamente nós mesmos. Essa era minha maior alegria, ter encontrado uma pessoa com quem eu podia ser eu mesma e que, por sua vez, era seu eu verdadeiro para mim. Quando estávamos com outras pessoas, especialmente meus pais, ficávamos um pouco melhores; um pouco mais engraçados, um pouco mais legais, um pouco mais apaixonados. Nós nos amplificávamos, para ser o tipo de casal que deixava os outros à vontade. Ele fazia piadas sobre mim, brincadeiras leves que geravam risadas nos outros homens, no meu pai, e eu era mais educada, levava bebidas, perguntava se ele queria mais alguma coisa e o encorajava a gritar se precisasse de alguma coisa da cozinha. E nos tocávamos de um jeito que às vezes parecia artificial; o braço dele na minha cintura, minha cabeça no ombro dele. Quando estávamos sozinhos, nossos corpos se mesclavam, os membros entrelaçados, pele esticada sobre pele.

Foi uma escolha fácil.

Acho que eu imaginava que minha mãe fosse por fim se render, que decidiria que podia viver com meu casamento. Não pareceu justo que aquele fosse o momento em que ela restabelecia seu amor maternal.

Quando eu tinha quase quatro anos, minha irmã, Emma, nasceu sete semanas prematura, em uma onda de caos. Ela foi levada para a unidade de tratamento intensivo e colocada em uma incubadora, enquanto minha mãe era levada para uma cirurgia, a fim de estancar uma hemorragia que não parava. As duas voltaram para casa várias semanas depois, mas, em apenas um mês, tudo tinha mudado. Dali em diante, minha mãe foi ficando mais e mais obsessiva, sempre agitada por causa da sua filha caçula, sucessivamente perguntando: ela está com frio, ela está com sede, ela está respirando? Acabei ficando mais próxima do meu pai por causa disso (ele não conseguia fazer nada certo naqueles primeiros meses), mas minha mãe estava presente só em corpo. Não estava interessada em histórias de ninar, nem nas fotografias da minha primeira escola, nem nos detalhes do que acontecia durante o dia de uma criança. Ela nunca mais se interessou por mim, e eu não acreditava que ela me achava digna de tanta atenção na idade adulta.

Logo depois do meu casamento, meu pai pediu o divórcio e saiu de casa. Judy, a secretária e antiga amante dele, tinha ficado viúva um ano antes. Ela havia ameaçado abandonar meu pai se ele não se comprometesse integralmente com ela. As ameaças da minha mãe nunca pareceram convincentes, mas as de Judy eram. Não foi surpresa para nenhuma de nós que meu pai a tenha escolhido.

Eu achei que minha mãe talvez precisasse mais de mim depois da perda. Mas eu deveria saber.

Houve um ano em que não nos falamos. Eu me lembro de esperar uma ligação no meu aniversário, pois claro que mães e filhas são unidas pelo nascimento, no mínimo, mas não aconteceu. Ela não me procurou quando Jonathan morreu. Eu me perguntei se ela iria ao enterro. Não foi. Eu não tinha dado os detalhes, mas acho que imaginei, talvez até tivesse criado esperanças, que ela pudesse perguntar para outra pessoa na época.

Mas, aí, inesperadamente, um mês e pouco depois, ela começou a me enviar e-mails, um ou dois por semana, nada de importante, só atualizações sobre a vida dela, coisas que a faziam pensar em mim: uma loja nova de móveis na rua de cima, um artigo em uma revista, um trailer de um filme do qual achou que eu pudesse gostar.

Eu acabava respondendo (tinha visto o filme e achado chato), e acabamos iniciando um diálogo desconfortável. Eu estava com raiva dela na época, com muita raiva, porque ainda havia tanta coisa sem ser dita. Eu me via inserindo essas pequenas verdades, essas pequenas raivas, nas minhas mensagens e nas nossas conversas, escondidas em comentários ásperos, despedidas abruptas e, às vezes, nas longas demoras entre respostas. Era bem mais fácil cutucar essas cicatrizes do que lidar com a dor enorme que crescia dentro de mim.

Eu a odiava. De verdade. Mas, um dia, não odiava mais. Ela também tinha perdido o homem que amava. E perdeu muito mais depois: a mente, as lembranças. Nossas vidas estavam em lugares bem diferentes, mas nós duas estávamos destruídas e encontramos uma coisa familiar na aspereza da outra. Depois de mais de vinte anos sem conseguir nos entender, finalmente tínhamos uma coisa em comum.

Depois descobri que eu também podia apagar minhas lembranças do drama; não eram as ações daquela mulher, daquela mãe, mas de outra pessoa, agora perdida nas dobras da história e do tempo.

— Não — acabei dizendo. — Stanley não era como Jonathan.
— Então já foi tarde — disse ela. — Você não acha?
— Eu diria que sim — respondi.

Liguei a televisão, e vimos o noticiário juntas. Um adolescente tinha sido esfaqueado; o agressor estava irreconhecível em uma fotografia granulosa, uma imagem de câmera de segurança. Um político desacreditado falou com a imprensa, se explicando, sem pedir desculpas, justificando suas ações. Uma jovem mãe chorava; seus benefícios foram cortados, e ela não podia pagar uma creche para poder trabalhar nem trabalhar para poder pagar uma creche. Ficamos chocadas e nada surpresas e tristes, nossas expressões se modificando juntas.

O âncora acabou se despedindo de nós, e eu peguei meu casaco e minha bolsa e voltei para o corredor, deixando minha mãe adormecida e a televisão murmurando os créditos de abertura de um novo programa de perguntas e respostas.

Estou contando sobre a minha mãe porque é importante que você entenda o papel dela nessa história. Eu a odiei, mas também a perdoei. Lembre-se disso.

7

Eu não tinha alguém para levar até a casa de Marnie e Charles na sexta seguinte, mas era comum que eu fosse sozinha, e eu estava bem ansiosa para isso. Até Marnie me ligar ao meio-dia, para dizer que eu não poderia jantar lá naquela noite, porque Charles tinha planejado um fim de semana surpresa em Cotswolds. Ela ligou do carro, e ouvi o chiado dos outros veículos passando na estrada. Perguntei-me há quanto tempo ela sabia da viagem. Ela devia ter sido informada ao menos algumas horas antes, porque teve tempo de fazer as malas e sair da cidade de ruas apertadas, pequena e abarrotada, ladeada por carros estacionados e sinais vermelhos em intervalos de centenas de metros. Ela poderia ter ligado mais cedo.

— Para onde você vai? — perguntei, mas não sei por quê; eu não estava interessada na resposta.

— Para um hotel — disse ela. Ouvi o estalo do telefone na sua bochecha, e a imaginei se virando para Charles, que estaria sentado ao lado, no banco do motorista, como sempre, ditando o caminho. — Como se chama?

Eu o ouvi falar, não palavras individuais e isoladas, mas um murmúrio, o timbre da sua voz ecoando no interior metálico do carro.

— Ele não lembra — disse Marnie. — Mas é... — O estalo de novo. — O Google diz que vamos chegar em duas horas.

Eu os imaginei sentados lado a lado: os sapatos de Marnie abandonados no chão, os pés encolhidos no assento, junto às coxas; Charles com uma camisa arrumada e um suéter quente, sempre a par do frio de outono e o tipo de homem que gostava de dirigir com a janela aberta e o cotovelo apoiado na beirada.

— Jane — grita ele. E, mais baixinho, até com carinho: — Ela está me ouvindo?

— Estou ouvindo — digo.

— Continue — respondeu Marnie, mas não para mim. — Ela disse que está ouvindo.

— Jane — gritou ele de novo —, posso pedir um favor? Eu gostaria de ficar com essa linda mulher só para mim no fim de semana. O que você acha? — continuou ele. Apertei o polegar no fone, para sufocar o som. — Você pode fazer isso? Só quarenta e oito horas. Você vai ficar bem.

Marnie riu, uma risadinha de menina, e eu ri também e gritei:

— Claro. Ela é toda sua.

O que mais eu podia fazer? O que mais eu podia dizer? Eu sabia o que aquilo significava.

— Mas vamos te ver semana que vem? — perguntou Marnie. — No mesmo horário de sempre?

— Sim — eu disse. — No mesmo horário de sempre.

— Me avise se Stanley também for — falou ela.

— Não vai — respondi.

— Ah — disse ela —, é mesmo? Que pena.

Ela ficou surpresa do mesmo jeito que otimistas costumam ficar pelos fatos que traem a fantasia. Ela sempre espera, sempre supõe, que o próximo homem vai ser o homem certo, o que é besteira, porque as provas sugerem o contrário. Ela nunca viu nenhum dos meus pretendentes, como ela os chama, mais de umas duas vezes.

— Me avise se quiser levar outra pessoa — disse ela.

Marnie encerrou a chamada, e ouvi o silêncio no lugar onde a voz dela estava segundos antes. Eu sabia o que viria e também sabia que estava com medo. Respirei fundo, inspirei ruidosamente, porque meu peito estava apertado, minhas costelas meio que tremendo, e porque o ar ficava prendendo na minha garganta.

Você já sabe que havia uma aliança de noivado. Eu tinha suposto que ainda estava na mesa de cabeceira de Charles; não havia motivo para pensar diferente. Mas, naquele momento, eu tinha quase certeza de que estava na estrada, enfiada num bolso de jaqueta ou numa bolsinha de mala ou no porta-luvas daquele carro branco reluzente.

Quando me deitei na cama, naquela noite, imaginei-a no quarto de hotel deles, guardada na gaveta de uma nova mesa de cabeceira, esperando o momento perfeito. Eu a via guardada na caixa de veludo vermelho, um aro dourado com três diamantes brancos.

Eu odiava a aliança só de pensar. Odiava pensar que ela poderia se casar com ele.

Quando criança, o relacionamento de Marnie com os pais foi tenso: eles mais pareciam colegas do que parentes. Sua mãe e seu pai eram ambos médicos, muito bem-sucedidos em suas respectivas áreas. Eles sempre viajavam, e Marnie e o irmão mais velho, Eric, ficavam em casa por semanas seguidas desde que tinham idade suficiente para ir à escola sozinhos e preparar as próprias refeições. Os pais dela apareciam nos dias bons (as noites de pais, as peças de escola), mas não eram muito presentes. Ela não tinha ninguém por perto nos dias ruins, nos dias normais, no dia a dia que dá forma à vida.

    Até eu chegar. Esse era meu papel. Eu a amava completa, incondicionalmente, sem dúvida alguma.

    Charles achava que também podia ocupar aquele espaço. Mas estava enganado. Porque uma garrafa de champanhe enviada no bar não é altruísmo, é ostentação. Um apartamento caro não é generosidade. É desespero e excesso. E uma aliança extravagante não é símbolo de compromisso, mas de confiança cega, do tipo de arrogância que só era vista como aceitável em um homem como Charles.

Eu tinha descoberto a aliança alguns meses antes.

    Marnie e Charles iam sair de férias por uma semana. Eles iam para Seicheles, eu acho, ou talvez Ilhas Maurício, e estávamos prestes a passar por uma onda de calor em Londres. Marnie estava nervosa por causa das plantas na varanda, questionando se elas sobreviveriam por sete dias com sol forte e sem chuva. E Charles estava dizendo que ela era ridícula, porque eram só plantas, e ela podia comprar outras depois.

    Jantei, ouvindo a briga deles e ficando deliberadamente quieta. Eu estaria mentindo se dissesse que não estava satisfeita com a briguinha — eu gostava de ver Charles falhar em conseguir entender Marnie —, mas eu sabia que não ganharia nada com minha intervenção. Mesmo assim, eu queria dizer para Charles não ser tão babaca, dizer que, se as plantas importavam para Marnie, também deveriam importar para ele. Mas não disse.

    Na manhã seguinte, Charles me ligou e perguntou se eu me importaria de ir molhar as plantas enquanto eles estivessem viajando.

    Eu não tinha carro; não sabia dirigir. Normalmente, eu levava trinta minutos para ir do meu apartamento até o deles de metrô e eu soube na mesma hora que não seria muito conveniente.

    Pensei se eles não tinham outros amigos que moravam mais perto: colegas de Charles, talvez, que também pudessem pagar apartamentos extravagantes em antigas mansões. Eles tinham; deviam ter. Mas Charles pediu para mim.

    Talvez eu seja a amiga mais íntima deles, pensei.

    Eu sabia que isso não era verdade, claro.

    Eles me pediram só porque sabiam que eu diria sim. Marnie tinha muitos outros amigos, Charles também, mas eu era eficiente, confiável.

Charles explicou que deixaria uma chave extra com o zelador e que, se eu pudesse, de segunda a sexta (e uma vez no sábado também seria bom), passar lá depois do expediente seria perfeito.

Na segunda-feira, saí do trabalho às seis e meia, exausta de um dia sentada atrás de uma escrivaninha, na frente de uma tela, tentando explicar para clientes inquietos por que suas encomendas não tinham chegado na hora que eles escolheram. Eu tinha tirado quase dez semanas de folga depois que Jonathan morrera e, quando voltei, descobri que não estavam mais vendendo móveis e que eu tinha sido transferida para a equipe de atendimento ao cliente, para atender ligações. Eles afirmaram que haveria oportunidades de contribuir com a empresa de forma significativa, mas me parecia um rebaixamento.

A linha ficava fechada aos sábados e domingos, e o começo da semana era sempre o pior. Na segunda-feira, as pessoas cujas encomendas não haviam chegado no sábado estavam tão furiosas, tão fora de si de frustração (sem mobília de jardim para o churrasco, sem presente de aniversário do filho, sem roupa para a festa chique), que não conseguiam conter a raiva. Passavam, então, quase uma hora chiando e cuspindo e xingando e gritando no telefone. E eu passava uma hora acalmando e garantindo e prometendo corrigir o erro e oferecendo pequenas somas em crédito de compensação.

Cheguei ao apartamento de Marnie e Charles pouco depois das sete.

— Posso ver sua identificação? — perguntou o zelador, quando pedi a chave.

— Não tenho. Mas, Jeremy — falei, pois ele estava com crachá —, você me vê aqui uma vez por semana, há anos. Sabe quem eu sou. E, olha, estou vendo o envelope com a chave bem ali, na sua mesa. Jane Black. Você sabe que é meu nome.

— Você não está com sua identidade? — repetiu ele.

— Infelizmente, não — respondi.

Abri meu sorriso mais doce e fiquei sinceramente atônita quando, num movimento conspiratório, ele deslizou a chave por cima da mesa e disse:

— Não fui eu que te dei isso.

Peguei o elevador até o andar deles, e, quando as portas se abriram e eu saí, as luzes do corredor acenderam. Marnie e eu tínhamos passado um ano saindo de elevadores para pisar em um carpete azul, e o prédio onde eu morava agora oferecia a mesma experiência (o carpete era cinzento, mas sujo e puído do mesmo jeito). Esse prédio, no entanto, era notadamente diferente e nunca falhava em me fazer sentir meio inferior. As paredes eram cobertas de obras de arte, com assinaturas pintadas que decoravam o canto inferior direito de cada uma, e havia luzes penduradas no teto, em belos lustres. O piso de parquete era bem encerado e brilhava sob as luzes, e a única evidência de que outros sapatos andaram por aquele chão era um leve desbotamento, algumas marcas leves, nas portas dos dois elevadores.

Entrei no apartamento e, estupidamente, fiquei surpresa de encontrá-lo escuro. Nas noites de sexta, eu tocava a campainha, e Marnie corria para atender, abria a porta e sorria, depois voltava à cozinha, para mexer ou temperar ou sacudir. Normalmente, a câmera ficava na bancada, filmando-a enquanto ela preparava sua mais nova mistura. Sua breve partida — minha chegada — aparecia regularmente nos seus artigos, suas receitas e nos seus vídeos também.

Eu sempre queria sair para jantar. Queria que fôssemos só nós duas de novo. Mas ela precisava estar na cozinha, ela dizia; era como ela pagava sua metade da hipoteca. Charles estava desesperado para ter uma mulherzinha, uma esposinha; alguém que pudesse ser dele. Mas eu sabia que ela não queria aquilo para si e eu também não queria isso para ela.

Do corredor, eu a ouvia dizendo:

— E nesse exato momento eu estava esperando que Jane chegasse. — Eu fechava a porta silenciosamente e parava para ouvir. — Porque eu poderia sair correndo só por um segundo, sabendo que nada transbordaria nem queimaria, e eu não voltaria para dar de cara com panelas queimadas e molhos empelotados.

Eu a ouvia mexendo na cozinha por um momento ou dois — uma colher girando numa panela ou o estalo de óleo em uma frigideira ou uma sinfonia de gavetas e armários abrindo e fechando —, e, em algum momento, ela dizia a frase que eu estava esperando ouvir. Era sempre algo assim:

— Mas vocês lembram o que eu sempre digo, não lembram? Jane é basicamente família para mim. Eu sei que ela está lá fora pendurando o casaco ou tirando os sapatos ou o que for, e ela pode muito bem pegar uma bebida ou abrir uma garrafa. *Mi casa es su casa*, essas coisas. Se seus convidados exigirem mais, eu sugeriria marcar a chegada deles para o fim do próximo estágio, quando vocês podem parar direito e ser os anfitriões perfeitos.

Eu ficava sozinha no corredor nesses momentos, sim, mas era tão diferente. As luzes ficavam acesas, e elas estavam em toda parte, lâmpadas penduradas no teto e na parede, brilhando nos cantos. Havia velas aromáticas junto das coberturas dos aquecedores, na lareira, na mesa de centro, tremeluzindo em todas as superfícies. Eu sempre ouvia Marnie falando sozinha, falando com os espectadores, com seus seguidores que continuavam aumentando. Havia o ruído do forno, e as portas de vidro que levavam à varanda estavam sempre abertas, e eu ouvia o assobio do vento e o ronronar de gatos e motoristas apertando as buzinas na rua abaixo.

Mas, naquela noite, estava escuro, inodoro, silencioso.

Gostei da sensação do apartamento livre de outras presenças; pareceu sem dono e meio vazio.

Demorei um pouco para encontrar o regador (embaixo da pia do banheiro) e a chave da varanda (na gaveta ao lado das colheres de chá). Estava quase escuro quando fui para fora, mas consegui ver teias de aranha entre as folhas das plantas, indo dos caules até a grade de metal, cintilando na luz da noite. Havia uma aranha visível, pequena e marrom, no meio de uma teia. Botei o bico do regador em cima dela e vi uma torrente de água jogar tudo, aranha e teia, na direção do pátio.

Quando cheguei em casa, eram quase nove horas.

Na manhã seguinte, fiz uma malinha com roupas e itens de higiene suficientes para durar até o fim da semana. Levei, inclusive, minha roupa de cama. Eles pediram um visitante, um convidado, alguém que fosse aparecer intermitentemente por meia hora ao dia, para molhar as plantas. Mas acabei me tornando hóspede.

Achei que eles não se importariam, mas eu não ia contar.

Entrei no apartamento deles naquela noite e parei novamente no corredor escuro. Aquela seria minha casa, só por uma semana, mas minha casa mesmo assim. Acendi todas as luzes, exatamente como Marnie gostava, e fiz a cama deles com os meus lençóis e fronhas. Guardei minha comida na geladeira deles, nos armários, liguei o rádio deles, vasculhei as estantes. Era fácil saber que títulos pertenciam a Marnie e quais pertenciam a Charles; a maioria das lombadas dos dele era escura e rígida, seus títulos dourados em negrito, enquanto os dela tinham tons pastel, principalmente rosa e amarelo, com fontes intrincadas, manuscritas.

Voltei do trabalho a cada noite e me envolvi na maciez das almofadas deles, na camada fina de sujeira dos azulejos do chuveiro, nas marcas de protetor labial que manchavam as taças.

Há algo bem estranho e também muito reconfortante em ficar sozinha na casa de outra pessoa. Eu me lembro de sentir a presença deles, apesar de estarem a horas de distância — continentes, até —, do outro lado do mundo. Senti como se os visse, a versão verdadeira deles como casal, pela primeira vez. Eu me vi remexendo nos armários, querendo descobrir seus temperos favoritos e os que ainda estavam com a proteção de alumínio no lugar. Remexi nas gavetas e fiquei impressionada ao descobrir que Marnie tinha se tornado o tipo de mulher que se dava ao trabalho de pensar em sutiãs e calcinhas que combinassem. Olhei o armário de remédios — um amontoado infinito de analgésicos e pastilhas para tosse e band-aids bege e um termômetro ainda lacrado — e senti que os conhecia um pouco melhor do que antes.

A mesa de cabeceira de Marnie abrigava uma variedade de pequenos objetos, nada importante: pacotes de lenços de papel, amostras de produtos de beleza, canetas sem tinta, cartões de aniversário antigos, embalagens vazias de anticoncepcional, um par de óculos de sol antigo, uma pulseira de uma viagem que fizemos à Grécia quando estávamos na faculdade. Na de Charles, descobri três revistas, dois marcadores de livros, quatro pen-drives, algumas fotos Polaroid do casamento de um amigo (em uma delas, Marnie usava um vestido de seda azul que eu tinha ajudado a escolher) e, embrulhada num saco de papel pardo lá atrás, uma caixa vermelha de veludo.

Eu sabia o que ia acontecer; tive tempo para me preparar.

Era tarde de domingo, e eu ainda estava na cama quando recebi uma segunda ligação de Marnie. Segurei o telefone acima do rosto e vi seu nome escrito em letras de fôrma no meu celular, a fotografia tirada na cozinha dela, as faixas do avental amarradas na cintura, o cabelo ruivo afastado do rosto, quando mudei para um smartphone dois anos antes.

Respirei fundo e atendi.

— Jane? — gritou ela. — Jane, está me ouvindo? — Ela estava eufórica, vibrando de empolgação.

— Claro — falei. — O que foi? Qual é o problema?

E eu sabia o que era, e não havia problema algum, mas seguimos com o fingimento mesmo assim.

— Charles me pediu em casamento — disse ela com um gritinho. — Ele me pediu para casar com ele. — Ela não foi capaz de controlar o volume e a velocidade das palavras. — Estou enviando uma foto da aliança. — Ouvi seus dedos digitarem. Ela ergueu o telefone até a bochecha de novo. — Chegou?

Meu celular vibrou junto ao meu ouvido. Eu já sabia, claro, o que a imagem mostraria. Mas não estava pronta para ver o anel no dedo dela, sobre a pele clara, prendendo Marnie a um futuro muito específico.

— Ainda não — respondi. — Mas sei que já vai chegar.

Eu ia olhar, mas depois. Estava planejando botar uma garrafa de vinho na geladeira e arrumar o apartamento e ir dar uma volta, para, algumas horas depois, quando estivesse tranquilo e escuro lá fora, abrir a mensagem e olhá-la.

— E você vai estar lá, não vai? — perguntou ela. — Claro que vai. No casamento? Pode ser que seja no exterior, talvez, vamos ver, não sabemos ainda. E você vai me ajudar a decidir o que vestir?

— Claro — respondi. Mas não estava convencida de que minha voz parecia entusiasmada. — Claro — falei de novo, torcendo para que a repetição criasse uma aparência de euforia, quando, na verdade, eu só sentia náusea.

— E você vai ser minha dama de honra — disse ela. — Vai, não vai?

— Vou — respondi. — Claro que vou.

— Olha, tenho que ir. Estamos indo pra casa agora, e preciso fazer mais algumas ligações, e, ah, Jane, não é uma coisa incrível? Não consigo acreditar, de verdade. Você me avisa quando a foto chegar? Ou posso mandar de novo. É muito,

muito especial. Você vai gostar, eu acho. Ou pelo menos vai dizer que gostou. Mas sei que vai gostar de verdade. Bom, estou tagarelando, e Charles está revirando os olhos... Sim, sim, já vou... Então nos falamos mais tarde e nos vemos na sexta ou antes e... Sim, tudo bem... Eu te amo!
    Ela desligou.

8

Fui dormir cedo naquela noite. Fiquei sentada, encostada nos travesseiros, suando no pijama de flanela, encarando a foto na tela do meu celular. Mostrava a mão dela, o aro dourado envolvendo o quarto dedo. Era um anel muito bonito, mas não pude deixar de imaginá-lo como se fosse feito de corda, como uma forca que podia sufocar, o fim de uma coisa ao invés do começo. A mão, embora fosse obviamente de Marnie, com os dedos finos e elegantes e as unhas bem cuidadas e pintadas, parecia diferente, um ser autônomo, bem separado dela como um todo.

    Acordei abruptamente, às duas e dez da manhã, encharcada de suor e tremendo e com a certeza absoluta de que tinha esquecido uma coisa de muita importância. Foi nessa hora que me toquei que Marnie tinha ligado do carro de novo, não só no primeiro telefonema, mas no segundo também. Houve aquele mesmo som de trânsito e a reverberação de rodas em alta velocidade. E ela disse, não disse, que eles estavam viajando, que eles estavam voltando para casa.

    Eu tinha certeza absoluta de que Charles não teria — nunca teria — feito o pedido no carro. Não era mesmo o estilo dele. Ele ia querer flores e champanhe e violinistas e provavelmente a luz do luar também. Fiquei um pouco surpresa de ela não ter me ligado antes.

Aos dezesseis, Marnie se apaixonou por um garoto chamado Thomas. Ele tinha dezessete anos e um metro e noventa e três e jogava rúgbi pelo condado. Ela amava o maxilar esculpido e o abdome firme e os ombros largos e os braços fortes. Eu não conseguia parar de olhar para a testa bizarramente grande. Mas ele era encantador, e digo isso como alguém que não se comove facilmente com bons modos e carisma e um sorrisinho meio torto.

    Eu não o odiava, mas deveria. Eu não o matei, mas queria ter matado.

    Pare. Não me olhe assim.

Pare com a crítica e escute a história.

Gostei da forma como o relacionamento deles funcionou. Ele tinha esperanças de ganhar uma bolsa de atleta em uma boa universidade e passava boa parte do seu tempo treinando ou competindo. A maioria das noites, na verdade, e sempre havia um jogo no fim de semana. Eles se viam pouco, e o romance vivia de bilhetes passados nos corredores e sequências de mensagens e piscadelas no refeitório.

O verão chegou com suas manhãs ansiosas e tardes longas, úmidas. Só reparei que Marnie ainda usava suéteres quando, um dia, distraidamente, ela levantou as mangas no almoço e vi, acima de seu ombro, quatro hematomas iguais. Ela me viu olhando e murmurou uma besteira sobre bater no estrado da cama.

Não sei como deixei passar. Ela vivia escondendo o celular, sendo que, antes, lia as mensagens em voz alta, e elaborávamos as respostas juntas. Ela se irritava rapidamente, ficava agressiva e inquieta e esquiva, e eu não reparei em nada disso.

Eu sabia o que estava acontecendo. E sabia que podia impedir.

Havia uma treliça coberta de trepadeiras no jardim dos fundos da casa dos pais de Marnie, que ia até a janela do quarto dela. Subi por lá. Abri o armário. Entrei e me sentei de pernas cruzadas, protegida pelas roupas.

Esperei.

Eu sabia que ele estava jogando rúgbi naquela tarde. Ela foi assistir à partida, e eu sabia que eles voltariam para o quarto dela depois, porque seus pais estavam no recital de música do outro filho, e, naquela época das nossas vidas, uma casa vazia era tentação demais para ser ignorada.

Ouvi a chave na porta, as vozes na entrada, a torneira aberta na cozinha, um armário sendo aberto, um copo na bancada de mármore. Ouvi os pés deles na escada, a porta do quarto arrastada no carpete, as molas da cama.

Tirei o celular do bolso e liguei o microfone e o segurei no vão entre as duas portas, por onde a luz entrava. Ainda tenho a gravação.

— Será que a gente pode...? — diz ela. — Só hoje, não?

— Ah, para com isso — responde ele.

— Não. Estou falando sério. Você pode...

— Mas você falou. Você disse "hoje". E aí? Mudou de ideia?

— Na próxima vez — diz ela. — Prometo. Mas meus pais. Eles vão voltar a qualquer momento.

— Você está fazendo com outra pessoa, não está? — diz ele, sem provocação.

— Não estou. Juro que não estou.

— Você é uma piranha, é isso que você é.

— Não sou! Juro que não sou! Não tem mais ninguém, eu juro.

— Você sabe que, se eu quisesse, eu poderia, né? Você sabe disso, né?

— Por favor, Tom. Não vamos...
— Eu posso fazer o que eu quiser. Você sabe disso.
— Para — diz ela. — Para com isso. Não me ameaça.
— Você acha que é uma ameaça? É a porra de uma promessa.
Ela começa a chorar.
— Meus pais vão viajar no próximo fim de semana — diz ele e se levanta (o colchão geme) e abre a porta (há o ruído da madeira no carpete) e vai embora.
Parei a gravação, mas fiquei encolhida no armário.
Marnie foi ao banheiro alguns minutos depois, e eu saí pela janela e desci a treliça. De um e-mail anônimo, mandei a gravação para o treinador de rúgbi dele, e Thomas foi discretamente dispensado do time. Ele mandou mensagens agressivas para Marnie, mas nós as lemos juntas, e ela nunca mais o viu depois disso. Ela me convidou para fazer aulas de defesa pessoal com ela, uma mistura de artes marciais, e foi (ainda é) gratificante saber que meus atos nos tornaram mais fortes, mais duronas, menos vulneráveis.

Acho que ela sabia que fui eu que o gravei e mandei aquele e-mail. Mas nunca disse nada. E acho que, se ela tivesse achado que passei do limite, teria falado. Ainda assim, nos meses seguintes, ela às vezes se virava para mim como se fosse falar, mas mudava de ideia e fechava a boca.

Agora, suponho, desejo que ela soubesse. Espero que, naquele momento, ela tenha percebido que nossas raízes estavam tão entrelaçadas, a pele grossa tão erodida nas junções mais apertadas, carne na carne, que éramos inseparáveis. Espero que ela soubesse que nós duas éramos, a qualquer custo, totalmente comprometidas para sempre e por toda a eternidade.

O casamento aconteceria nove meses depois do pedido de Charlie, no primeiro sábado de agosto. Eu tinha me perguntado se o noivado mudaria as coisas, mas felizmente o ritmo regular do dia a dia não pareceu ter sido afetado. Os meses passaram sem problemas. Marnie e eu ainda nos falávamos regularmente, às vezes em várias ocasiões por semana. Nós ainda jantávamos juntas todas as noites de sexta, e, admito, embora fosse comum que nossas conversas se voltassem para arranjos florais, eu esperava algo bem pior. Então, fiquei aliviada ao descobrir que ainda éramos as mesmas pessoas que sempre tínhamos sido.

No começo do último fim de semana de solteira dela, naquela noite de sexta, Marnie e eu estávamos sentadas juntas no chão do apartamento, amarrando etiquetas prateadas de nomes em caixinhas de amêndoas cobertas de açúcar. As muitas listas de coisas a fazer foram diminuindo nas semanas anteriores, até restarem só alguns detalhes finais, as últimas coisas que precisavam ser feitas.

— Quando a mãe do Charles chega? — perguntei. — Ela vai ficar aqui? — Era uma dificuldade passar o fio prateado pelo buraquinho no papel, e esse tipo de trabalho meticuloso e detalhado nunca havia sido o meu forte.

— Eileen? — disse Marnie. — Ah, não sei. Acho que não. Mas... Não sei onde ela poderia ficar. Espere. — Ela foi até a cozinha e voltou com o laptop. Sentou-se no sofá e ergueu a tela. — Não sei — repetiu. — Espero que ela não fique aqui. Eu teria que preparar a cama e tudo.

— Posso ajudar — eu disse. E passamos a cuidar dos cardápios, pois todos precisavam de furos na parte de cima e de uma fita amarrada em laço.

Charles chegou em casa uma hora depois. Deviam ser quase nove horas. Nós soubemos que ele estava de mau humor pela forma como bateu a porta, pela batida da pasta no chão, pelo grunhido de quando pendurou o paletó no corrimão.

— Vou dar uma olhada nele — sussurrou Marnie.

Ouvi a voz dela no corredor; um murmúrio suave e alegre com melodia própria, quase uma cantiga. E as respostas dele, curtas e ríspidas. E inicialmente foi só o fim de um dia, o desabafo da raiva, mas a voz dela também começou a mudar, a ondular, e, em vez de acalmá-la, ele a exasperava.

— Acabei de passar pela porta — disse ele, e a voz estava alta agora, se espalhando daquela forma que a voz de um homem orgulhoso pode se espalhar —, e você está me perguntando coisas do casamento. E eu não faço ideia, Marnie. Eu não sei nada de nada do casamento.

— Eu perguntei sobre a sua mãe — disse ela. — Ela é sua mãe.

— Está sob controle.

— Ela está no planejamento de mesas.

— Bom, por que ela está no planejamento de mesas? — perguntou ele.

— Porque ela é sua mãe — insistiu Marnie. E com a voz mais baixa e mais gentil: — Ela não vem? Nós não a vemos há séculos e...

— Vou tomar um banho — disse ele. Depois, subiu a escada, e ela gemeu e entrou na cozinha.

Ouvi a torneira aberta e o estalo do fogão e ela falando com a câmera, a voz melódica de novo. Continuei cortando, passando o fio, amarrando a fita e empilhando os cardápios prontos em caixas.

Charles entrou na sala alguns minutos depois, usando calça jeans agora, o cabelo úmido, e se sentou no sofá ao meu lado. Ele era tão grande, tão alto, com mais de um metro e oitenta e ombros largos e o tipo de físico que os homens cultivam só porque querem parecer fortes.

— Você não a convidou — falei, enquanto usava os dedos para medir pedaços de fita.

— O quê? — disse ele.

— Você está mentindo. Você não a convidou.

Acho que ele não queria se abrir comigo; se tivesse escolha, ele teria decidido não me contar nada. Mas sua pausa revelou a verdade.

— Eu não a quero lá, tá?

— Eu entendo — falei. E entendia mesmo. — Não convidei meus pais para o meu casamento.

— Pois é.

E acho que ele entendeu errado, que achou que nossos pais eram iguais, que nós éramos iguais, mas não éramos nem um pouco.

— Porque ela está doente — continuou ele. — E não sei se consigo lidar com isso no dia do meu casamento, sabe. Se ela for, tudo vai girar em torno dela. Você não acreditaria em como as pessoas agem perto de doença. Eu saio com ela, e todo mundo quer conversar sobre a porcaria da peruca e a náusea que ela sempre sente e sobre dietas que erradicam o câncer. É absurdo. Acho que ela gosta disso, da atenção. Acho que dá um propósito a ela, dá um propósito à doença. É bem mais fácil não a convidar.

— Mas ela é sua mãe — respondi.

— O quê? — Ele já tinha tirado o celular do bolso e estava distraído com outra pessoa em outro lugar.

— Você não pode deixar de convidá-la porque ela está doente — digo. — Ela sabe que vai acontecer?

— Talvez — disse ele, mas não pareceu nada constrangido. — Acho que minha irmã pode ter dito alguma coisa em algum momento.

— Mas ela não ficou arrasada?

— Não sei. Não perguntei. Não somos próximos.

— É crueldade.

Ele botou o telefone na mesa lateral e passou os dedos pelo cabelo molhado.

— Acho que você não tem direito de falar isso — disse ele e secou a mão numa almofada — se também não convidou seus pais. E o casamento é meu, a decisão é minha. E eu não gosto de gente doente.

— Você não gosta de quê? — perguntou Marnie, pegando só o fim da frase ao entrar na sala, segurando pratos de cerâmica azuis e brancos e talheres de prata nos braços. Ela os botou na mesa.

— Não convidei minha mãe — disse ele.

— Porque ela está doente — falei.

— O quê? — perguntou Marnie enquanto arrumava as facas e os garfos. — Porque ela está doente? Isso deveria ser um motivo para *convidá-la*.

— Exatamente — falei.

— Não — disse ele. Ele não estava com raiva, não como antes, não como no corredor, mas estava firme e determinado. — A escolha é minha. E eu não a quero lá. Eu não gosto de gente doente.

— E se eu ficar doente? — perguntou Marnie enquanto arrumava os pratos na mesa.

— Aí vai ser diferente — disse ele.

Ela me olhou, ergueu uma sobrancelha, e houve uma conversa silenciosa entre nós, que admitia que não era nem um pouco diferente. Mas, embora eu tivesse ficado horrorizada com o sentimento, acho que Marnie só ficou frustrada. As mesas teriam que ser rearrumadas.

— Já que é assim, vou fingir que essa conversa não aconteceu — disse ela com indiferença. — Acho que é a melhor coisa.

Ela voltou para a cozinha, e Charles ligou a televisão, e eu terminei os cardápios, e nós nos sentamos para jantar como se ela realmente não tivesse acontecido.

Mas aquilo ficou na minha cabeça, aquela conversa estranha. Porque confirmava que ele não era bom o suficiente para Marnie e que nunca seria, nunca poderia ser. Eu tinha um momento concreto para o qual podia voltar, no qual ele garantiu firmemente que não era certo para a mulher com quem ia se casar.

Eu me senti arrogante.

Isso é ruim?

Porque foi a confirmação de que ele era mesmo detestável, que meu ódio não era infundado nem desmerecido, mas justificável e certo. E, mais do que isso, provava uma coisa na qual eu antes não sentia confiança para articular: que eu realmente era melhor do que ele. Eu cuidava dos que precisavam de mim: entendia que era parte do contrato do amor, do dever, da família.

Eu via, então, que ele não estava totalmente comprometido... Não a qualquer custo. Não mesmo.

9

O dia acabou chegando, o primeiro sábado de agosto, e, apesar da previsão desfavorável, o tempo ficou inesperadamente quente, o céu inesperadamente limpo. Havia centenas de convidados de todas as áreas da vida deles (escola, faculdade, trabalho) e alguns que eles nem conheciam: companheiros de primos, amigos dos pais e novas crianças chorando e rindo, aparentemente sem motivo. Os convidados vieram para Windsor de todos os lugares do mundo: a irmã de Charles e o marido chegaram de Nova York naquela manhã, a tia e o tio, vindos da África do Sul, interromperam o ano de descanso para se juntar a nós, e o irmão de Marnie, Eric, deixou a carreira de sucesso na Nova Zelândia um pouco de lado para participar da comemoração.

Você vai achar que estou mentindo quando digo isto, mas prometi falar a verdade, que é esta: foi mesmo um dos melhores dias da minha vida. Marnie e eu passamos a manhã juntas na casa dos pais dela e comemos, vestidas com nossos pijamas, torrada cheia de geleia, e ela tomou um banho de banheira, e eu fiquei ao seu lado, sentada no chão, deitada no piso, e conversamos sobre quando nos conhecemos naquela fila longa e estreita e sobre as várias cordas puxadas e soltas que levaram àquele momento.

Vi-a se casar com um homem que eu odiava, mas que ela amava, e não foi tão horrível quanto achei que seria. Prestei atenção somente nela — absorta com a forma como o seu cabelo ruivo estava preso em um coque atrás da cabeça, com o colar de diamantes, com a ampla saia branca, com o véu comprido de renda — e fiquei feliz com a felicidade dela. Senti tanto orgulho por fazer parte de um momento tão importante da sua vida. Comi demais e bebi demais e dancei até sentir dor e bolhas nos pés e, mesmo assim, me senti maravilhosa.

O discurso dele foi encantador, na verdade. Eu esperava que fosse repugnante — achei que ele falaria sobre a força inigualável do seu amor, a intensidade da sua ligação, a forma como o casamento melhoraria a união deles —, mas ele não falou isso, e não foi repugnante. Ele disse que nunca tinha conhecido alguém tão determinada, criativa, destemida. Disse que soube, na mesma hora, assim que a viu, que ela era excepcional, especial, diferente de todo mundo. Ele falou coisas sobre ela que eu sabia que eram verdade e acabei assentindo, apesar de tudo.

Só me sentei depois da meia-noite, quando a maioria dos convidados tinha ido embora e a banda estava recolhendo os instrumentos e as duas damas de honra estavam colocando convidados bêbados demais em táxis. O responsável pelo bufê estava arrumando de volta nas caixas as garrafas de vinho e cerveja que tinham sobrado, e o gerente do local empilhava cadeiras na sala de jantar. As portas da estufa estavam abertas, e o ar ainda era quente e fresco de pólen. Luzinhas cintilavam no alto, e eu soube que estava meio bêbada porque a luz estava embaçada, como se estivesse manchada dentro dos enfeites de vidro, o amarelo se misturando com a escuridão.

Charles se sentou ao meu lado e me agradeceu pela contribuição (foi essa a palavra que ele usou), e quase achei que ele estava sendo sincero. Seu colete estava aberto, caindo pelos ombros, e ele já tinha abandonado a gravata-borboleta azul-marinho. Observamos Marnie, que flutuava na pista de dança. O vestido dela estava quase preto na parte inferior, a sujeira do dia estragando a seda branca. Suas bochechas estavam rosadas, e alguns cachos tinham se soltado dos grampos, caindo em volta de seu rosto, úmidos de suor.

— Ela é incrível, não é? — disse Charles.

Assenti.

Agora não tenho certeza — a passagem do tempo embaçou as extremidades da minha memória — se o que aconteceu depois realmente aconteceu. Pode ter sido só manifestação do meu ódio, ilusão, resultado de champanhe demais e raiva demais. Mas acho que não.

Charles se encostou, apoiando-se na parede de vidro da estufa, as mãos indo para trás da cabeça, e suspirou.

— Incrível mesmo — disse ele de novo.

Ele abaixou os braços, e um deles foi parar atrás da minha cabeça, descendo pela minha nuca. Ele me puxou para perto e beijou minha testa. Os lábios estavam úmidos, brilhando de saliva, e a umidade queimou friamente a minha pele quando ele recuou.

— Somos um par de sorte — disse ele.

Sua voz estava arrastada. Eu tinha bebido muito, certamente, mas ele estava muito bêbado, de algum modo diferente, mais descuidado do que eu já tinha visto. A mão esquerda subiu pelo meu ombro, na direção da minha clavícula, e passou pela minha axila. Prendi o ar. Contraí as costelas. Não queria inspirar, expandir, forçar o peito na direção da palma da mão dele. A mão ficou parada lá, a centímetros do meu seio, me grudando no banco. Eu não poderia me mover sem encostar nele, sem fazer com que ele me tocasse, sem me comprimir nele.

Ele riu; foi uma risada rouca e feia.

Ele disse "Ah, Jane", e as pontas dos seus dedos, por cima da seda amarela do meu vestido de dama de honra, roçaram nos meus mamilos. Eu abaixei o queixo, sufocada pela compulsão de olhar para meus seios. Ele apertou a palma da mão em mim e, ao puxá-la de volta, apertou rapidamente meu mamilo com o polegar e o indicador.

Eu queria poder dizer que fiz alguma coisa ou falei alguma coisa. Queria tê-lo desafiado. Talvez ele ficasse chocado, talvez eu tivesse reconhecido surpresa genuína, e eu saberia então que o que achei que podia estar acontecendo não estava acontecendo mesmo.

Mas eu não fiz nada, e não há como saber agora.

— Não acredito que está quase acabando — disse Marnie, sentando-se ao nosso lado e apoiando a cabeça no ombro dele. — Que dia. Foi o melhor dia, não foi?

Charles afastou o braço lentamente. Senti-o descer pela minha nuca, meus ombros, recuando cuidadosamente, até não nos tocarmos mais. Senti o espaço entre nós, aquele trecho de ar fresco, frio e bem-vindo, como uma falha que divide estados inimigos. Meu mamilo estava doendo, uma sombra de dor.

— Está tudo bem? — perguntou ela, sorrindo. — O que está acontecendo aqui?

Charles me olhou, e, se você acreditar que eu estava sóbria o suficiente para interpretar um olhar, saiba disto: foi um olhar que exigia silêncio.

— Não tem nada acontecendo — falei, chegando um pouco para longe no banco, um pouco para longe deles e do amor deles. — Nada mesmo.

Essa foi a segunda mentira que contei a Marnie.

Você entende, não é, que eu não tinha opção? O que eu poderia ter dito? Se tivesse sido sincera, ela talvez tivesse se sentido obrigada a escolher. De qualquer modo, eu estava comprometida, a qualquer custo. E, na época, eu achava que isso significava manobrar a verdade para fazê-la feliz, para mantê-la feliz. Para proteger nossas raízes.

Eis uma verdade absoluta. Aquele dia não mudou meus sentimentos por Charles. Eu o odiava havia anos, e aquele dia não mudou isso.

É cruel dizer que o amor deles era o mais ofensivo, implacável e repugnante que já conheci? É, eu sei. Mas o amor deles me enojava. Eu odiava a cara dele, o sorrisinho que pairava no canto dos seus lábios, a expansão exagerada do peito quando ele inspirava, o jeito de bater os dedos na mesa, como quem diz *Você é entediante*. Odiei a sensação dos seus dedos sobre minha pele, por cima daquele tecido fino, mas não mais do que odiava todos os outros aspectos da sua existência.

Eu teria gostado de apagá-lo da minha vida. Preciso tomar cuidado ao dizer isso agora, eu sei, porque sugere *premeditação*. O que quero dizer é que desejo que nossas histórias não tenham capítulos em comum, que a tinta da vida dele não esteja nas páginas da minha, que nossas vidas tenham existido ao mesmo tempo, sim, mas sem se cruzarem.

Mas lamento a morte dele? Não. Não mesmo.

Não lamento mesmo.

A TERCEIRA MENTIRA

10

Eu disse a ela que não foi nada, que nada tinha acontecido.

E, hoje, mais do que nunca, isso parece relevante, uma parte importante da história, uma parte importante da sua história. Não estou falando de um motivo — por favor, não tente interpretar mal o que estou dizendo —, mas, quando alguma coisa acontece, alguma coisa inesperada, alguma coisa assustadora, os passos que levam àquele momento são tingidos em tons diferentes.

Houve uma outra pessoa, uma outra e agora você, que sabiam que tinha acontecido alguma coisa naquela noite. Contei para uma delas no dia seguinte, bem antes de ter medo de dizer que houve algo diferente de "nada" entre mim e Charles.

Na manhã seguinte ao casamento, eu estava deitada na cama, fingindo que não estava com dor de cabeça, que não estava desesperada por um copo de água, que não precisava urgentemente ir ao banheiro, que estava bem, quando minha campainha tocou.

Minhas persianas estavam fechadas, mas o sol entrava pelas laterais, finas linhas brancas de luz com pontinhos de poeira. Eu precisava aspirar, talvez passar pano no chão, pensei, mas sabia que não faria nem uma coisa nem outra. O local estava desarrumado, cheio de livros e revistas, mas eu estava com ressaca demais, cansada demais para me importar. As portas do meu guarda-roupa estavam abertas, e as roupas caíam no chão, infinitas calças jeans e shorts e suéteres. Uma cadeira bamba de madeira perto da janela estava cheia de pilhas de roupas e lençóis limpos e, ali, no alto, minha cinta nude da noite anterior. Meu vestido de dama de honra estava pendurado atrás da porta do meu quarto, com manchas escuras debaixo dos braços, algumas manchas mais claras (de champanhe, talvez) descolorindo a saia. O ar no quarto estava denso e úmido, carregado do fedor de sono e suor. Devia estar nojento, insuportável, mas parecia um espaço familiar, uma bagunça familiar, um cheiro familiar.

Fiquei imóvel, como se o barulho dos lençóis pudesse sair pela porta do meu quarto e ir para o corredor do lado de fora do meu apartamento.

A campainha tocou de novo.

Bateram três vezes, e a porta se mexeu na guarnição, balançando nas dobradiças.

— Jane?

Reconheci a voz na mesma hora. Era Emma, minha irmã, alguns anos mais nova e ainda mais diferente de mim do que Marnie. Se sou sombras e Marnie é luz, Emma era os dois. Ela não só tinha a pele mais clara e o cabelo mais escuro, mas também era a melhor dos melhores e a pior dos piores, a mais vulnerável, porém também invencível, medrosa e corajosa, destruída de tantas formas, mas também resistente ao mesmo tempo.

A campainha tocou uma terceira vez. Ela apertou o botão por vários segundos, e o som se espalhou pelo apartamento inteiro.

— Sei que você está aí — gritou ela.

Fiquei encolhida embaixo da colcha, me recusando a me mover.

— Eu trouxe café da manhã — disse ela.

Sua voz subiu no final da frase, e ela cantarolou as palavras "café da manhã". Ela sabia que estava dando sua melhor cartada, seu ás de espadas, e sabia que eu também sabia.

Durante a semana, minha escolha para o café da manhã era uma tigela de cereal. Eu costumava escolher flocos de aveia que pareciam ter e tinham gosto de papelão boiando em leite integral consistente como creme. Curiosamente, era menos doce do que a alternativa semidesnatada. Eu tinha experimentado alguns anos antes, depois da morte do meu marido, quando segui uma dieta livre de açúcar, para ficar muito magra, o máximo que fosse humanamente possível. O que foi um erro. Porque nenhuma pequena decisão tomada depois de uma grande perda é boa. E, assim, os outros itens da dieta (arroz integral e brownies feitos de beterraba e nada de suco de frutas) foram rapidamente esquecidos.

Nos fins de semana, eu gostava de coisas mais doces.

— Está sentindo o cheiro dos croissants? — gritou Emma. — Saíram da padaria há menos de dez minutos. Delícia.

Ela fez uma pausa para tentar ouvir meus passos. Imaginei-a parada no carpete cinzento e gasto, debaixo da forte luz amarela, se movendo de um lado para o outro, impaciente como sempre, frustrada por estar sendo ignorada.

— Vamos, Jane! — gritou ela. — Eu não tenho o dia inteiro.

Eu me sentei, virei as pernas para a lateral do colchão e enfiei os pés nos chinelos. Eu a amava, de verdade, mas nunca havia limites. Ela achava normal ficar parada na minha porta, pela manhã, sem avisar, me perturbando com as batidas e a gritaria. Porque nossas vidas sempre foram mescladas: os desafios, as lutas, os detalhes do dia a dia.

Mas não era bem assim. É mais seguro dizer que a vida dela se mesclava constantemente com a minha. Eu era o escape da ansiedade dela. Eu era o ouvido para o qual ela se confessava, o ombro no qual conseguia apoio, a mão que ela segurava. Ela jogava seus pesos em mim até se sentir um pouco melhor. E eu carregava e alimentava seus medos em seu lugar.

Sempre foi assim. Eu era pouco amada, e ela era amada demais, e talvez você se surpreenda ao saber que ambas as coisas são igualmente insuportáveis. Ela vivia procurando espaço, sufocada por ser a favorita. Eu me tornei sua aliada, o lugar seguro.

Ela precisava de mim. Eu não sabia na época que precisava dela também.

— Anda logo, vai! — gritou ela. — Eu não vou comer.

Eu a ouvi rir. O humor dela era perverso. Ela ainda tinha o poder de me chocar, mesmo quando minha mente estava cheia com os seus pensamentos, sua espirituosidade, seus traumas.

Vesti o roupão e amarrei a faixa na cintura. Era roxo e estava puído, as fibras duras nas mangas onde alguma coisa havia sido derramada. Tinha sido de Jonathan, e era grande demais para mim. As costuras dos ombros ficavam centímetros abaixo dos meus, e a barra, abaixo dos meus joelhos, quase nos pés. Ele usava sempre que acordava cedo nos fins de semana para fazer o café da manhã.

Abri a porta da frente. Ela estava usando um suéter azul-marinho grosso e uma larga calça jeans cortada acima dos tornozelos. Suas meias brancas pareciam aquelas que usávamos no primário, grossas, com elástico na parte de cima e bolinhas de tecido junto aos tênis brancos. Seu corte de cabelo era curto, acompanhando a mandíbula, inclinando-se até o queixo pontudo.

— Já estava na hora — disse Emma. — Você está péssima.

Eu me virei para me olhar no espelhinho redondo que ficava pendurado na parede do corredor. Eu não tinha removido a maquiagem da noite anterior. Meus olhos estavam envoltos em manchas pretas, e meu batom tinha se espalhado em volta da boca.

Dei de ombros.

— Foi uma noite boa.

— Boa? — perguntou ela. — Foi o casamento da sua melhor amiga, e você só diz que foi *boa*? Só isso?

Ela me entregou uma sacola de papel pardo cheia de coisas. Olhei dentro: um croissant de manteiga, um de chocolate.

— Pra você — disse ela.

Ela foi até o sofá e se encolheu nas almofadas, os pés embaixo do corpo, acomodada nos meus móveis, bem à vontade. Eu me servi de suco de laranja da geladeira.

— Foi ótima — falei. — Uma noite ótima. Melhorou?

— Urgh, piorou — gemeu ela. — Você é péssima nisso. Me conte alguma coisa interessante. Teve alguma discussão? Alguma briga? Quem dormiu com a dama de honra?

— Ninguém dormiu com a dama de honra. E, que eu saiba, não houve nenhuma briga.

— Charles se comportou, então? Não foi muito babaca?

— Não muito. Mas teve uma coisinha no fim da noite.

Meu apartamento é cercado de outros apartamentos por todos os lados, menos um, e está sempre um pouco quente. Quando recebo visitas, o que, sinceramente, não é muito comum, eu as vejo se despirem gradualmente. No começo, só os casacos e suéteres, depois os sapatos e cardigãs, e elas acabam ficando só com a segunda pele e sem meias.

Emma não foi diferente. Mas fiquei assustada com o que vi naquele dia.

Ela tirou o suéter pela cabeça. Sua escápula se destacava na pele dos ombros. As clavículas se projetavam, pressionando a pele, esticando-a, de forma que ela parecia fina demais, quase transparente. Os braços estavam magrelos, como as asas de um pássaro, só pele e osso, sem gordura alguma.

Respirei fundo, um suspiro ao contrário, e seus olhos, arregalados e cautelosos, se dirigiram para mim.

— Não — disse ela, lendo a preocupação na ruga no meio da minha testa, entre as sobrancelhas. — Não estou interessada.

— Em... — falei, mas ela olhou para mim, feroz, sem piscar, e eu soube que não havia mais o que dizer.

Emma tinha doze anos quando paramos de nos preocupar tanto com ela. Não me lembro do começo da sua doença. Eu estava ocupada demais estudando, tão concentrada em coisas que jamais teriam importância para mim (equações de segundo grau, o ciclo do oxigênio, mapas hidrográficos) que não percebi a deterioração da coisa que mais importava.

Era julho, eu acho. Emma e eu estávamos de férias (se me lembro bem, Marnie estava no sul da França), e nossos pais, ocupados, como sempre, destruindo o casamento com picaretas disfarçadas de insultos e olhos revirados. Estava quente, quente demais para a Inglaterra, a temperatura acima de trinta graus. Fomos à piscina ao ar livre e esprememos nossas toalhas entre centenas de outras, as famílias com cinco filhos pulando e mergulhando e correndo, pingando água pela grama, as mulheres com suas curvas, os casais idosos sentados com seus jornais em cadeiras dobráveis. Eu estava usando um maiô e suava sob o sol, a umidade escorrendo entre os seios, gotas surgindo no lábio superior. Emma estava usando um short até os joelhos e um suéter de lã e estava tremendo. Eu queria que ela entrasse na piscina comigo, mas ela não queria; falou alguma coisa sobre nossos bens de valor, mas não tínhamos nada, só toalhas e roupas e um livro cada. Insisti, claro, porque sou a irmã mais velha, e é meu direito, então ela acabou cedendo. Eu me lembro dela tirando o suéter pela cabeça, e os ombros e as clavículas estavam bem piores naquela época, desesperados para fugir do corpo, empurrando a pele fina e clara. Ela desceu o short pelas coxas, e suas pernas não tinham forma, eram linhas retas de osso com tão pouca carne, tão pouca profundidade. Ela me encarou, me desafiando a reagir ao corpo frágil e temeroso, e eu não disse nada.

Nos meses seguintes, botei comida no prato dela, e às vezes ela comia, às vezes não. E ficava melhor, por pouco tempo. E piorava de novo. E os dois anos seguintes continuaram assim, nunca nas melhores condições de saúde, nunca nas piores, até eu ir embora para a faculdade, e ela só tinha catorze anos. Depois, houve poucos altos e muitos baixos. Até que meus pais, lá sentados à mesa de jantar, não puderam mais negar a situação, e ela foi hospitalizada e liberada e depois hospitalizada de novo.

Sei que isso a coloca como um tipo específico de personagem em um tipo específico de história. Mas, se você tivesse conhecido Emma — eu queria que tivesse; você a adoraria, acho —, saberia que ela não era mesmo esse tipo de pessoa. Emma nunca foi vítima. Ela esteve doente, sim, e por muito tempo, mas isso era uma parte bem pequena da sua narrativa.

A doença existia em algum lugar dentro dela, uma praga estranha que ela não conseguia controlar, na mente e nos ossos e no seu próprio ser. Era uma parte importante da sua vida, mas penso nisso como um caminho que ela não escolheu, que ela não queria, apesar de ter aprendido como segui-lo do seu jeito. Ela acabou preferindo não se tratar mais, e fiz o que pude para respeitar essa decisão.

— Pare de me olhar assim — disse ela, encolhida no meu sofá, se protegendo, escondida atrás do suéter. — Como se tivesse visto um fantasma.

Ergui uma sobrancelha; não consegui evitar.

Durante anos, quase todo o tempo que passei na faculdade, tive pesadelos com o cadáver de Emma. Eu estava sonhando com outra coisa quando, no meio do que eu estava vendo (férias, salas de aula, Marnie), eu descobria o corpo de Emma, os membros rígidos e azuis, os olhos enevoados e abertos. Eu acordava com dificuldade de respirar, suando e tremendo nos lençóis frios e úmidos.

— Puta que pariu — ela acabou dizendo, vestindo o suéter de novo. — Está tudo bem. Eu estou bem.

E não tive escolha a não ser deixar para lá. Não ganharia nada com uma discussão, e tudo poderia ser perdido.

— Charles — disse ela, batendo no sofá, no lugar ao seu lado. — Você estava dizendo.

Eu me sentei e relembrei os eventos da noite anterior. Contei sobre a voz arrastada, as infinitas garrafas de champanhe, os copos nunca vazios. Contei sobre o braço dele sobre meu ombro, o tecido áspero da camisa branca engomada na minha nuca. Fechei os olhos; eu sabia que estava vermelha quando descrevi a palma da mão dele sobre meu seio, as pontas dos dedos no mamilo. Expliquei o espaço que se expandiu entre nós, o branco reluzente do vestido de Marnie quando ela se aproximou e se sentou ao nosso lado e aquela sensação de algo sendo sugado de volta para dentro de uma caixa.

Emma estava boquiaberta, os olhos arregalados.

— E o que ela disse? — sussurrou ela.

— Nada — respondi. — Ela não disse nada. Ela não *viu* nada.

— Ela não viu nadinha? — Emma olhou para a almofada apertada contra o peito. — Você tem certeza? — perguntou. — Certeza absoluta? Isso realmente aconteceu assim? Ele não estava só bêbado demais e com os braços moles demais e meio desajeitado, sem intenção?

Dei de ombros.

— Talvez — respondi.

— Se bem que não é a cara do Charles ser qualquer coisa além do que ele realmente quer ser, né? Não é a cara dele mesmo.

Sorri. Emma não conhecia Charles. A única versão dele que ela conhecia era a minha.

Aqui tem uma coisa na qual pensei regularmente ao longo dos últimos meses. Emma não conhecia Charles. Ela não tinha motivo para duvidar da minha experiência, não tinha motivo para não acreditar que ele realmente era um pervertido depravado capaz de apalpar a dama de honra do próprio casamento na frente da linda esposa. Mesmo assim, a reação de Emma foi questionar não a personalidade de Charles, mas a minha versão dos fatos. O que isso diz sobre mim? Sobre a minha capacidade de dizer a verdade? Sobre a minha capacidade de realmente entender uma situação?

Na verdade, sugere que Charles era inocente de todos os erros daquela noite? Que a falha de julgamento foi minha e só minha? Acho que não, mas vale a pena você pensar nisso. Esta é minha verdade, afinal. E isso não é a mesma coisa que *a* verdade.

— Você vai contar pra Marnie? — perguntou ela. — Que o novo marido dela passou a mão em você? Porque eu acho que seria péssima ideia.

Balancei a cabeça.

— Mas é sinistro mesmo assim — continuou ela. — Muito estranho. — Ela virou a almofada na frente do peito, beliscando os cantos, girando como uma roda. — Você ficou com medo?

— Do Charles?

— É. A situação te deu medo?

— Não — falei instintivamente. — Não. Não mesmo.

E, assim que falei as palavras, percebi que não eram verdade. Eu fiquei com medo. Não apavorada. Não foi assim. Mas nervosa e inquieta e de repente muito ciente de mim como algo bem menor na presença de uma coisa bem maior. E foi mais do que o pequeno medo que costumo sentir em situações que não consigo prever. Foi mais do que a caminhada do metrô até em casa tarde da noite e os passos de um homem atrás de mim, e mais do que alguém parado perto demais, esperando para atravessar na faixa, e mais do que um grupo reunido à frente do túnel que fica embaixo do trilho da ferrovia. Porque isso foi calculado. Teve propósito e objetivo. E, se era para me deixar com medo, deu certo.

— Como estava a mamãe? — perguntei.

Emma olhou para o chão e mexeu em um fio de lã solto do suéter.

— Eu não fui. Eu só... Não consegui.

Expirei lentamente, tentando muito não suspirar. Eu tinha explicado várias vezes para a minha mãe, até escrevi no calendário, que eu não iria naquele sábado por causa do casamento, mas Emma iria no meu lugar.

— Não briga comigo — disse Emma. — Por favor. Eu liguei. Falei com a recepcionista. Eu não consegui. Tá? Não consegui.

Quando éramos mais novas, ainda crianças, minha mãe e minha irmã eram muito unidas. Era bem repugnante para mim estar tão ligada a outra pessoa. Ao mesmo tempo, enquanto Emma se sentia tão sufocada (e fugia brevemente para passar um tempo comigo em outra parte da casa), ela precisava da minha mãe de várias formas: emocionalmente, praticamente, para consolo e companhia. Ela vivia preocupada, como minha mãe, mesmo naquela época, e ficava incomodada e inquieta perto de gente nova. Em lugares desconhecidos, se escondia atrás das pernas da minha mãe e espiava entre as coxas. Em casa, seguia minha mãe pelos aposentos, querendo ajudar na cozinha, com a limpeza, com o que fosse que nossa mãe estivesse fazendo. À noite, gostava de ser ninada e banhada e que nossa mãe lesse para ela. Emma necessitava da minha mãe, e minha mãe necessitava que alguém necessitasse dela.

Mas, quando Emma realmente precisou da minha mãe, quando precisou de verdade de apoio e amor e força, ela não recebeu nada. A âncora dela sumiu, constrangida pela própria natureza da necessidade. Olho para trás agora e sei que minha mãe só estava assustada. Ela nunca foi idealista e devia saber o que estava acontecendo e como seria difícil — talvez impossível — resolver. Então, ignorou o problema, fingindo que a filha estava ótima, jogando comida no lixo sem questionar, lavando talheres que não tinham sido usados.

A necessidade de Emma cresceu cada vez mais, e a evasão da minha mãe se intensificou, até que Emma ficou com tanta raiva e tão isolada, e minha mãe sentiu tanto medo pelo futuro da filha, que não havia caminho para recuperação. Emma nunca a perdoou de verdade. Saiu de casa assim que ficou bem o suficiente.

Eu achava que ela culpava nossa mãe pela doença; não pelo seu começo, mas pela sua permanência. Eu achava que o laço delas tinha se desfeito, que elas ficaram unidas no final não por amor, mas por sangue, um único filamento se esticando entre as duas, que jamais poderia ser partido. Eu me enganei. Havia outros laços, laços mais fortes, laços que uniam minha mãe e minha irmã e que eu simplesmente não conseguia ver.

— Jane, por favor — disse Emma. — Pare com isso. Eu tentei, de verdade.

Não respondi. Queria pedir que ela pensasse em como suas ações afetavam as outras pessoas, explicar que a decisão dela fez com que eu me sentisse culpada por não ter ido, que nossa mãe devia se sentir absurdamente sozinha. Mas Emma tinha tantos sentimentos que achava quase impossível enxergar o mundo do ponto de vista de qualquer pessoa que não fosse ela.

Então lhe perguntei por seus trabalhos voluntários e seu apartamento e um livro que eu tinha recomendado sobre uma família disfuncional que, no fim das contas, ela ainda não tinha lido. Tomei um banho e vesti um pijama limpo e passamos o dia no sofá, vendo DVDs que já tinham sido do nosso pai (filmes de ação com heróis masculinos e mulheres risivelmente incompetentes) e que peguei para mim quando ele foi embora. Nós assistíamos juntos, e ele me puxava para o colo e deixava eu me aconchegar nele e dormir com a cabeça no seu peito, enquanto minha mãe estava agitada em outro lugar.

Emma levou alguns consigo quando foi para casa naquela noite. Ela disse que sempre tinham sido dela, e eu sabia que não era verdade, mas não me importei. Havia tantas coisas sobre as quais não podíamos falar, nunca ditas, e aquilo pareceu uma transgressão comparativamente menor. Eu a vi sair com eles na mochila e tentei me concentrar só no corte reto do cabelo, acima, e não nas suas pernas de palito, abaixo.

11

Marnie e Charles iam viajar na segunda-feira depois do casamento, para passar duas semanas e meia de lua de mel na Itália. Charles tinha planejado tudo: definiu a rota pelo país, marcou os voos, reservou os quartos mais luxuosos nos hotéis mais extravagantes. Ele queria que fosse surpresa, dissera, e, assim, me perturbou com cada detalhe e com sua ansiedade nos meses anteriores. Tinha alugado um carro da cor favorita dela, um conversível clássico. Ele escolheu hotéis decorados com veludo macio e candelabros enfeitados em vez da paleta sem graça que ele teria preferido. Planejou uma rota por restaurantes que achou que ela apreciaria.

— O que ela pensaria de uma aula de culinária? — perguntara ele mais cedo, naquele ano.

— O que você acha disto? — perguntara ele, explorando o site de um restaurante novo e moderno. — Você acha que ela gostaria desse tipo de comida? E a vista?

— E Roma? — sussurrara ele rapidamente uma noite, enquanto ela ainda estava na cozinha. — Ela já foi lá?

Ela não tinha ido, e eu falei isso para ele e, como resultado dessas conversas incessantes, fiquei bem familiarizada com o itinerário deles. Naquela manhã, eu os imaginei chegando ao aeroporto, no saguão de embarque, sentados lado a lado no voo e esperando a bagagem na esteira. Eu os vi rindo juntos, botando as coisas no porta-malas pequenininho do carro, a mão dele na coxa dela durante o trajeto. Vi a entrada do primeiro hotel, o sofá roxo da suíte, a piscina de borda infinita com vista para vinhedos cercada de redes. Eu conhecia cada passo que eles dariam e senti uma dor no estômago durante toda a viagem e sabia que estava com inveja. Eu a amava e queria que ela apreciasse a lua de mel mais maravilhosa do mundo, mas queria poder fazer parte daquilo também.

Nós tínhamos viajado juntas, uma ou duas vezes, para visitar praias ruins onde tomamos coquetéis coloridos decorados com sedimentos de açúcar a cada gole, e eu me bronzeei no sol, e ela, em comparação, foi ficando mais pálida. Compartilhamos uma cama à noite e não achamos nada de mais, demos as mãos em voos turbulentos e passamos pela alfândega juntas. Mas foi mais do que isso. Rimos e fofocamos e confessamos nossos segredos. Mesclamos nossas vidas em uma só, com piadas internas e malas compartilhadas e pulseiras bregas que não custaram nada, mas tinham importância.

Mas não tínhamos viajado juntas desde que ela conhecera Charles.

Todas essas coisas ela agora compartilhava com ele: a cama, a mala, os segredos.

Pensei neles por aqueles quinze dias, sem parar, mas sempre com um medo apertando o peito. Senti que nossas raízes estavam enfraquecendo, e isso pareceu chocante e inaceitável só porque antes eu não achava que era possível.

Marnie me ligou tarde naquela noite, logo depois que voltou da lua de mel, quando eu já estava quase dormindo. Ela queria ouvir meus pensamentos sobre o dia do casamento dela, o que mais se destacou, as coisas que eu lembrava. Contei sobre Ella, sua sobrinha de seis anos, que estava só de meia e calça no final da primeira dança e com gotas de suor brilhando na testa enquanto pulava e girava. Contei sobre o irmão dela, que, bêbado, cochilou embaixo de uma mesa, durante os discursos. Contei sobre o escrivão, que ficou preso no trânsito e se atrasou e ficou enviando mensagens de texto, em pânico, antes da cerimônia.

Marnie riu quando contei que a torre de queijo desabou momentos depois de ser cortada. Ela suspirou, e ouvi seu sorriso quando contei que os pais dela ainda estavam dançando, a cabeça da mãe virada de lado no ombro do pai, bem depois de a banda ter encerrado, enquanto a equipe de limpeza esvaziava o salão.

— É tão lindo ouvir essas coisas — disse ela. — Sinto que perdi tanto daquele dia. Planejei tudo tão perfeitamente, mas só podia estar em um lugar. Estou esperando o resto das fotos. Já recebemos algumas. Só umas dez, algumas das favoritas, mas tem umas lindas de você. Você vem na sexta? Vou mostrar quando você vier.

— Você pode mandar para mim? — pedi.

Estávamos em volta de um arco de flores, eles dois, em seguida todos nós juntos, depois os grupos menores: pais, irmãos, amigos. Fomos colocados em posição, orientados a posar e empurrados rapidamente para fora da imagem. Eu não sabia se havia alguma foto de nós duas sozinhas, mas esperava que sim.

— Claro — respondeu ela. — Vou enviar por e-mail. Você vai rir de uma dos meus pais.

— Eles foram ótimos no dia, eu achei — falei.

— Eu sei — respondeu ela. — Eu também achei. Se bem que, e isso é típico, eles estavam em Florença na mesma época que nós. Minha mãe tinha um congresso, alguma coisa sobre alergias, e o papai foi junto. Mas eles me avisaram? Não. Quiseram se encontrar? Pra almoçar ou jantar com a gente? Não.

Ela sempre via o pior neles, sempre procurou as provas da sua indiferença.

— Não sei se isso é tão ruim — falei. — Será que é porque não queriam incomodar?

— É uma boa forma de encarar as coisas — disse ela. — Mas acho que não.

Bocejei, o que esperava que pudesse indicar o fim da conversa, mas Marnie continuou mesmo assim.

— Sabe de uma coisa? — disse ela. — Me sinto diferente agora. Posso dizer "mais sábia" sem parecer uma esnobe? Ou não? Não tenho certeza se posso.

— Não. Não sei se pode.

— Me sinto mais adulta — disse ela. E fez uma pausa. — Não, isso não está muito certo. Sinto que acabei de fazer parte de uma exibição muito pública da idade adulta. Como se eu estivesse fingindo. Faz sentido?

— Não muito — respondi.

— Enfim, foi por isso que liguei, mais ou menos. Decidimos vender o apartamento. Você sabe. Por sermos adultos e tudo mais.

Ela fez uma pausa, e eu não falei nada.

— Conversamos quando estávamos viajando e achamos que parece a coisa certa.

Marnie fez outra pausa.

Ela estava testando cada passo, colocando um pé de cada vez na madeira frágil, para ver se cederia. Eu sabia que ela estava se perguntando, se questionando de um jeito silencioso, se isso seria incômodo para mim, se a mudança na rotina seria um problema. Eles estavam dizendo havia séculos que um dia se mudariam para fora da cidade, para uma casa com jardim e entrada para o carro e quartos com vistas para campos. Eu não sabia se ela estava dizendo isso com o seu silêncio também.

Ela tomou o cuidado de não mencionar dinheiro. Charles era muito bem-sucedido, e, com isso, quero dizer rico. Ele trabalhava em uma firma de capital privado onde comprava empresas e as vendia em partes, para obter lucro. E Marnie estava trabalhando mais do que nunca, escrevendo sobre comida e falando sobre comida. Ela tinha ganhado um novo patrocinador, uma empresa que vendia só facas, cada uma a um preço absurdo. Aparentemente, notaram um aumento significativo nas vendas desde que Marnie começou a mostrá-las nos vídeos, e, assim, ela conseguiu negociar um valor melhor.

Eu, por outro lado, nunca tinha me sentido menos envolvida pelo meu trabalho. Parecia que meu objetivo principal era lidar com reclamações de consumidores e pagar o mínimo de compensação pelas nossas falhas. Eu mal podia pagar o aluguel. E ela era sensível a isso, não queria fazer eu me sentir inferior.

Ah.

Sim.

Não. Você acertou em cheio.

Estou me esforçando muito para ser sincera. Mas não é nada surpreendente que não seja algo natural para mim. Estou apresentando mal minha situação.

Eu tinha dinheiro, ainda tenho, mas guardado em outro lugar.

Jonathan, como câmera freelancer, sem benefício empregatício algum e por ser tão infinitamente eficiente, tinha adquirido uma apólice de seguro de vida. Eu era a pessoa mais próxima, e o pagamento veio para mim.

Mas não consegui — e ainda não consigo — gastar. Ele queria que eu ficasse com o dinheiro, mas não consigo suportar a ideia de que há um valor atribuído à vida dele. Porque nenhuma quantidade de dinheiro pode compensar aquela perda. Não chega nem perto. Como é possível quantificar a luz do corredor ainda acesa quando você chega em casa à noite? Como é possível colocar preço em um sorriso reconhecível, esperando até tarde, no ponto de ônibus, para levar você até a cama? Qual é o custo de substituir alguém cujas mãos cabem tão perfeitamente nas suas, cujo calor era uma tranquilização, cuja risada era animação, alguém que, por vontade própria, entrelaçou a vida na sua?

Se você fosse tentar, se usasse o algoritmo deles para atribuir números a entes queridos, descobriria que um homem como Charles valia bem mais do que um homem como Jonathan. O que só prova ainda melhor o que quero dizer.

Emma achava que eu estava sendo ridícula. Achava que eu deveria investir o dinheiro. Ela me enviou dezenas de links que anunciavam propriedades: apartamentos modernos no centro da cidade, apartamentos de dois quartos com varandão no subúrbio, até um apartamento com vista para o mar no litoral sul. Ela me arrumou um encontro com um amigo — um homem com quem ela havia sido voluntária no banco de alimentos, que tinha herdado uma pequena fortuna da falecida esposa —, para que pudéssemos discutir rendimentos e o mercado de imóveis e um mundo no qual eu não tinha interesse algum. Falei que não queria o encontro, e ela disse que era um financeiro, e eu falei que isso não existia e recusei. E ela disse as palavras "lado bom", e depois disso nunca mais falamos nem admitimos que o dinheiro existia.

Ainda está lá, naquela conta bancária.

— Acho que é porque, agora que somos marido e mulher, achamos que um apartamento não é mais o tipo de lar certo para nós, sabe? — continuou Marnie. — Achamos que uma casa seria mais apropriada. Eu amo o apartamento, mas há um argumento, não há, de que essa é a hora de começar a pensar nos próximos passos da vida. Espaço para crescer, essas coisas. Talvez em setembro. Acho que é uma boa hora pra vender.

— Você deveria fazer o que quiser — falei. — O que parecer certo.

— Você fala como o Charles — respondeu ela. — Vocês dois são tão sensatos. Ele fica dizendo que acabamos de nos casar, que temos todo o tempo do mundo para fazer essas coisas, que não tem pressão alguma. Mas acho que ele também quer, sabe, só não quer forçar nada. Acho que ele gosta da ideia de mais espaço. Eu poderia arrumar um cachorro... Você sabe qual ele quer. É um Husky? Mas, como ele diz, sempre há mais tempo, e cachorros dão tanto trabalho, não dão?

Não respondi.

— Jane?

Apaguei a luz da mesa de cabeceira e fechei os olhos.

— Merda — disse ela. — Me desculpe. Fui insensível? Não há sempre mais tempo. Eu sei disso. É por isso que penso assim, acho, por causa do Jonathan. Sei que às vezes a vida muda inesperadamente, que as escolhas são retiradas de nós. Merda. Jane, me desculpe. Eu só estava... Jane?

— Tudo bem. De verdade.

Eu queria dormir. Não queria ter aquela conversa.

Eu via que a vida dela estava expandindo enquanto a minha encolhia. Eu já tinha tido a conversa que ela estava tendo agora, já tinha feito essas mesmas perguntas para mim mesma e olhado para a frente, para uma vida que oferecesse respostas.

Jonathan sempre quis se mudar para longe da cidade, morar no campo: queria criar galinhas e ter mais quartos do que filhos e construir uma casa na árvore, no jardim.

— Sabe a neblina do lado de fora do apartamento? Bom, não haveria nada disso — dizia ele, tentando me persuadir.

— Você ouviu isso? — sussurrava ele no meio da noite, em reação a garrafas sendo quebradas ou pneus cantando na rua, lá fora. — Não tem isso no campo.

Ele ia ao supermercado e, enquanto tirava os legumes e verduras da sacola, cada um embrulhado em plástico, dizia:

— Eu mesmo poderia plantar isso.

Eu sabia que, em algum momento, acabaria dizendo: "Sim. Tudo bem. Vamos nessa".

Mas esse momento nunca chegou.

12

A questão é a seguinte. Quando algo começa a acabar, fica quase impossível pensar em qualquer coisa além de como esse algo era no seu auge. Tentei adormecer, mas não consegui. Eu só conseguia pensar no passado da nossa amizade, tentando encontrar momentos que parecessem igualmente frágeis.

Brigamos na escola uma vez, só uma. Foi sobre uma coisa e sobre nada, como as brigas muitas vezes são. Ela sempre apertava o botão soneca do despertador, umas seis vezes, pelo menos, até estar desesperada, correndo e tropeçando para dentro da sala de aula. Éramos a dupla uma da outra em todas as disciplinas, e teatro era a primeira aula de quinta-feira. Quase todas as atividades eram feitas em pares; uma pessoa sozinha não era suficiente. Ela raramente pedia desculpas por chegar tão atrasada. Chegou uma hora em que perdi a paciência. Era egoísmo da parte dela não pensar em mim, esquecer que seu comportamento afetava os outros. Eu disse que não sabia se ainda queria ser a dupla dela. Ela disse que tudo bem, se era isso que eu achava, e saiu andando com o cachecol balançando atrás do corpo e o dever de casa ainda na mão.

Esse atrito durou o dia inteiro. Não nos sentamos juntas e andamos separadas entre as aulas. A hostilidade foi inédita. Costumávamos ser a anomalia harmoniosa em meio aos intermináveis conflitos adolescentes. Nossa professora ficou tão chocada que se sentou conosco depois da última aula e nos deu um sermão, com palavras como responsabilidade e compaixão, e insistiu que parássemos de ser tão imaturas e aprendêssemos a resolver nossos problemas de forma adulta.

E foi isso. A única briga. Nós nos perdoamos, mas não esquecemos. Na verdade, a carregávamos como a um troféu, porque só uma briga em uma amizade inteira parecia valer uma boa comemoração.

Não houve nenhum problema depois disso. Aos dezoito anos, fomos para cidades diferentes, para estudar, mas nem pareceu que tínhamos nos separado, porque sempre havia um motivo para ligar, uma história para contar, uma coisa que só ela entenderia. Voltamos para perto uma da outra três anos depois. E ficamos melhores do que nunca, um time concreto contra um mundo que parecia confuso.

Foi naquele primeiro ano no apartamento de Vauxhall, talvez só um ou dois meses depois que conheci Jonathan, que Marnie tentou sair do emprego pela primeira vez. Ela escreveu uma carta de demissão, mas seu chefe, Steven, se recusou a aceitá-la. Ela voltou para o apartamento naquela noite um tanto desanimada e perplexa, mas determinada a encontrar uma solução. Ela odiava o trabalho e as pessoas e, em particular, seu chefe, que achava que era irresistível para as mulheres mais novas, o que não era o caso. Eu o tinha visto algumas vezes antes, em vários eventos do trabalho dela, e ficou claro que ele ainda se achava tão bonito quanto tinha sido trinta anos antes.

Marnie tentou de novo na semana seguinte. Ela pegou o chefe de surpresa e o confrontou com a carta na frente da diretora-geral.

— Como discutimos, minha demissão — dissera ela com firmeza.

— Ah, lamento muito — dissera Abi. — Você deve estar chateado, Steven.

— Muito — respondera ele, enquanto aceitava o envelope com relutância.

— Espero que você esteja indo trabalhar com coisas novas e emocionantes — dissera Abi e sorrira. Ela tinha sido indicada alguns meses antes. Tinha um metro e oitenta e cinco de altura e era muito ambiciosa. As mulheres mais jovens da empresa ficaram impressionadas; os homens mais velhos, nem tanto.

E Steven não facilitaria nada; ele estava determinado a fazer Marnie sofrer pelo simples crime de sugerir que ela talvez não estivesse completamente satisfeita com a presença dele. Ele puxou Marnie de lado naquele dia e lhe informou que ela tinha seis meses de aviso prévio e que teria que cumpri-lo inteiro. Marnie argumentou que era ridículo, que ela não sabia o que estava assinando e que era um aviso prévio longo demais para uma assistente, mas ele insistiu.

Naquela noite, ela se jogou no sofá e escondeu a cabeça debaixo das almofadas e teve um ataque de raiva porque não era justo, não era possível, ela não aguentaria, não queria, não podiam esperar que ela trabalhasse para um homem tão odioso por mais seis meses.

— Me ajuda — pediu ela, espiando por baixo das almofadas. — Vou morrer se tiver que passar mais um mês com aquele homem. Sinto o bafo dele nas minhas roupas e ouço a risada anasalada dele arranhando minha cabeça o tempo todo, mesmo quando não estou perto dele, mesmo nos fins de semana. Me ajuda, Jane.

Então, elaboramos um plano. Eu já tinha feito uma coisa assim, claro, para retaliar aquele namorado aparentemente encantador, mas fundamentalmente volátil, entretanto era tão diferente, tão revigorante compartilhar a expectativa. A festa anual de verão da empresa aconteceria no fim de semana seguinte. Era um evento grande, idealizado para encantar os fornecedores e investidores e para agradecer aos funcionários e entreter seus parceiros. Acontecia no rio, no jardim do maior pub da empresa, e a atenção aos detalhes era inspiradora. Tinha tema, sempre tinha, e naquele ano os holofotes estavam apontados para o circo.

Chegamos cedo. Portões enormes pintados com tinta dourada tinham sido erigidos no estacionamento, e fomos guiadas por dois palhaços e levadas para o circo em si. Havia uma tenda grande de plástico azul, e um homem em cima de pernas de pau passou andando com uma calça boca de sino vermelha, olhando para a frente, como se estivesse alheio ao mundo que se desenrolava aos seus pés, as vidas menores rastejando ao nível do chão.

Marnie segurou minha mão, e juntas percorremos as multidões. Ela estava usando uma malha preta de balé e uma calça preta transparente e estava elegante, confiante, como se seu corpo fosse exatamente o que ela queria que fosse. Eu estava usando uma comprida saia florida e uma pequena bola de cristal numa corrente pendurada no pescoço. Minha vontade era ir de calça jeans.

Marnie parou na frente do bar e apontou para uma mulher muito alta que usava uma jaqueta de couro vermelho com punhos listrados em dourado e lapelas de couro preto. Uma cartolinha vermelha estava empoleirada na sua cabeça, e ela segurava um chicote na mão.

— Ali — disse ela. — É ela. É Abi.

Assenti.

— E onde vou te encontrar? — perguntei.

Marnie apontou para um trailer de madeira atrás da barraca de pipoca. Estava pintado de verde-limão e tinha listras amarelas nas laterais.

— Atrás daquilo — disse ela. — Em quinze minutos.

Eu me aproximei de Abi. Interrompi a conversa dela. E me apresentei como Pippa Davies.

Ela reconheceu o nome na mesma hora. Pippa Davies era filha de um dos principais fornecedores da empresa. Pippa tinha ligado para Marnie na semana anterior e dito que não poderia mais ir à festa, mas Marnie preferiu não atualizar a lista de convidados.

Abi ficou feliz em me ver. Ela me levou pelo circo, pois queria mostrar o local, o pub importante, a escala da operação, e foi perfeita ao me vender o sucesso e a ambição da empresa. Eu a segui com boa vontade e, lenta e sutilmente, me concentrei em nos levar para além da barraca de pipoca, na direção do trailer verde.

— Isso é muito elegante — falei e comecei a contorná-lo.

— Claro — disse Abi, surpresa com o desvio inesperado. — Imagino que seu pai tenha mencionado as festas que damos para os clientes também: no Dia de São Patrício, no Halloween, no Ano-Novo.

Parei e a encarei. Tinha dado certo. Vi que eles estavam tagarelando e limpei a garganta. Marnie olhou, e sua postura se suavizou um pouco, o peso mudando para um lado, o quadril se projetando, e ela foi na direção dele e botou a mão em seu ombro. Pareceu ilícito, paquerador, e senti ao mesmo tempo repulsa e prazer.

— Achamos que atenção aos detalhes é essencial, e, para mim, é uma dentre as muitas coisas que nos separam dos nossos concorrentes e...

Ela olhou para a frente e fez um ruído, um arquejo baixo, e suas mãos voaram até os lábios, o chicote caindo no chão.

— Steven — disse ela. — O que...? O que é isso?

Ele franziu a testa, um gesto até meio fofo, e olhou para nós três, confuso e sem conseguir entender o que exatamente estava acontecendo e por que sua chefe estava com uma expressão tão chocada e horrorizada. Mas, então, ele entendeu. Olhou para Marnie e ergueu as sobrancelhas e virou a cabeça para o lado como se fosse gritar, mas então percebeu que havia uma preocupação mais importante, outra pessoa com quem ele deveria falar.

— Abi — disse ele e deu um passo para trás, para longe de Marnie. — Isso não é o que parece. Não é mesmo...

— Não fale nada — disse Marnie e levantou a mão com a palma para fora. — Por favor. Sejamos sinceros. Nós não podemos guardar segredo, não agora, não mais.

Ela não era ótima atriz, talvez não fosse nem boa, e suas palavras saíram inseguras e agudas, seus gestos não foram naturais. Mas ele estava fazendo o papel dele com perfeição. Seus olhos arregalados observavam o jardim dos dois lados, supostamente procurando a esposa. A boca abria e fechava, sem saber o que dizer, sem saber por onde começar.

— Sinto muito. Devíamos ter te contado — continuou Marnie. — Mas, por motivos óbvios, estamos tentando manter segredo. Mas você deveria saber, eu acho, que o Stevie e eu... estamos juntos.

— Juntos? — disse Abi.

— Estamos o quê? — disse Steven.

— E eu sei, eu verifiquei o regulamento, que um de nós tem que pedir demissão. Eu entendo, e você já sabe que andei pensando nos meus próximos passos e...

— Valendo para já? — perguntou Abi, querendo encontrar a solução menos incômoda e minimizar o próprio constrangimento.

— Claro — disse Marnie. — Vou buscar minhas coisas na segunda.

— Ótimo — disse Abi. Ela se virou para mim, botou as mãos nos meus braços e pediu desculpas profusamente pelo comportamento dos funcionários e prometeu resolver imediatamente e perguntou se eu lhe daria licença para que ela pudesse dar uma palavra rápida com o colega. E foi até Steven e o levou para o pub.

Marnie correu até mim e deu gritinhos e passou os braços pelo meu pescoço, e nós morremos de rir, porque o momento todo foi tão ridículo e porque nós não conseguíamos acreditar que tinha dado certo, mas tinha, e porque nos sentíamos poderosas e energizadas e porque achávamos na época que éramos agentes das nossas próprias vidas e não apenas duas jovens mulheres. Éramos unidas. Aquilo nos conectou de uma forma que foi emocionante: um segredo compartilhado, um triunfo coletivo, a sensação de que éramos indomáveis.

Passamos no bar no caminho para casa e ocupamos duas poltronas de veludo em um canto. Ainda estava cedo, e havia poucos clientes, mas a banda estava aquecendo nos fundos, e o pessoal do bar acendia velas e limpava copos. Pedi uma garrafa de champanhe porque, apesar de o meu salário ser baixo e o dela, agora, inexistente, nós tínhamos uma coisa para comemorar.

Fomos andando para casa mais tarde, o braço dela entrelaçado no meu, e recontamos a loucura do nosso dia. Ela bateu palmas de empolgação quando lhe lembrei que não havia mais trabalho, que ela estava livre da vida de expediente. Ela expirou ar quente na parede espelhada do elevador e com o dedo desenhou uma carinha feliz. Pulou no nosso sofá e insistiu que eu pulasse também. Foi bobo. Foi divertido. Ela segurou minhas mãos enquanto pulávamos. Lembro que estávamos rindo e que a sensação de rir alto juntas foi tão comum. Mas agora? Eu tenho dificuldade de lembrar como era ser assim com ela, me perder nela, sermos uma só sem esforço algum.

13

Visitei Marnie e Charles na sexta seguinte, logo depois de eles terem voltado da lua de mel, e estávamos sentados nós três no sofá. O candelabro no teto estava apagado, e as lâmpadas de parede lançavam uma sombra dourada. Havia velas para todo lado, chamas cintilando em volta dos pavios. A varanda estava escondida atrás de grossas cortinas vermelhas que caíam em ondas.

De acordo com todo mundo (o carteiro, o meteorologista da televisão, meus colegas), aquele havia se tornado o verão mais úmido de que se tinha registro e o mais infeliz de que conseguíamos lembrar. Todos os dias daquela semana foram obscurecidos por chuva densa, pesada, gotas gordas que quicavam quando batiam no asfalto ou no capô de um carro.

— A chuva! — disse Marnie. — Não vimos nada assim por semanas, nem uma gota. Todo mundo disse que o verão na Itália era loucura, que íamos fritar, e estavam certos. Por isso mesmo, não estávamos preparados quando pousamos. Estávamos encharcados quando tiramos as bagagens do porta-malas do táxi e as levamos para o saguão do prédio. Não foi, Charles? Não estávamos encharcados?

Ele assentiu com o ritmo das palavras dela.

— Ah, completamente — respondeu ele. — Completamente encharcados.

Eles disseram que se aventuraram na rua só uma vez nos dois últimos dias, uma ida rápida ao supermercado para reabastecer a despensa, e que mantiveram as cortinas fechadas e as janelas trancadas e a chuva o mais longe possível. Rebecca e James (reconheci os nomes) tinham ido almoçar lá no dia anterior.

— Eles tiraram licença-maternidade e paternidade conjunta — disse Charles. — Os dois estão fora do trabalho. É uma coisa bem estranha.

— Eu contei que eles tiveram um bebê? — perguntou Marnie. — Ela está com quatro meses agora. Nunca vi uma criança mais fofa. Ela é adorável. Os olhos enormes e brilhantes, azuis e penetrantes...

Charles apontou para a minha taça de vinho vazia.

— Quer mais? — perguntou ele, e eu assenti.

— Ele se deu tão bem com ela — sussurrou Marnie quando ele foi para a cozinha. — Sinceramente, não tem nada mais sexy do que um homem atraente com um bebê. Ele tem esse jeito confiante, meio nariz em pé, eu sei, mas tem um coração de manteiga. Ele queria segurá-la o tempo todo. Mal me deixou pegá-la.

Sorri e assenti, mas não conseguia imaginar.

— Você encheu a minha? — perguntou Marnie quando Charles voltou com a garrafa.

— Claro — respondeu ele. — Está na mesa lateral.

— Obrigada — disse ela, se levantando e dando um beijo nele. — É melhor eu olhar o jantar.

Ele encheu a minha taça e conectou o celular na televisão nova comprada, disse ele, com vales-presente do casamento.

— Vou mostrar umas fotos — disse ele e explicou os detalhes complicados daquele modelo específico: a tela, algo sobre os pixels, a força do processador e vários acrônimos diferentes que não significavam nada para mim. Assenti e sorri e tentei parecer impressionada. Fiquei surpresa mesmo foi com o tamanho; ocupava toda a coluna da chaminé.

Estiquei a mão para o controle remoto, que estava em pé em uma cestinha de vime na mesa lateral. Charles estava na frente da TV, virado para ela, bloqueando minha vista, mas devia ter ouvido meu movimento, porque, sem se virar, ele disse:

— Bota no lugar.

— Você não precisa... — comecei a dizer.

— Do controle? Não. Se eu precisar, eu pego. Isso se não tiver problema pra você, Jane.

Ele se virou e olhou por cima do ombro, me inspecionou, olhou para o controle remoto na minha mão. Eu o coloquei na almofada do sofá.

Ele sorriu.

— Confie em mim. Você vai ficar impressionada com o que essa coisa pode fazer.

Ele apertou alguns botões e começou a passar as fotografias da lua de mel. Um pouco inesperadamente, percebi que estava intrigada com os locais diferentes, com a paisagem linda, aquela sensação de desconhecido. Eu não estava gostando tanto dos comentários contínuos dele ("e foi lá que nós..." e "quando visitamos essa praia..." e "esse é o banheiro do segundo hotel"), mas as imagens eram impressionantes. Respondi às perguntas, às descrições, à falação infinita ("Ah, que campos lindos", falei, e "Desculpe, onde foi isso mesmo?"), mas eu não estava prestando muita atenção.

Em vez disso, me imaginei na viagem deles: posando ao lado de Marnie nas Escadarias da Praça de Espanha, sorrindo em uma bicicleta no alto de uma colina, cercada de uma dezena de taças de vinho em uma vinícola. Foi surpreendentemente fácil apagar Charles de cada imagem, borrar a existência dele toda, de forma que ele quase não existisse. Eu conseguia não ver os ombros largos, as camisetas apertadas, os dentes brancos no sorrisinho perfeito. Conseguia não ver o cabelo, penteado para trás e cheio de gel, e as panturrilhas musculosas e o bronzeado reluzente.

Ouvi Marnie na cozinha e amplifiquei o barulho dela, para esconder o dele. Ela estava falando com a câmera, se filmando enquanto preparava o jantar, descrevendo cada passo que dava, cada ingrediente que acrescentava, cada fatia e mexida e sacudidela.

— Sempre lavo as mãos depois de quebrar os ovos, principalmente quando estou separando as gemas, e faço isso há muito tempo, mas sempre suja tudo.

Pouco depois:

— Você deve jogar espaguete na parede pra ver se gruda? Depende de você, claro, mas acredito que é a forma mais precisa de testar se sua massa está cozida ou não e, ah — um gritinho —, parece que está!

"Você deve botar tomate numa salada verde? De jeito nenhum."

Ela gritou da cozinha:

— Dois minutos. — Com a voz um pouco mais baixa, prosseguiu: — Quando estão cozinhando para mim, sempre fico agradecida ao ser avisada um pouco antes da hora de me sentar para comer porque... Olha, talvez seja só eu, me contem nos comentários se vocês também são assim, mas é que eu sempre preciso ir ao banheiro antes de comer. Não sei o que é, mas eu preciso!

Charles olhou e revirou os olhos, com gentileza e amor, e eu sorri em resposta.

— Isso aí — disse ele. — Vamos aproveitar os últimos minutos antes do jantar. Você não está entediada, está?

Balancei a cabeça, e ele foi passando as fotos rapidamente: lindos pores do sol, alaranjados e amarelos e rosados e roxos; as colinas redondas, ondulando em todos os tons de verde; os campos de papoula, uma tela de vermelho pontilhada de sementinhas pretas. Tigelas de massa, pratos de carnes e queijos curados, pizzas do tamanho de tampas de latas de lixo. Charles em um trem, os olhos fechados, um jogo de palavras cruzadas, pela metade, na mesa à frente. (Talvez você goste de saber que palavras cruzadas eram a única coisa que Charles e eu podíamos discutir, que podíamos fazer juntos, sem que o ar ficasse denso ao nosso redor.)

Ele continuou clicando no celular, mas a televisão tinha congelado, e uma imagem permaneceu estática, sem piscar na tela. Era uma foto de Marnie sentada em uma espreguiçadeira, as pernas para os dois lados da estrutura de madeira, sorrindo enquanto passava protetor solar nos braços. O chapéu de palha caía torto na testa, e o biquíni tinha subido um pouco, revelando a pele ainda mais clara na parte inferior do seio. Ela estava sorrindo, rindo, eu acho, e consigo imaginá-la repreendendo Charles, como uma mãe pode repreender o filho, pedindo que ele não tirasse uma foto, não naquela hora, só quando ela estivesse pronta.

Mas eu também teria tirado aquela fotografia. Porque, totalmente alheia à câmera, ela era bem mais ela mesma, bem menos esticada e fazendo pose e biquinho e bem mais a mulher que nós dois reconhecíamos e talvez amávamos.

— Esse foi o último hotel — disse Charles, desligando a televisão, e a tela ficou preta novamente. — Tinha um restaurante incrível. Tinha uma estrela Michelin. Experimentamos o menu degustação, que foi bem caro, mas valeu a pena, era delicioso mesmo.

Eu me perguntei se talvez um dia eu teria uma segunda lua de mel. Achei improvável na época e acho menos provável ainda agora.

Marnie nos chamou para a mesa.

— Fiz carbonara — disse ela. Olhou para mim enquanto puxava a cadeira. — Mas não o normal, não o que fazíamos no apartamento. — Ela se virou para Charles. — É uma homenagem à nossa lua de mel, com a receita daquele lugar no alto da colina. Se lembra daquele lugar? Você mostrou a Jane as fotos de lá? A comida era simplesmente... — Ela levou os dedos aos lábios e os beijou: um "muah" alto e molhado. — Tive que suplicar pela receita, um clássico familiar, aparentemente, mas é muito boa, eu acho. Melhor do que a que fazíamos no apartamento. Vou parar de falar. Vou deixar você experimentar.

Ela botou uma porção grande no meu prato fundo e uma porção absurda no prato raso de Charles. Ele não gostava de comer em prato fundo. Não gostava quando as partes diferentes de uma refeição se misturavam. Não queria comer espaguete e salada na mesma garfada.

Girei o garfo na beirada do prato e vi na mesma hora que a textura era diferente. Os ovos tinham formado uma cobertura sedosa em cada fio de espaguete. Nosso carbonara (e não me entenda mal, eu gostava, ainda acho que é meu favorito) era cheio de pedaços de ovo mexido.

— Delicioso — disse Charles. — Sinceramente, o gosto está igual.

Marnie bateu palminhas.

— Era o que eu queria que você dissesse. Jane? Gostou?

— Bom, não vou dizer que gosto mais deste do que do *nosso* carbonara, porque seria deslealdade, mas está delicioso.

Marnie sorriu.

— Eu sabia que você ia adorar. — Ela encheu minha taça de vinho. — Trouxemos esta garrafa para casa. Achei uma certa loucura. Sabemos que o gosto nunca vai ser tão bom, mas resistiu à viagem melhor do que eu pensava. Você não acha? — perguntou ela.

Charles assentiu.

— Definitivamente. Ótima massa, vinho delicioso. Se não fosse a chuva, eu quase conseguiria acreditar que ainda estávamos lá.

Pode parecer estranho, e talvez você não acredite em mim, mas, até aquele último momento, eu nunca tinha me sentido uma invasora no relacionamento deles. Eu tinha muita consciência dos dois relacionamentos concorrentes. Mas tinha suposto que podiam coexistir, meio que lado a lado. Agora estava ficando cada vez mais ciente de que minha amizade com Marnie era como um parágrafo na história deles, que não havia espaço para nada além daquele amor.

Os primeiros meses depois da morte de Jonathan são confusos; não consigo me lembrar muito das coisas que fiz nem dos lugares aonde fui nem das pessoas com quem falei. Mas acabei voltando ao trabalho, e Marnie me convidou para jantar no fim daquela primeira semana. Charles trabalhava até tarde — muitas vezes até depois das onze, às vezes só voltando ao apartamento pela madrugada —, mas ele estava determinado a nunca trabalhar até tarde nas sextas. Dizia que seus fins de semana eram sagrados. Era questão de equilíbrio, disse ele. Mas ele sempre estava exausto quando voltava para casa às oito, talvez nove da noite, no fim da semana. Nunca queria sair, nem ver amigos nem fazer qualquer coisa. Só queria ficar em casa. E, assim, minhas visitas semanais se tornaram recorrentes, um padrão que continuou e raramente era interrompido.

Mas achei que o casamento deles podia significar o esperado fim daquela rotina. Tinha sido de um jeito por anos, mas eu sabia melhor do que todo mundo que tudo acaba um dia.

Às dez e meia, Marnie se levantou e disse:

— Certo.

Fiquei sentada. Ela retirou os três potinhos de sobremesa e os empilhou na dobra do braço, equilibrados junto à parte de dentro do cotovelo. Pegou a tigela de frutas agora vazia, a jarrinha de creme e desapareceu na cozinha. Ouvimos quando ela ligou o rádio, o som de instrumentos de corda ronronando juntos e o tilintar de pratos de cerâmica uns nos outros. Ouvimos os passos dela, as meias no chão quando ela se moveu pela cozinha, abrindo e fechando a geladeira, a lava-louças, os armários.

Eu deveria ter ido atrás, mas não fui.

— O casamento — eu disse, e não sei por quê, mas eu soube instintivamente que era má ideia, só que, depois que comecei, não soube como parar.

— Foi um dia tão bom — disse Charles, bocejando, esticando as mãos acima da cabeça, assim como tinha feito naquela noite, o mesmo movimento, a camisa novamente se esticando acima do cinto. — O melhor.

— Mas o fim — falei.
— O fim? — repetiu ele. — O que tem?
Ele pareceu genuinamente confuso.

Agora, rapidamente, só uma coisa, antes de eu continuar. E talvez isso devesse ter sido explicado a você antes. É fácil esquecer, já que você contou bem poucas mentiras durante sua vida. Enquanto eu contei muitas. Então, talvez você possa aprender um pouco com a minha experiência.

A primeira coisa que você precisa considerar é que uma mentira é só uma história. É inventada, ficção. A segunda coisa é que mesmo a mais estranha ficção, as mentiras mais ridículas, podem parecer totalmente verdade, totalmente possíveis. Queremos acreditar na história. A terceira é que mentiras críveis não são um grande feito. Mas a coisa mais importante de todas, uma coisa que você nunca deve esquecer, é que não somos imunes às nossas próprias mentiras. Revisitamos nossas histórias, alteramos a ênfase, aumentamos a tensão, exageramos o drama. E, em algum momento, depois de contar essa história modificada algumas vezes, melhorando-a a cada vez que a recitamos, começamos a acreditar nela também. Porque estamos revisando não só nossas próprias histórias, mas nossas lembranças. Nossas ficções, momentos que criamos, que imaginamos, começam a parecer reais. Dá para ver a situação se desdobrando, a revisão como deveria ter acontecido, e você começa a questionar onde a verdade termina e a mentira começa.

— O fim — repeti, e ele moveu os ombros e franziu a testa. — O fim da noite. O fim, com você e eu.

— Você e eu? — perguntou ele. — Jane. Pare com isso. Do que você está falando?

Era tarde demais, entende. Ele teve tempo para revisar a lembrança, para deliberadamente lembrar mal daquele momento. Não havia mais uma única verdade sólida. Ele tinha repassado a história várias vezes? Tinha alterado suas ações a cada vez? Tinha passado a acreditar na sua narrativa revisada, de forma que sua incredulidade, sua confusão, agora parecessem autênticas?

Eu me senti uma idiota, como se estivesse falando besteira, mas vi uma coisa, uma sombra passando pelo rosto de Charles. A testa dele franziu e esticou de novo. A sobrancelha esquerda tremeu, só uma vez. As bochechas ficaram vermelhas, talvez de constrangimento, talvez de raiva. Ele lambeu os lábios e os apertou entre os dentes, de forma que as beiradas ficaram brancas. Fez um ruído breve e não intencional e mordeu o canto do lábio.

Eu não tinha mais certeza de nada.

— Você sabe do que estou falando — falei.

— Acho que não sei — respondeu ele. Ele colocou as duas mãos espalmadas na mesa.

— Sabe — falei. E eu não sabia se ele sabia, mas achava que sim.
— Me desculpe, Jane — disse ele, e seu rosto estava pétreo, as feições, sólidas, totalmente intocadas. — Infelizmente não sei o que você quer dizer.
— Não? — perguntei, na esperança de ele ainda cometer um erro e expor a verdade.
— O que você *quer* dizer? — perguntou ele e inclinou levemente a cabeça para a esquerda, como se estivesse realmente curioso, como se estivesse confuso com a minha pergunta.
— Eu acho... — Mas eu não sabia o que achava. — Você tocou em mim — acabei dizendo. — Você se lembra disso? Você estava bêbado, mas... Você tocou em mim.
Ele contorceu o rosto em um retrato de choque. Pareceu falso. As sobrancelhas estavam altas demais na testa, os olhos, arregalados demais, o queixo abrindo os lábios em um "o".
— Jane, o que você quer dizer com "tocou"? Você não está sugerindo...
— Você lembra. Sei que lembra.
Ele relaxou o rosto e adotou uma expressão estranha de preocupação.
— Jane, me desculpe, eu não quero ser grosseiro, mas não sei mesmo do que você está falando. Quero ajudar... E odiaria que você pensasse... Por que você não começa do começo? Me conte o que você acha que aconteceu.
— No final. Quando estávamos sentados.
Algo pareceu diferente. Algo pareceu errado.
— Continue.
— Você passou o braço pelo meu ombro.
Dava para saber que estava escuro lá fora porque, em contraste com as paredes pálidas, as cortinas vermelhas pareciam pretas. As velas estavam acabando, tremeluzindo nos suportes de metal.
— Olha, se é para eu ser completamente franco com você, tenho que dizer que não lembro disso. Mas acho que sim, não fico surpreso. Acho que abracei quase todo mundo lá em algum momento do dia. Era uma festa, uma comemoração. E eu... É isso, Jane? Meu braço no seu ombro? Foi isso que te incomodou tanto? Porque eu não acharia... Mas, se foi isso... Eu não pretendia ofender.
— Não — falei. — Não, não foi isso, não mesmo. Não seu braço no meu ombro. Não é disso que estou falando. Sua mão. Você me tocou.
Nessa hora, reparei que ele não estava mais olhando para mim. Olhava por cima da minha cabeça, para além de onde eu estava sentada, para alguma coisa ou alguém atrás de mim. E percebi que o rádio não estava ligado e que eu não estava ouvindo os pés de Marnie no chão da cozinha nem o barulho da louça nem a porta da geladeira descolando e sugando ao se fechar. Eu só ouvia o zumbido baixo da lava-louças.

Eu não tinha como saber quanto tempo havia desde que Marnie estava parada lá, ouvindo nossa conversa; não sabia o quanto ela escutara. Mas tinha certeza absoluta de que Charles estava manipulando a conversa por causa dela, executando uma versão que ele queria que ela visse e não o contrário, a verdade, que poderia ter acontecido se estivéssemos só ele e eu.

Ele deu de ombros; não precisava de palavras para transmitir o que queria dizer: *Não tenho ideia do que ela está falando.* Olhei para Marnie por cima do meu ombro.

Ela ainda estava de avental. Era cinza, com detalhes brancos e uma faixa branca amarrada na cintura e outra no pescoço. Segurava um pano de prato úmido, pronto para limpar o jogo americano. A cabeça estava inclinada para a esquerda, e os olhos, apertados, me observando por cima da mesa de jantar.

— O que está acontecendo? — perguntou ela, olhando diretamente para mim. Mas, antes que eu pudesse responder, ela se virou para Charles. — Você está bem? — perguntou.

Ele deu de ombros.

— Jane? O que é isso? — perguntou ela. Era tarde demais. — Ele tocou em você. Foi o que você disse, não foi? Quando exatamente ele tocou em você?

Eu sabia que ela estava com raiva, mas fui burra demais para perceber que ela não estava com raiva por mim. Meu coração disparava no peito. Eu sabia que, se olhasse para baixo, teria visto que ele tremia embaixo da minha roupa e da pele. Minhas palmas estavam cerradas, úmidas.

Eu queria dizer *Ah, nada*, mas Charles tinha me encurralado, e era tarde demais para fingir que eu tinha dito qualquer coisa diferente do que eu realmente tinha dito. Ele era inteligente. E mentia muito bem. Talvez mentisse tão bem a ponto de acreditar na própria besteira ou talvez só fosse absurdamente convincente, mas, de qualquer modo, era ardiloso o suficiente para me aprisionar na minha própria verdade.

Ele tinha me manipulado até a beirada da teia, e eu não tinha como escapar com uma mentira.

— De que exatamente você está acusando o meu marido?

Eu esperava que a verdade talvez fosse recebida com algum tipo de compaixão; que ela pudesse escolher confiar em mim, resolver o problema comigo. Mas, naquela hora, soube qual era a sua preferência e sabia que não era eu. E, sinceramente, fui ridícula ao esperar o contrário. Emma tinha encontrado espaço para duvidar de mim. E claro que Marnie também encontraria. Talvez você também encontre.

Seus dedos tremeram quando ela botou o pano na mesa. O rosto pálido estava corado. Havia manchas vermelhas surgindo no pescoço e se espalhando na direção do peito.

— E então? — insistiu ela.
— Ele me assediou. No seu casamento. Sinto muito, Marnie, mas...
— Assediou? — disse ela, a voz firme, mais grave do que o normal.
Os olhos dele se desviaram de uma para a outra.

Olhei para Charles, e ele foi impecável; tão inteligente e tão mais bem preparado do que eu. O rosto era a mistura perfeita de apreensão — seus olhos diziam: *Ela precisa de ajuda* — e frustração — seu maxilar insistia: *Você não pode acreditar nessa besteira, não é?* — e sua postura gritava: *Não faço ideia do que está acontecendo.*

— Sim — falei e olhei para as mãos fechadas no meu colo. — Assediou.
— Um braço em volta do seu ombro? É disso que você está falando. Um ombro? — Ela estava gritando, o tom de voz, instável, como se fosse chorar. — Falando sério, Jane. É esse o problema? Só isso? Porque, sério, se for, você precisa...
— Não — interrompi. — Não foi só isso. Não mesmo. Ele me apalpou. — As palavras estavam desconfortáveis na minha boca. — Botou a mão por cima do meu top, do meu vestido. E eu não falei nada na hora; não pareceu certo, não no dia do seu casamento. Mas eu tinha que dizer alguma coisa. Você não entende que eu tinha que dizer alguma coisa?

Ela inclinou a cabeça e olhou para Charles e ergueu a sobrancelha, fazendo uma pergunta silenciosa. Não consegui interpretar, então só continuei.

— Acho que ele teria ido mais longe se você não tivesse chegado. Acho que ele estava... O que você estava pensando? — Eu me virei para Charles. — Se eu tivesse encorajado. Você faria? Ou foi só para fazer eu me sentir pequena? É sempre isso, não é? Porque você gosta de se sentir maior e melhor do que todo mundo.

— Jane — disse ele. — Não sei... Não sei o que está acontecendo aqui, mas eu não estava querendo nada.

Ele se levantou e foi ficar ao lado de Marnie, passando o braço pela cintura dela, enfiando a mão na faixa da cintura do avental e esfregando o tecido entre os dedos. Eu me senti como uma criança pega em uma briga na qual eu era adversária dos meus pais, os dois parados na minha frente, ditando os fatos, eu murchando perante o confronto.

Então, seu tom mudou, e ele ficou com raiva.

— Meu Deus, Jane — gritou ele. Marnie se encolheu. — Era o dia do meu casamento. E você é a melhor amiga da minha esposa. Não sei o que você acha que aconteceu, mas... Puta que pariu. Meu Deus. Não.

Marnie assentiu lentamente, e não importava se ele acreditava na própria história, porque ela acreditou. O rosto dela estava trovejante, os olhos, iluminados como velas em um bolo de aniversário, tremeluzindo de raiva.

Ele achou que tinha me encurralado, mas sempre há outra mentira, uma mentira melhor.

Um dia, em algum ponto do seu futuro, alguém vai te dizer que *mentiras alimentam mentiras*, e a pessoa vai estar certa, mas ela vai fazer parecer um problema, quando, na verdade, é a solução.

— Ele disse que me queria, que sempre gostou de conversar comigo; perguntou se eu me sentia do mesmo jeito — falei. — A mão dele estava me tocando por cima do vestido, e ele ficou mexendo nas beiradas, nas costuras. Quando foi só a mão dele em mim, me tocando, eu não tive certeza, sabe. Podia ser só bebida demais, sem pensar, sem reparar no que estava fazendo. Mas, quando ele começou a falar, eu soube. Soube que era intencional.

E ela ficou na dúvida de novo.

E era mentira? Mesmo? Porque eu acho que, se mais dois minutos tivessem passado, seria exatamente isso que teria acontecido, ele teria dito alguma coisa assim — sei que teria —, porque esse era o homem que Charles era. Ele sabia como usar as palavras para manipular, construir uma história. E as palavras deram crédito a uma ação que, sozinha, foi considerada insubstancial, sem importância, nem um pouco digna de nota.

Mas, sim, é verdade. Foi mentira. Essa foi a terceira que contei a Marnie.

Seria a última mentira que eu contaria enquanto Charles estava vivo.

14

Marnie pediu que eu fosse embora. Depois de tudo que tinha sido dito e não dito, ela se empertigou e falou:

— Acho que você deveria ir embora agora.

Fiquei chocada e não me mexi.

— Pode ir embora — repetiu ela. — Agora. Por favor.

Charles e eu nos olhamos, e percebi que estávamos pensando a mesma coisa: que nenhum de nós conseguia ler com segurança a expressão de Marnie. Dava para ver que ela não estava feliz, nem um pouco, mas a raiva tinha se dissipado, substituída por algo menos claro. Não reconheci o olhar apurado, os lábios repuxados, tão rosados quanto sempre, mas bem apertados. A pele estava pálida e pesada, seu peso afundando no maxilar.

Eu o vi apertar a cintura dela, uma pressão suave.

Ela não reagiu. Estava paralisada, as mãos grudadas nos quadris.

Eu me levantei.

— Tudo bem, eu vou — falei. — Mas só se você tiver certeza de que é isso que você quer.

Achei que ela pudesse reconsiderar? Eu esperava que sim. Mas não foi o que aconteceu.

— Tenho certeza — respondeu ela.

Fui até o corredor e peguei minha capa de chuva no gancho da parede. Meu guarda-chuva estava apoiado no aquecedor e deixou uma poça de água no piso de madeira. Botei a mão na maçaneta e me virei para olhá-los. Eles estavam parados do mesmo jeito de antes, lado a lado, o braço dele na cintura dela, mas agora olhavam para trás, para mim, como se para ter certeza de que, depois de tudo aquilo, eu realmente iria embora.

Saí sozinha e andei para casa. Levei horas, e a chuva estava implacável, mas era exatamente do que eu precisava naquele momento. Eu precisava sentir a água encharcando meus sapatos e minhas meias e meus pés murchando dentro deles. Precisava sentir o vento puxando meu guarda-chuva, ter algo contra o que lutar. Eu precisava marchar, bater os pés, sentir a água se espalhar nos meus tornozelos e meus cotovelos roçarem os quadris.

Parei na porta do meu apartamento e remexi na bolsa, em busca da chave; quando a encontrei e entrei, tanta água tinha pingado no tapete que uma parte do tecido cinzento estava marrom, úmida e escurecida. Tomei um banho quente e aumentei o aquecedor e me deitei na cama e não consegui dormir. Eu precisava estar em outro lugar. Londres era grande demais e movimentada demais, as pessoas, ansiosas e tensas demais, o ar, denso e zangado demais.

Ajustei o despertador e ainda estava acordada quando, várias horas depois, ele ecoou no meu quarto. O sol enfim brilhava, e fui visitar minha mãe — brevemente; ela não me reconheceu, e não tive paciência para as suas perguntas implacáveis e baboseira genérica. Peguei outro trem, não de volta para a cidade, mas para mais longe, seguindo os passos de uma versão mais nova de mim.

Cheguei a Beer no começo da tarde. Eu só tinha levado uma mochila pequena. Fui direto para o nosso hotel, mal percebendo que minhas pernas me levavam àquela direção. Nosso quarto estava disponível, só por uma noite, no primeiro andar, no fim do corredor, com a vista para a praia.

Deixei a mochila na cama e fui para fora, na direção da costa.

Fiquei olhando as ondas quebrarem; o dia estava ensolarado, mas as ondas, furiosas, batiam na praia de cascalho.

— Por aqui — eu o ouvi dizer. — Vamos por aqui.

Fui na direção dos penhascos, refazendo o caminho que tinha percorrido quatro anos antes. A praia estava movimentada, um chamariz para jovens famílias de férias e casais apaixonados na casa dos vinte ou dos oitenta ou qualquer coisa entre um e outro. Havia poucas jovens sozinhas, apesar de não ser possível que eu fosse a primeira a levar o coração partido para a praia. Havia guarda-sóis e castelos de areia e crianças tremendo em toalhas listradas. Havia raquetes de badminton e quebra-ventos e pás de plástico em vermelho e amarelo e azul.

Fui para longe disso tudo. Subi a estrada, andei pelo asfalto. As gaivotas ainda estavam lá, grasnando e batendo as asas no céu, e me perguntei se elas se lembravam de mim como eu me lembrava delas.

Senti-me mais próxima de Jonathan do que em meses. Eu não ia à nossa casa desde a manhã da maratona; nunca voltei. A casa e tudo o que era nosso foram vendidos sem o meu envolvimento. E nunca visitei os lugares que amávamos. Não vou ao Windsor Castle desde aquela noite e raramente passo por Oxford Circus. Mas, lá, em um lugar que pareceu familiar, a dor parecia diminuir.

Cheguei ao café no vilarejo seguinte e me sentei no mesmo banco e observei o mar do mesmo lugar e fiquei com medo do quanto minha vida tinha mudado. E do quanto eu a detestava. Eu queria ser a outra eu, a que tinha se sentado ali com o marido, no começo de uma vida juntos. Ela era otimista — algo nada característico —, ansiosa por futuros aniversários de casamento e futuros lares e filhos e uma vida de risadas e amor. Eu não queria ser esta versão mais nova: a amarga e fria que se sentia permanentemente afastada da vida que deveria tocar.

Eu queria poder te contar que descobri uma forma de superar aquela versão de mim. Não seria ótimo se eu pudesse dizer agora que deixei a tristeza e a raiva para trás, que encontrei algo firme e estável e seguro? Mas não deixei. Não encontrei.

Não havia pescadores; eles deviam ter estado lá mais cedo, quando eu estava deitada na cama, esperando o despertador, a mais de cento e sessenta quilômetros de distância, em um mundo cheio de buzinas e neblina. Andei pela beira do mar de novo, embaixo dos penhascos, as pedrinhas fazendo barulho sob meus sapatos, ainda úmidas da maré da manhã.

Reparei na abertura na vegetação alta, no pé do penhasco. Os arbustos espinhentos eram densos, e o vão, quase invisível, mas acho que eu procurava por ele, tentando encontrar formas de estar perto de Jonathan. Eu me lembrei dele andando em frente, ziguezagueando com o caminho, passando pelas urtigas, tão concentrado na subida.

Fui no meu tempo.

Tinha chovido, e a trilha ainda estava escorregadia, com lama nas pedras e nos vãos onde o caminho se inclinava. Dos dois lados, galhos altos com vegetação densa lançavam sombras pela trilha, e me perguntei quanto tempo levaria para que o sol secasse aquele trecho pequeno do caminho. Eu não conseguia ver o mar, mas podia ouvi-lo. Não conseguia ver as gaivotas, mas também as ouvia. Estava muito sozinha, mas sabia que o mundo ainda estava lá, a poucos minutos.

Cheguei aos degraus entalhados no caminho, seguindo para a esquerda, acima. Aquele tinha sido o que escolhi na primeira vez. Levou-me para longe de Jonathan, ainda que só por um ou dois minutos. Mas não há nada que eu não daria agora — nenhum sacrifício extremo demais — só por um ou dois minutos juntos.

Decidi virar à direita. Não havia degraus, só o caminho lamacento, mais seco agora que eu estava mais acima, mas ainda escorregadio e instável. Imaginei onde os pés dele tinham tocado e coloquei minhas botas nessa antiga trilha. Encostei-me no penhasco e me perguntei se o corpo dele já tinha estado ali, encostado nas mesmas pedras. Lembrei-me do toque da sua mão nas minhas costas. O coração dele estaria calmo e firme, mas o meu disparava no peito.

Havia urtigas à frente, mas tive confiança de que tudo ficaria bem daquela vez. O céu estava gloriosamente azulado, sem uma nuvem à vista, e, apesar de nunca ter sido, nem um pouco, uma pessoa espiritualizada, eu sabia que ele estava lá comigo. Eu me virei, as costas na pedra, e olhei para o mar, para as ondas batendo. Senti vertigem, como se estivesse bêbada, com a cabeça quase leve de adrenalina.

Achei que conseguiria. Achei que poderia ser destemida como ele já tinha sido. Eu me enganei.

Continuei a subida, as mãos apoiadas no penhasco à esquerda, e os pés, um na frente do outro, em linha reta, o mais perto possível das pedras. Pisei cuidadosamente nas urtigas e mantive o olhar à frente.

— Te encontro lá em cima — sussurrei principalmente para mim, mas, também, para o espaço acima do mar. — Um dia vou te encontrar, e vamos nos reunir lá em cima.

Reparei que minhas mãos tremiam levemente e percebi, de maneira um tanto inesperada, que estava chorando. Respire, pensei, mas não consegui. O ar ficava prendendo na garganta, e percebi que estava inspirando, ofegando sem parar. Minha respiração escapava dos pulmões e congelava na boca, tão rápida e intensamente que fiquei tremendo, como se meus ossos estivessem se separando.

Tentei equilibrar meu corpo trêmulo na beirada daquele penhasco, manter meus pés fixos no lugar, mas não consegui. Eu me contraí e me sentei, tentando encolher o máximo possível, na esperança de não cair, de ficar encolhida lá, até que fiquei quase imóvel, exceto pela respiração que sacudia meu peito levemente; eu não conseguia parar de soluçar.

Finalmente, me levantei e refiz meus passos de volta até a bifurcação no caminho, arrastando a mão na pedra, sem pensar, sem sentir, tentando muito não me machucar. Peguei o outro caminho — os degraus da esquerda, o mesmo da primeira vez — e cheguei ao alto.

Fracassei. De novo.

Subi mais pelo caminho gramado. Sentei-me com as pernas na frente do corpo, virada para o mar.

E chorei.

Tive poucos amores na vida, mas acho que é justo dizer que o maior de todos tinha sido forjado na morte. Eu estava loucamente apaixonada por Jonathan quando ele morreu. Não fomos feridos pelas ondas fortes nem pelos traumas violentos de uma vida longa e bem vivida. Não estávamos cansados de uma vida de amor comum. Ainda estávamos obcecados um pelo outro, e as coisas que eu mais amava (sua meticulosidade, sua eficiência, seu jeito único de dobrar as meias, o cabelo desgrenhado pela manhã) ainda não tinham se tornado mundanas ou irritantes.

Se quero ser completamente sincera, não acredito que isso aconteceria. Ele era sempre o melhor. Quando, pela manhã, servia dois copos de suco de laranja e me dava o primeiro e ficava com o segundo, porque sabia que eu não gostava do suco mais denso e com mais grumos do fundo da caixa. Quando me deixava usar as luvas dele, porque minhas mãos estavam geladas, apesar de as suas provavelmente estarem também. Quando dirigia pelas distâncias mais longas, porque eu me recusava a aprender, porque odiava a ideia de ficar tanto tempo parada. Quando eu voltava do trabalho e sentia cheiro de água sanitária e lustra-móveis e sabia que ele tinha limpado a casa toda, para que eu não precisasse fazer isso, enquanto eu estava fora com Marnie, me divertindo, sendo feliz. Quando ele apagava as luzes todas as noites ao deitarmos, para que eu não precisasse subir a escada no escuro. Ele me amava de um milhão de pequenos jeitos. Acreditava em um amor que se provava repetidamente, que era presente e generoso e nunca desimportante. Esse amor está congelado para sempre, como ficou quando ele se foi.

Marnie é meu segundo grande amor. Mas eu sentia que também a tinha perdido. Era uma perda bem diferente. Jonathan desaparecera de um dia para o outro, enquanto Marnie escapava aos poucos. Eu era a areia: sólida e estática e presa no mesmo lugar. E ela era o mar: sendo levada de mim, puxada por uma força maior do que nós duas.

Houve um momento em que ela talvez tivesse me escolhido. Ela poderia ter pedido que ele fosse embora. Poderia ter se afastado do braço dele em volta da sua cintura. Mas não fez isso. Porque ela acreditava no que ele estava dizendo, que ele era inocente, que as mentiras eram minhas. Há alguns desastres naturais tão destruidores que é quase impossível recuperar o que se perdeu.

Eu me levantei e andei pela beirada gramada, na direção do hotel. Pensei em fechar a conta e voltar para Londres. Mas eu já tinha me comprometido a pagar pelo quarto, então desfiz a pequena mochila e abri a torneira, para preparar um banho de banheira tão quente que o vapor embaçasse os metais e o espelho e ocupasse o aposento. Tirei a roupa e entrei na água, sentindo-a puxar meu cabelo quando meu rosto subiu pela superfície. O sol estava baixo no céu, decorando com sombras os azulejos. Ouvi vozes vindas da rua embaixo da minha janela: uma menininha dando um gritinho de alegria e a gargalhada de um homem bem mais velho.

Eu me levantei na banheira, a água nas panturrilhas, e espiei pelo vidro pontilhado, encostando o corpo na parede, para escondê-lo. Ela era muito nova, tinha talvez sete ou oito anos, e usava só um traje de banho. Seu pai estava de sunga, ainda molhada, a água molhando a barra da camiseta, e lembrei quando meu pai andava assim, nas férias, na praia da Cornualha, depois de um dia na areia. Uma mulher, a mãe dela, estava logo atrás, com duas toalhas no ombro e uma cesta grande balançando junto ao corpo. A garota começou a rir de novo e se curvou para a frente, se dobrou toda, sem conseguir andar, porque o movimento dentro dela já era demais. O pai também ria, dela, da alegria dela, da gargalhada destemida e barulhenta. Eu quis tanto ser parte daquela família.

Vesti meu roupão, peguei o secador de cabelo embaixo da pia e voltei para o quarto. Liguei-o na tomada. Eu secaria o cabelo. Vestiria minhas roupas. E faria parte daquela família.

Não quero dizer de forma literal. Eu não faria *literalmente* parte daquela família.

Mas estava determinada a fazer parte de algo além de mim.

Andei pelo corredor e pela área da recepção. Saí pelas portas em uma rua estreita, cercada de riachos. Havia luzes para todos os lados: nos bares, nos restaurantes, nos outros hotéis. Andei em direção ao mar, por um caminho bem inclinado até a praia de cascalho. Havia crianças, nuas exceto pelas toalhas em volta dos ombros, saltitando de um lado para o outro, correndo até o alto e de volta, para se encontrar com os pais, que subiam mais devagar, cansados depois de um longo dia de areia e mar e jogos. Havia dois homens carregando guarda-sóis e quebra-ventos e com óculos de sol apoiados na testa. E duas mulheres com os cabelos presos em rabos de cavalo altos, os triângulos úmidos dos biquínis marcando as camisas de linho. Tentei me imaginar no lugar de uma delas, a mochila nas costas, meus filhos correndo, com areia nas dobras do cotovelo, e não pude deixar de imaginar Jonathan ao meu lado, um guarda-sol colorido no ombro.

Mesmo naquela época, eu não conseguia imaginar uma versão do meu futuro sem ele. O que era ridículo. Porque, àquela altura, ele estava morto havia mais tempo do que nós nos conhecíamos.

Mas parecia não ter passado tempo algum.

Antes de ele morrer, eu nunca tinha pensado muito em viuvez. Se bem que, se você tivesse perguntado minha opinião sobre isso, eu teria dado uma resposta confiante e ponderada. Eu tinha perdido meus avós e conhecia o peso dessa dor familiar. Aquelas perdas foram importantes, o ápice de vidas longas e bem vividas, mas a morte deles também parecia insignificante. Aquelas mortes não foram trágicas. Eles não tinham virado fantasmas.

Mas Jonathan tinha. Eu ainda o carrego para todas as conversas. Eu o levo para todas as mesas. Sou a jovem cujo marido morreu. O fantasma dele se senta ao meu lado em casamentos (*Sabia que ela era casada? Sim, era, o marido dela morreu*) e em funerais (*Ela enterrou o marido alguns anos atrás, sabia? É, o marido dela morreu*).

Ele está em cada futuro, em cada esperança, em cada sonho.

Ele me assombra, sempre.

15

A caminho de casa, visitei Emma. Ela estava morando em um estúdio, ao sul do rio. A estação de metrô mais próxima ficava a vinte de minutos de caminhada, e o ponto de ônibus, a quase dez, em frente a um estacionamento sem iluminação. Eu não tinha muito dinheiro sobrando, mas, mesmo com a minha pequena contribuição e um pagamento aqui e outro ali da conta da minha mãe, era o que ela podia pagar.

Ficamos mais próximas depois que ela saiu da casa dos nossos pais. Longe da minha mãe, que sempre insistira em fazer parte de qualquer coisa que fizéssemos juntas, descobrimos que gostávamos muito uma da outra. Ela era revigorantemente sincera, como só uma irmã pode ser. E eu acho, e espero que isso não pareça mesquinho, que o fato de ela precisar de mim era algo que me realizava.

Ela não trabalhava mais regularmente. Tinha sido editora freelancer e, por um tempo, ficou absurdamente ocupada, com manuscritos empilhados no piso de linóleo, trabalhando até tarde da noite, para cumprir os prazos, sempre necessária. Ela foi tão dedicada e concentrada, nunca tinha medo de abordar um problema, de fazer as perguntas difíceis. Mas a sua concentração diminuiu, e ela começou a refletir demais sobre todos os textos, indecisa demais, com medo de alterar um ritmo, levando tanto tempo que todo mundo acabou parando de lhe enviar novos projetos. Ela passou, então, boa parte do tempo trabalhando com eventos beneficentes locais. Mas era tudo voluntário.

Parei na varanda, na frente do apartamento dela, e bati na porta vermelha. Havia uma campainha na guarnição, mas nunca tinha funcionado.

— Estou indo — gritou ela quando bati da segunda vez. — Tenha bons modos, porra. — Quando abriu a porta, disse: — Ah. Eu não estava esperando você.

— Obviamente. É assim que você cumprimenta todo mundo?

A porta da frente dava para o único aposento: sala, cozinha, sala de jantar e quarto, tudo combinado em um só ambiente. A cozinha ficava em uma ponta; os armários brancos eram relativamente novos, mas o piso tinha manchas alaranjadas. As persianas eram de plástico e estavam presas por um fino barbante branco. Havia uma mesinha de centro, um sofá, uma televisão pequena, um guarda-roupa e algumas prateleiras de livros. Ao lado da porta que levava ao banheirinho, emoldurado acima do aquecedor, havia um desenho grande de uma mulher muito magra. Não era grande coisa, mas Emma nunca precisou de muito.

— Ninguém me visita — disse ela. — Sempre é alguém tentando me vender alguma coisa. — Ela chegou para trás, para me deixar entrar. — Por que você veio?

— Que encantador — respondi.

— Não foi isso que eu quis dizer.

— Eu fui a Beer.

— Beer? — perguntou ela. — Em Devon?

— Aonde Jonathan e eu fomos. Lembra?

— Por que você foi lá?

— Marnie e eu brigamos.

— Você contou pra ela.

Assenti.

Ela indicou o sofá.

— Eu falei pra você não dizer nada — disse ela.

— Eu tinha que falar.

— Não tinha, não — disse ela, pegando três biscoitos de chocolate meio amargo em um pacote e colocando-os em um guardanapo para mim. — Cuidado com as migalhas.

Concordei com a cabeça e me sentei em uma ponta do sofá cinza. Todas as noites, ela o abria em uma cama.

— Você podia ter fingido que estava tudo normal — disse ela. — Como eu falei pra você fazer. Aí, você não estaria nessa situação.

— Mas ela tinha que saber a verdade sobre o marido dela. Você não ia querer saber a verdade sobre o seu marido? — Parecia óbvio para mim que, se uma coisa não podia ser dita, mas ainda precisava ser dita, então ela tinha que ser dita.

Emma se sentou no sofá, ao meu lado. A perna da calça subiu um pouco, e vi os ossos que formavam seu tornozelo. Ela segurava uma caneca de chá quente entre as mãos. Mordi um dos biscoitos, e estava mais macio do que eu esperava, quase úmido por dentro.

Ela estava calada, pensando.

— Não — disse ela. — Acho que eu não ia querer saber.

— Se seu marido fosse um pervertido? Você não ia querer saber? E imagine que eu soubesse que ele era pervertido. Coloque-se na posição de Marnie. Você não ia querer que eu dissesse alguma coisa?

— Eu não ia acreditar em você — disse ela.

Eu me sentei mais ereta, e várias migalhas caíram do guardanapo sobre o sofá. Ela se inclinou para limpá-lo.

— O que você quer dizer? — perguntei. — Por que não?

— Porque — disse ela e fez uma pausa. — Ah, não seja tão ingênua — ela acabou falando. — Se eu te dissesse que Jonathan deu em cima de mim, você não teria acreditado, nem por um segundo.

— Eu ouviria o que você tinha a dizer e então...

— E então ficaria do lado dele. Você sabe o que dizem, o que todo mundo diz, nunca abrir mão dos amigos por um homem, mas não importa, porque é o que todo mundo faz. Amizades são uma coisa, mas um amor verdadeiro, um amor romântico? Isso supera tudo. Sempre superou. Sempre vai superar. Talvez você não concorde, mas você teria me odiado.

— É diferente — falei. — Jonathan era... Ele nunca...

— Ah — interrompeu ela. — É isso que todo mundo pensa. É por isso que você não pode culpá-la por tê-lo escolhido. — Ela suspirou. — A gente não sabe que pensa assim, mas está todo o tempo lá, sempre que uma coisa ruim acontece com outra pessoa. Uma vozinha que diz *Mas isso não aconteceria comigo*.

Eu ri, e mais migalhas caíram da minha camiseta.

— Que luxo — falei.

Emma sorriu. Nós duas sabíamos como era ser a pessoa com quem coisas ruins aconteciam. Não foi assim na maior parte da nossa infância, mas alguma coisa mudou na nossa adolescência. O relacionamento do meu pai com a amante ficou público, e nós nos tornamos aquela família, aquelas meninas, as filhas daquele homem. Emma caiu primeiro; ela se tornou aquela garota, a garota magra, a garota que não comia. Meu marido morreu. Nosso pai foi embora. Nossa mãe foi diagnosticada. Talvez, uma vez que você tenha começado, uma vez que tenha se tornado uma dessas pessoas, não consiga parar de sê-la.

Emma e eu somos unidas por um histórico de olhares e segredos e sussurros. Talvez seja por isso que nós duas tenhamos escolhido viver anonimamente em uma cidade tão grande que te engole.

— Você acha que ela vai me perdoar? — perguntei.

— Não sei — respondeu Emma.

— Acho que vai. Acho que consigo convencê-la.

— Você vai gravá-lo e mandar o vídeo pra ela? — Emma deu um sorrisinho debochado. Ela amava aquela história.

— Você disse que não falaria mais nisso — respondi. Ela sempre me provocava, sempre tentava aliviar a tensão em mim. — E não.

— Mas você gravaria se pudesse — insistiu ela. — Eu te conheço. Ainda é seu estilo. Entrar escondida na casa silenciosa, se esconder no guarda-roupa. *Detetive*

Black. É um prazer conhecê-la. Todas aquelas aulas de artes marciais. Você tem um macacão preto de laicra?
— Ele é inteligente demais — falei. — Não diria nada incriminador.
— Ah, porra — disse ela e riu. — Você pensou nisso mesmo.
— Só agora, porque você mencionou. — Isso era típico dela. A ideia não era minha, mas ela estava me culpando.
— Calma aí. Você está espalhando migalhas pra todo lado.
— Mas você acha que vai ficar tudo bem, não acha? — perguntei.
— Provavelmente. Ela vai acabar caindo na real.
— O que você quer dizer?
— Bom, não vai durar, vai? O casamento?
— Por que diz isso?
Emma riu.
— Você! Tudo que você falou. Todas as coisas que ele fez. A arrogância e a superioridade, a afetação pretensiosa, as frases irritantes que são tão ofensivas, e ele não percebe. A minha favorita foi aquela no bar, quando ele precisava passar por aquela mulher e não pediu licença como uma pessoa normal, mas botou as mãos nos quadris dela, para movê-la pro lado. Você se lembra de ter me contado isso? E ela se virou e disse "O que foi isso? O que você acabou de fazer?". E ficou ofendida e agressiva, e ele entrou em pânico e a chamou de burra, e ela mandou ele se foder. Acho que você deveria mandar ele se foder com mais frequência.
— Claro. Marnie vai me perdoar mesmo se eu fizer isso.
— Tem razão — disse ela. — De qualquer modo, se outras pessoas mandarem ele se foder, mais cedo ou mais tarde ela vai entender a mensagem. Só relaxa. As coisas vão se resolver sozinhas.

O que você acha? Qual lado você teria escolhido? Teria sido o dele ou o meu?
Vou supor que você teria escolhido o meu, e, sinceramente, seria burrice dizer outra coisa, porque ele já morreu.
Acho que, se o tivesse conhecido, se tivesse tido tempo para formar sua própria opinião, você teria me ouvido, concordado comigo, confiado em mim. Acho que você o teria achado autoritário e rancoroso. Teríamos nos sentado para listar os muitos erros dele e teríamos rido disso. Eu teria sido sua aliada.
Mas isso não vai acontecer. Porque você nunca vai conhecê-lo. E é por isso que é tão importante que você ouça esta história. Só vou contar uma vez, e tem que ser agora.
Foi assim que ele morreu.
Preste atenção.

A QUARTA MENTIRA

16

Saí cedo do trabalho no dia em que Charles morreu. Lembro claramente, cada parte do que aconteceu, desde meu alarme tocando naquela manhã e a descoberta de que não havia leite para o meu cereal a chegar em casa mais tarde, à noite, depois que tudo já tinha acontecido. Consigo repassar as imagens como um filme e gostaria de dizer que elas me emocionam de alguma forma, com arrependimento ou horror ou vergonha, mas não me afetam. Foi, de tantas formas, um dia como outro qualquer.

Isso é verdade? Estou me esforçando muito para ser sincera. Mas às vezes é difícil saber o que realmente achamos de uma coisa. Por exemplo, fico pensando se estou dizendo que foi um dia comum só porque prefiro não falar sobre ele. Não importa muito, de qualquer modo; prometi que contaria a verdade, e os fatos por si sós são indiscutíveis.

O trabalho tinha sido inesperadamente tranquilo por algumas semanas. Os meses de verão foram úmidos e nublados, mas setembro seria claro e quente. Estávamos recebendo dez por cento a menos de ligações do que tínhamos recebido no mesmo período, no ano anterior. Supus que as pessoas estavam sendo atraídas para fora de casa e indo para parques e bares ao ar livre deixando de esperar pelos pacotes.

Era sexta, e decidi sair cedo, trinta minutos antes de as linhas telefônicas oficialmente desligarem para o fim de semana. Só peguei a bolsa e, de um jeito muito indiferente, saí do escritório. Fiquei pensando se alguém repararia, mas acho que não, e eu não ligaria se alguém tivesse notado.

As ruas estavam tranquilas. O êxodo noturno ainda não tinha começado. Pensei em ir na direção da minha estação de metrô de sempre e da linha que me levava para casa, mas decidi que era melhor não. Era sexta, afinal. E eu não ia para casa às sextas. Eu ia para a casa de Marnie e Charles.

Fui para outra estação: era uma caminhada maior, mas eu não precisaria trocar de linha na metade da viagem. Esperei só dois minutos e me sentei perto do meio, onde era menos provável ser incomodada por aposentados com suas bengalas e mulheres grávidas com suas barrigas grandes. Um casal jovem estava sentado à minha frente, vestido casualmente, ele de calça de moletom e um suéter combinando, e ela de legging e moletom azul-marinho de capuz. Eles deviam ter uns dezesseis anos, até me perguntei se não deveriam estar na escola, e eram exóticos. Eram tão independentes, tão apaixonados. A mão dele estava na coxa dela, mais alto do que era apropriado, mas pareceu mais carinhoso do que vulgar. A cabeça dela estava no peito dele; imagino que ela devia estar ouvindo os batimentos. Ele baixou o queixo e encostou os lábios na testa dela repetidamente, não exatamente beijando, só tocando. Pareceram totalmente alheios a todos que olhavam, todos desejando também ser tão alheios, tão apaixonados, tão ingênuos.

Fiquei tão distraída com o jovem casal que, só depois que eles se levantaram e saíram, comecei a pensar em como Marnie e Charles me receberiam. Eles me deixariam entrar no apartamento? Atenderiam a porta? Eu costumava andar por aí com uma coleção de preocupações como essas. Todas agora parecem insignificantes: o estado das minhas unhas, a competitividade dos meus colegas de trabalho, as coisas que minha mãe tinha dito ou não. Jonathan me ensinou a resolver minhas ansiedades dando-lhes contexto: minhas unhas não importavam para ninguém além de mim, até os piores boatos só poderiam me fazer perder o emprego, as palavras da minha mãe estavam fora do meu controle. Tentei aplicar essa lógica à minha nova preocupação, mas não acalmou meu pânico, só o amplificou. Porque, em um contexto mais amplo, a questão não era se a porta seria aberta e se eles seriam cruéis comigo. Era sobre a trajetória de um dos meus relacionamentos mais importantes. Eu não podia voltar atrás da forma como fiz com a minha mãe e simplesmente aceitar que a situação dela era péssima. Não podia fingir que a pior alternativa afetaria só um cantinho da minha vida. Porque há um limite de cantinhos que podem ser esvaziados até que o aposento comece a parecer deserto.

Marnie e eu não nos falávamos há uma semana. Sei que não parece um período relevante, mas, para nós, era incomum. Na escola, estávamos sempre juntas: rindo alto demais no ônibus, lado a lado atrás de duas carteiras, almoçando no refeitório. E, na faculdade, nos falávamos todos os dias, porque havia tantas coisas acontecendo, tantos momentos em que pensamos *Ela vai achar isso engraçado, ou interessante, ou pertinente*. E, mesmo adultas, nos comunicávamos pelo menos uma vez por dia, nem sempre por uma ligação, às vezes por uma mensagem de texto ou um e-mail ou só uma fotografia, mas, como crianças com copos de papel e um barbante esticado entre as janelas dos quartos, havia um canal que nos conectava sempre.

Eu não soube como reiniciar uma conversa. Sempre que pensava no assunto, eu sentia uma onda de pânico crescendo dentro de mim. Eu não queria admitir que ela fora obrigada a escolher e que não tinha me escolhido. Não queria admitir que ela tinha, pela primeira vez, exigido que eu saísse do seu apartamento. Eu não conseguia nem começar a pensar que isso podia não ter solução. Eu queria mandar para ela uma foto do meu jantar de feijão com torrada ou do sol se pondo sobre o mar ou do cacho estranho no meu cabelo naquele dia.

Pensei em sair do metrô e voltar para casa. Eu teria ficado bem, acho. Teria pedido comida e visto um filme. Mas não foi o que fiz. Eu queria ver Marnie. Precisava vê-la.

Fiquei oscilando entre fingir que estava à vontade (era uma estação de metrô familiar, uma caminhada familiar, um prédio familiar) e ondas repentinas de medo abjeto. Eu sabia, tinha certeza de que ela não sacrificaria nossa amizade completamente. Mas me pergunto agora se eu tinha tanta certeza quanto achava que tinha.

Se eu tivesse tanta certeza, de forma tão categórica, teria feito o que fiz?

— Boa tarde, moça — disse o porteiro quando entrei no saguão.

— Boa tarde, Jeremy — respondi, sorrindo. Ele não se levantou, não andou até mim, não declarou que eu não tinha mais permissão para entrar no prédio nem exigiu que eu fosse embora imediatamente, então senti um começo de alívio enquanto esperava o elevador.

Eu esperava que Charles ainda estivesse no trabalho e que eu pudesse falar com Marnie sozinha, para explicar a situação do meu ponto de vista. Eu sabia que podia fazê-la entender.

O elevador estava vazio, e fiquei olhando meu rosto no espelho enquanto subia. Acho que eu sempre soube que Marnie estava destinada àquele tipo de vida, com pisos de parquete e candelabros e porteiros e elevadores espelhados nos quais o vidro estava sempre limpo, nunca uma digital ou uma mancha.

Aproximei-me da porta e toquei a campainha, mas não houve resposta. A lâmpada acima tinha queimado, e eu estava envolta em sombras, parada em uma poça cinzenta, com um brilho dourado dos dois lados que vinha das lâmpadas acima das portas vizinhas. A escuridão entre a luz era bem bonita, mas também um pouco enervante. Fiquei parada lá e esperei pelo que pareceu um tempo adequado até tocar a campainha de novo, segurando o botão por mais tempo agora.

Mais uma vez, não houve resposta.

Encostei o ouvido na porta. Estava tentando ouvir a voz de Marnie ou o rádio ou o barulho dos carros passando embaixo da varanda. Mas só ouvi o som da minha própria pele na madeira grossa da porta. Recuei e olhei de um lado para o outro. Não havia ninguém em volta; nenhum morador ou visitante de nenhum apartamento daquele corredor.

Remexi na bolsa; eu sabia que ainda estava lá. Eu não a usava havia muito tempo, não tinha sido necessário, mas achei que poderia ser útil, então guardei.

Encontrei a chave no fundo da bolsinha costurada no forro da bolsa, o compartimento escondido onde eu guardava analgésicos e absorventes e protetor labial.

Parei de novo, prestando atenção, e inseri a chave na fechadura. Afastei a mão e olhei ao redor, verificando novamente a presença de vizinhos. Mas eu ainda estava sozinha.

Quero que você saiba que eu não estava planejando nada sinistro. Eu não sabia naquela hora o que aconteceria em seguida; não tinha como eu saber. Acho que eu não estava pensando tão longe, não quando lembrei que tinha a chave e não momentos depois, quando a encontrei.

Eu gostaria de dizer que queria deixar umas flores, talvez um cartão bonito. Eu gostaria mais ainda de poder dizer que planejei fazer um jantar para eles, uma coisa especial.

Mas essas seriam mentiras, do tipo sobre o qual já avisei, as que são tão atraentes que é uma grande tentação acreditar nelas.

Eu não tinha motivo para pensar que Charles estaria morto menos de dez minutos depois.

Eu entrei. Acho que estava planejando — e é importante que você saiba disso agora, que entenda as minhas intenções — dar uma olhada rápida embaixo e em cima, para depois voltar ao corredor e esperar que um deles chegasse. Eu não ia mexer em nada nem pegar nada nem ficar por tempo demais.

E não estava planejando matá-lo.

Eu estava pensando em olhar a cozinha. Queria ver dentro da geladeira. Eu saberia, assim, se era bem-vinda. Se houvesse morangos na gaveta, então ela estaria me esperando. E, se houvesse um pote fechado de sorvete no congelador, então ela definitivamente estava do meu lado. Ela só comprava sorvete para mim. Eu saberia, assim, que não tinha acabado, que nossa amizade não tinha se desintegrado completamente, que ela não estava disposta a abrir mão de mim.

Havia fotos de nós duas juntas na cornija da lareira da sala e uma nova, do casamento, em um porta-retrato prateado, numa prateleira no pé da escada. Se tivessem sumido, eu saberia que precisava me preocupar. Havia coisas que eu tinha comprado para ela ao longo dos anos: um guarda-chuva roxo que ficava sempre apoiado no armário embaixo da escada, um abajur rosa na escrivaninha e um cuco no banheiro do andar de baixo.

Acho que eu esperava provas de que, nos últimos sete dias, alguma coisa havia mudado no relacionamento deles. Seria bom, por exemplo, encontrar o armário do Charles vazio, as roupas e sapatos e ternos dele desaparecidos, e as revistas e marcadores de livros e pen drives não mais na mesa de cabeceira dele.

Imaginei Marnie chegando em casa e, àquela altura, eu estaria de volta ao corredor, esperando por ela. Fingiria que ainda não sabia; que não tinha motivo para acreditar que ela tinha me escolhido no lugar dele. E ela desabaria no choro, confiaria em mim, contaria que as coisas nunca pareceram certas com ele, que ele sempre fora um pouco controlador demais e às vezes distante demais e ainda bem que eu tinha tido forças para ser sincera com ela.

Mas não subi e não olhei o armário do Charles. Não entrei na cozinha e não olhei o congelador. Também não olhei no suporte acima da lareira. Não cheguei tão longe.

17

Com o tempo, haveria artigos de jornal que diriam coisas diferentes. Insinuariam que manipulei a situação com cuidado, sugeririam que cometi um assassinato perfeito. Mas não foi isso que aconteceu.

Abri a porta, mas só uma fresta, querendo fazer o mínimo de barulho possível. Entrei no apartamento e parei para olhar o corredor atrás de mim uma última vez. Eu não queria que os vizinhos me vissem e mencionassem casualmente, em algum momento das semanas seguintes, a jovem que apareceu e entrou no apartamento. Felizmente, eu ainda estava sozinha. Fechei a porta rapidamente e puxei a correntinha. Isso talvez tenha sido um pouco calculado. Se eles voltassem, eu teria corrido e pegado o regador embaixo da pia do banheiro, para fingir que estava cuidando das plantas. Ou talvez corresse até a cozinha, para botar a chaleira para ferver e começar a dobrar as roupas lavadas, algo útil e quase aceitável, a fim de que eles não descobrissem que eu estava remexendo nas gavetas deles.

As luzes do apartamento estavam apagadas. Meus olhos demoraram alguns segundos para se ajustar à escuridão. Eu não o vi de imediato. Não reparei nele no pé da escada.

Dei um pulo e bati as costas na porta, a maçaneta atingindo a parte de baixo das minhas costelas. Inclinei-me instintivamente para a frente, e minha bolsa escorregou do ombro, o fecho de metal fazendo barulho ao tocar o chão. Vi minhas coisas caírem e rolarem pelo piso: um batom, minha carteira, minhas chaves, tudo fazendo muito barulho.

Eu me perguntei se ele estaria morto. Senti um tipo estranho de alegria, uma certa empolgação, como se essa não fosse a pior coisa do mundo.

Quando olhei de novo, seus olhos estavam abertos. Ele estava caído de costas, mas o tornozelo esquerdo estava torcido, e o ombro, virado em um ângulo estranho. Havia uma mancha de sangue seco em sua têmpora e uma marrom no piso de madeira. Ele usava uma calça de pijama, de flanela e com listras, e um suéter de universidade. Eu nunca o tinha visto em roupas tão casuais.

Ele gemeu.

Fiquei momentaneamente decepcionada por ele não estar realmente morto. Mas a decepção logo foi substituída por raiva.

Não era a cara do Charles ainda estar vivo? Uma queda como aquela poderia ter matado qualquer pessoa, mas não Charles. Ele era persistente demais, estava sempre lá, nunca em outro lugar, sempre tão presente.

Ele tossiu.

— Jane — gemeu ele.

Ele limpou a garganta e fez uma careta quando o movimento do peito gerou vibrações pelo ombro.

— Ah, Jane. Graças a Deus.

Acendi a luz, e ele piscou algumas vezes.

— Eu caí — disse. — Não sei quando... Eu estava... Que horas são? Meu ombro. Está deslocado. E... Não consegui me levantar. Meu tornozelo. Acho que minhas costas... Ah, você chegou. Estou tão feliz por você estar aqui. Meu celular. Uma ambulância.

Ele franziu a testa. Estava confuso. Talvez por eu estar tão imóvel, as costas contra a porta e o conteúdo da bolsa caído aos meus pés, sem fazer nenhuma das coisas que uma pessoa normal poderia fazer naquela situação.

Eu me lembro de ter visto Jonathan voar. O táxi ergueu os pés dele, e a força o jogou para a frente, no asfalto, alguns metros adiante. Não pensei sobre como reagir; corri instintivamente para estar ao lado dele, agachada, tocando nele, tentando estancar o sangramento, encontrar o que estava quebrado, como se eu tivesse capacidade para salvá-lo. Eu queria subir no corpo dele. Queria consertá-lo por dentro. Comecei a gritar para ele todos os tipos de absurdos, as coisas que vemos nos filmes: para ficar comigo, para ficar de olhos abertos, não se preocupar, que tudo ficaria bem se ele pudesse ao menos ficar comigo, ficar comigo.

Mas eu não saí correndo na direção do Charles. Não fiz uma pergunta atrás da outra sobre o que houve e onde estava doendo e o que eu podia fazer. Não peguei meu celular do chão nem fui pegar o dele, caído a poucos metros da sua mão.

Eu não estava fazendo nada.

— Jane — disse ele. A testa estava franzida, os olhos, arregalados e assustados, e ele estava sangrando de novo no local de onde tinha levantado um pouco a cabeça, liberando a ferida.

— Charles — respondi.

— Jane, eu preciso de ajuda — disse ele. — Você pode chamar alguém? Chame uma ambulância. Ou só... Me dá o telefone, pode ser? Está ali. Se você puder...

Eu deveria estar ligando para a emergência. Sei disso agora e sabia na hora. Havia um homem caído no chão, os ossos tortos, o corpo retorcido, com sangue na testa, e estava bem claro que ele precisava de cuidados médicos imediatos. Mas não fiz nada. Foi instintivo. Foi exatamente a mesma reação involuntária que tive com Jonathan, mas que me levou a um caminho totalmente oposto. Na ocasião anterior, tentei espontaneamente fazer tudo. Naquela, não fiz nada.

— Jane. Por favor. Eu realmente preciso que você...

— O que aconteceu depois que fui embora? — perguntei. — Semana passada. Depois que eu saí. O que aconteceu?

Pode parecer estranho, eu sei, mas faz sentido. Foi para isso que fui lá, afinal. Foi por isso que entrei no apartamento. Eu queria uma resposta. Queria entender o que tinha acontecido. Eu precisava saber que as coisas ficariam bem, que Marnie e eu ainda éramos amigas e que tudo seguiria normalmente.

— Pare com isso, Jane. — disse ele. — Preciso de ajuda. — Seu rosto se contorceu. — Você pode...? Se você puder me passar o celular. Por favor, Jane.

Fui na direção do celular e o chutei para longe dele. Eu não sabia que ia fazer isso até já ter feito. Não foi parte de um plano. Eu me sentia como uma personagem de filme que encontra o inimigo em seu momento mais fraco, e me pareceu a coisa certa a fazer. Por isso, eu fiz.

— Fiz uma pergunta. Você pode responder, por favor?

— Nada — respondeu ele. — Não aconteceu nada. Jane. Pare com isso... É loucura. Acho que sofri uma concussão. Que horas são? Jane. Não sei há quanto tempo estou aqui. — Ele tossiu, seu corpo se contraiu, e ele trincou os dentes. — Eu fico acordando e... Ah, puta que pariu, Jane. Tudo bem. Marnie ficou furiosa, tá? Ela não sabia em que acreditar e ainda não sabe, e expliquei meu lado da história várias vezes, mas ela ainda fica falando dos seus absurdos.

Sorri. Senti-me um tanto vingada. Eu tinha exagerado um pouco o que acontecera entre nós, e parecia que acertei ao fazer isso.

— Continue — eu disse.

— Foi isso! — gritou ele e fez outra careta. — Não tem mais nada. Ela ficou de morde e assopra comigo a semana toda, e não posso dizer que estávamos esperando você hoje, mas acho que estou feliz de você ter vindo... Mas não sei. Ela ficou furiosa pra caralho, sim. Com nós dois. Mas acha que não aconteceu nada... Porque não aconteceu, Jane, não aconteceu. E ela fica falando no assunto, sim, mas acho que tudo vai ficar bem, viu, pra nós dois, mas se você puder só... Podemos falar disso em outra hora. Eu prometo. Podemos conversar. Mas, por favor...

Ele começou a tremer. Eu me perguntei se estava em choque. Não sabia o que isso queria dizer, mas os paramédicos e os médicos e as enfermeiras sugeriram isso quando eu estava esperando no hospital que Jonathan fosse declarado morto.

Eu me agachei. O piso de madeira estava frio embaixo das minhas mãos. O apartamento ficava diferente sem Marnie. Eu gostei da última vez: a falta de luz, o silêncio sem aromas. Gostei de estar oco e vazio.

Mas Charles estava estragando tudo. Com ele, a escuridão parecia sufocante. Havia só a luz forte acima de nós, uma lâmpada brilhando em um tom sujo de amarelo-limão. Não havia velas aromáticas acesas, nenhum laranja quente iluminando o aposento. Não estava vazio. Mas Charles não era suficiente para enchê-lo.

— Não passamos muito tempo sozinhos antes — falei. — Não sem Marnie.

— Talvez seja uma coisa que a gente possa fazer uma outra hora — disse ele.

— Talvez.

Vi que a dor estava piorando. Ele tentava não se mexer, mas às vezes se movia involuntariamente, quando falava ou quando a raiva aumentava, e aí seu rosto se contorcia por um ou dois segundos.

— Por que você chegou tão cedo em casa? — perguntei.

— Eu preciso da sua ajuda de verdade. Por favor, Jane.

— Não foi trabalhar?

— Tive enxaqueca. Foi por isso que eu caí. Foi só isso, Jane.

— Você tem com frequência? Enxaqueca?

— Às vezes. Com intervalos de meses. Agora...

— Acho que nunca tive — respondi. Não dava para ouvir os carros passando na rua. — Você não abriu as portas da varanda.

— Eu estava na cama.

— Não estava com o rádio ligado?

— Eu estava dormindo, Jane. Marnie foi pra biblioteca escrever uma entrevista, e eu fiquei na cama. Jane, não estou me sentindo nada bem. Não sei por que você...

— Que horas ela volta?

— Daqui a pouco, eu acho. Que horas são? Acho que ela volta daqui a pouco.

— Não sei a hora direito. Cheguei cedo.

— Por que você não liga pra ela? — sugeriu ele. — Pergunta pra ela. Avisa que estou aqui e pergunta quando ela volta. Ela deve estar a caminho. Você quer vê-la, não quer? Usa meu celular. Nos meus favoritos. Liga pra ela. Bota no viva-voz, pra eu ouvir também. Vai, Jane. Ou com o seu celular. Está atrás de você...

Levei o dedo aos lábios, e ele fez silêncio.

Eu precisava pensar.

Lembro-me do pânico borbulhando no meu estômago, fervendo, o começo de uma coisa que eu sabia que devia estar sentindo. Lembro que respirei fundo algumas vezes, como a policial me ensinou no hospital, entrando pelo nariz por seis segundos, prendendo por seis segundos e soltando pela boca por seis segundos.

Isso deve ter sufocado minha ansiedade rapidamente. Porque não a senti de novo depois disso. Engatinhei pelo chão, só por uma distância curta, até estar ao lado dele, perto o suficiente para tocá-lo. Vi seu pomo de adão subindo e descendo no pescoço enquanto ele murmurava e suplicava para mim.

Charles começou a choramingar, e achei que ele choraria.

Mas, aí, ele ficou com raiva.

18

— Jane, isso é loucura. Você não vai me ajudar?

Dei de ombros. Ainda não sabia. Não estava planejando não ajudar, mas também não estava planejando ajudar.

— Você vai me deixar caído aqui, morrendo de dor? Ou, puta que pariu, pior ainda, vai ficar parada aí, me olhando? Só porque você acha que passei a mão em você? Vamos resolver isso, então. Que tal?

Acho que não assenti. Acho que não dei permissão para a avalanche agressiva que veio em seguida.

— Eu fiz isso mesmo? Passei a mão em você?

Vi que a sua veemência, a fúria vigorosa, lhe provocava dor, mas ele não foi mais devagar, nem um pouco, nem por um segundo.

— Bom, vou dizer o seguinte, então. Eu não tocaria em você nem se você fosse a última mulher do mundo. Não consigo pensar em nada pior. A ideia me deixa até meio enjoado. — Ele fez uma pausa e ofegou. — Ou pode ser por causa da porra da ferida na minha cabeça, mas parece que ainda não estamos fazendo nada pra resolver isso, não é?

Ele fez uma careta. Fechou os olhos e respirou fundo. Achei que tinha terminado, mas não tinha.

— Eu falei que te queria? Não tem a menor chance. Mas que gracinha. Que gracinha você achar que alguém pode te querer. Isso é legal. É legal, né? Ter tanta autoconfiança. — Ele rugiu de dor e, antes de continuar, soprou ar dos pulmões em uma breve explosão de ar. — Bom, vou dizer outra coisa. Você vai precisar. Porque você quer saber o que vai acontecer depois, não quer? Eu vou pro hospital, e minha esposa vai estar do meu lado. E ela não vai gostar de saber disso. Você está com os dias contados, Jane, contadinhos. — Ele emitiu um ruído agudo, mas ainda não tinha sido suficiente para se acalmar. — Então, tudo bem. Vamos esperar. Porque nós dois sabemos quem vai ganhar aqui, e não vai ser você.

— Isso não é verdade — respondi. Eu estava com um pouco de raiva, mas estava mais agitada. Queria que ele parasse.

— Bom, vamos esperar pra ver. Porque eu sei o que vai acontecer, Jane. Não tem nem a ver com você. Tem a ver comigo. Esse momento é meu.

Estiquei a mão, para apoiar os dedos no pescoço dele. Ele tentou se afastar e gemeu, uma espécie de grunhido agonizante, sufocado pela dor. Sua bochecha estava muito inchada, a pele, esticada e brilhando como um balão, o olho ficando roxo e vermelho.

Tentei de novo, e, desta vez, ele não se mexeu; ficou perfeitamente imóvel.

— Para com isso, Jane. O que você está fazendo? Anda. Já chega. Por favor.

Ele estava falando entre os dentes, mantendo o rosto deliberadamente estático, tentando minimizar a dor. Eu o sentia vibrar embaixo dos meus dedos.

— O que você está fazendo, Jane? Eu preciso de ajuda. Você pode... — Ele fez outra careta. — Você pode tirar sua mão de mim? Tira a mão de mim. Agora. Anda.

Foi meio maravilhoso.

Relembro agora aquele momento e não reconheço a mulher sentada no chão, com os dedos no pescoço de um homem ferido. Não reconheço o sorriso dela. Não reconheço seus olhos. Ela parece uma pessoa completamente diferente.

Mexi no pescoço dele com o dedo indicador e depois com a mão inteira. Ele ficou em silêncio, e não houve mais movimento. Pude sentir, no seu queixo, a barba por fazer, resultado de um ou dois dias sem se barbear. Ele fechou os olhos. Pude ver seu peito subindo e descendo, ouvir a respiração quando ele inspirava e expirava. Passei a mão pela bochecha dele.

Perguntei-me se a palma da mão de Marnie já tinha ficado ali, em manhãs juntos na cama ou no primeiro beijo dos dois. Coloquei a outra palma do outro lado do rosto dele e segurei a cabeça com firmeza. Aproximei os dedos do cabelo, sentindo a oleosidade nas raízes.

— Por favor, Jane — sussurrou ele. — Já chega. Me desculpe. Eu não quis dizer as coisas que falei. Vamos... Nós podemos esquecer isso tudo. Eu prometo.

— Não posso te ajudar — respondi. — Sinto muito, mas não posso.

— Então vai embora — insistiu ele. — Sai daqui. Não aguento mais. Vai.

Tive um rompante repentino de raiva. Eu estava mesmo sendo expulsa daquele apartamento na segunda semana seguida? Não. Não estava. De jeito nenhum. Porque quem estava no controle era eu e quem ia tomar as decisões era eu. Ninguém ia me dizer para onde ir nem o que fazer nem se eu podia ficar lá. E não Charles. Ele já tinha dito a parte dele, e agora era minha vez. Era meu momento.

Respirei fundo.

— Não vou, Charles — falei calmamente. Eu não queria que ele soubesse que eu estava com raiva. Não queria que ele sentisse mais medo do que já estava sentindo. — Quero ficar. Vou ficar.

Acho que, a essa altura, eu já sabia o que ia fazer. Eu não queria aliviar a sua sensação de medo por causa de uma compaixão ou empatia indevida. Queria que ele sentisse menos medo, para que a explosão final de horror fosse mais intensa.

— Tudo bem. Então fica. Não posso mesmo fazer nada para impedir.

— Não. Não tem nada que você possa fazer.

Ele fechou os olhos.

Esse não foi meu melhor momento. Não preciso dizer isso, eu sei. E não tem muita coisa que eu possa dizer em minha defesa. Eu simplesmente gostei de vê-lo sofrer. Gostei de o seu ombro estar deslocado, de o braço direito estar inutilizado e de eu estar fazendo com que ele sentisse dor. Gostei de ver o sangue na testa dele, gostei da ideia de ele ter ficado lá, caído e inconsciente por horas, gostei da ideia de ele estar com uma concussão. Gostei do tornozelo quebrado e da bochecha inchada e do olho vermelho. Gostei muito mais dele do que em qualquer outra ocasião anterior.

Segurei com firmeza a cabeça dele, minhas palmas na sua pele. Havia lágrimas escorrendo dos cantos dos seus olhos.

Você nunca odiou alguém como odiei Charles, então sei que você não tem como entender a satisfação que aquele momento me proporcionou. Tive aquela sensação eufórica, aquela felicidade embriagada e doida. Era uma coisa que eu nunca esperava sentir perto dele.

Movi um pouco as mãos, e ele gemeu.

— Desculpe — sussurrei.

— Jane — grunhiu ele.

Fiquei de joelhos, para que meu peso estivesse acima dele, e reposicionei as mãos. Acho que ele soube. Acho que, nessa hora, ele soube.

Respirei fundo. Para dentro por seis segundos, segurando por seis segundos, para fora por seis segundos. Olhei para o outro lado e para a parte de cima da escada, para o carpete creme com bordas azuis, para o corrimão de madeira encerado em tom de mogno. E, então, em um movimento rápido, girei as mãos e ouvi um estalo alto, e o pescoço dele fraturou embaixo de mim.

Quando olhei para baixo, seus olhos estavam fechados, e ele parecia estar em paz, o maxilar relaxado, a testa esticada; a dor tinha passado.

Deu certo. Eu não tinha certeza se daria.

19

Eu me virei e peguei minhas coisas, meu celular e minha chave, para botá-las de volta na bolsa. Peguei a chavezinha dourada, a que tinha me permitido entrar no apartamento sempre que eu queria, e a coloquei silenciosamente (e nem sei por que fiz tanto silêncio; só me pareceu apropriado) na tigelinha ao lado, cheia de outras chaves.

Apaguei a luz. Passei a blusa no interruptor. Eu sabia que era bem provável que minhas digitais já estivessem pelo apartamento todo, mas pareceu certo ser cautelosa. Tirei a corrente da porta e esfreguei o metal com cuidado, empurrando o tecido do cardigã nos vãos. Abri a porta, limpei a maçaneta por dentro e saí.

Fui para o corredor, para aquela poça de escuridão, e fechei a porta, prestando atenção no seu clique baixo. Então, finalmente, expirei.

Andei um pouco pelo corredor, na direção da porta do apartamento vizinho, e me sentei no chão, as costas na parede e os joelhos dobrados na frente do corpo. Estava mais claro ali; não parecia mais tão assustador.

Peguei um livro na bolsa e o abri sobre as coxas. Eu não estava lendo, o marcador estava posicionado vários capítulos à frente, mas era tranquilizador fingir estar fazendo alguma coisa. Ouvi o tiquetaquear suave dos ponteiros do meu relógio conforme os segundos passavam lentamente. Marnie não estava me esperando e talvez estivesse voltando devagar para casa. Talvez tivesse ido tomar alguma coisa com alguma amiga ou comprar o jantar a caminho de casa ou dar uma caminhada, para aproveitar o sol ao máximo. Não tinha como eu saber, então simplesmente sentei e esperei.

Mesmo assim, eu estava desesperadamente ciente do corpo de Charles a poucos metros de distância, morto atrás da porta. Eu o visualizei, exatamente como sabia que ele estava, caído com o tornozelo torcido, o pescoço torcido, completamente morto. Lutei para entender meus sentimentos. Não senti tristeza, nem um pouco. Também não senti satisfação. Não senti nada.

Concentrei-me em fingir que não sabia que ele estava lá. Fiquei dizendo para mim mesma que não tinha entrado no apartamento — eu não tinha chave, não é, então não poderia ter entrado nem se quisesse —, e, até onde eu sabia, ele continuava dolorosa e permanentemente presente, como sempre. Me convenci de coisas que eu sabia que eram falsas. Eu não tinha ouvido ruído algum no apartamento: toquei a campainha duas vezes, mas não houve resposta, e, até onde eu sabia, Marnie e Charles estavam ambos na rua, ele no trabalho, ela em algum outro lugar: no supermercado, na floricultura, talvez até na biblioteca. Eu não tinha visto nada; só tinha ficado sentada ali, lendo, sem saber de nada.

Não. Não sorria. Pare. Agora.

Não é que eu não saiba por que você está sorrindo. Mas, se você quiser que eu continue essa história, vai ter que tentar ver as coisas pela minha perspectiva. Foi uma decisão precipitada, quase nem foi uma decisão. Não escolhi fazer o que fiz. Só fiz. Então, não fique pensando em coisas como motivo e premeditação, porque não houve nenhuma das duas. Foi instintivo.

A pergunta que você deveria estar fazendo, e faria se estivesse prestando atenção, é se, naquele momento, eu me arrependi.

Bom, não vou responder isso ainda.

Se você tivesse perguntado, eu talvez tivesse dito a verdade. Mas você está ocupado demais me julgando, não está?

Pois bem. Onde estávamos?

Eu estava me absolvendo — de um jeito meio subconsciente — de toda a responsabilidade, ensaiando minha mentira e fingindo que o incidente nunca tinha acontecido.

Passei os olhos pela página do livro, observando as linhas de tinta preta, sem absorver nenhuma palavra, nada de significado, pulando entre parágrafos. Virei as páginas e estudei a forma das letras: as curvas, as quebras. Não sei quanto tempo fiquei sentada lá, passando o tempo com frases vazias e acariciando as linhas de texto.

Marnie acabou aparecendo no final do corredor. Usava uma capa de chuva abotoada até o queixo, com um capuz sobre o cabelo, e tinha sacolas de compras penduradas nos pulsos. Remexeu os bolsos e pegou um lenço de papel e um bilhete de trem laranja, mas, aí, ergueu o rosto e me viu.

— Ah. É você. — Ela parou a uma certa distância da porta.

Eu me levantei, mas fiquei no lugar.

— Está chovendo? — perguntei.

— Acabou de começar. — Ela enfiou o lenço e o bilhete de volta no bolso. — Eu não estava te esperando. Está aí há muito tempo?

Balancei a cabeça e me lembrei de ter cumprimentado o porteiro bem mais cedo.

— Acho que uma hora — falei. — Terminei cedo no trabalho e fiquei com meu livro.

— Você... está esperando o jantar? — perguntou ela.

Ela se aproximou da porta e enfiou a mão na bolsa, para pegar a chave do apartamento.

Eu estava muito calma, a respiração controlada e a pulsação consistentemente baixa. Mas senti meu coração começar a disparar no peito e o suor se formar no meu lábio superior.

É importante dizer que eu não estava com medo de ser pega, não naquele momento. Eu estava ciente disso como uma vaga possibilidade, mas também fui arrogante, confiante de ter feito todo o possível para inviabilizá-la. Mas estava com medo da reação dela. Apavorada, se é para ser sincera, com o que poderia vir em seguida.

— Não preciso de jantar — falei. — Mas eu... só queria conversar.

Eu ainda segurava o livro, que estava torto na minha mão, batendo na coxa. Marnie suspirou.

— Amo esse livro. Você já chegou na parte que...

— Spoilers! — gritei, e foi um alívio emitir um ruído alto, expelir um pouco do caos que ardia dentro de mim.

Marnie deu um pulo para trás, assustada.

— Meu Deus — disse ela. — Calma.

Respirei fundo: para dentro, segura, solta. Não era hora de surtar. Eu ri, e o som foi estranho, meio falso.

— Olha, não sei se estou pronta para conversar. Mas você pode entrar, e nós podemos tentar. Mas Charles está doente, passou o dia todo na cama, dormindo, e não quero incomodá-lo. É uma enxaqueca, e barulhos altos são a pior coisa, então, se você... Se eu pedir pra você ir embora, você vai embora, tá?

Assenti.

Marnie se virou para a porta e enfiou a chave na fechadura. Ouvi-a roçando no metal, achando seu caminho pelos vãos e encaixes.

— É bom te ver — disse ela. — Estou feliz por você ter vindo. Eu só...

— Tudo bem. Eu entendo. É complicado.

— Sim — disse ela e olhou para mim e sorriu. — É exatamente isso. É complicado.

Ela abriu a porta só um pouquinho.

— E você é bem-vinda pra jantar, claro que é. Quero que tudo volte ao normal. Você é minha melhor amiga. — Ela sorriu. — Então, sim. Vou servir um vinho e botar uma massa no fogo, e podemos conversar.

— Perfeito — falei e sorri, ignorando o ácido que queimava no fundo da minha garganta. — Obrigada. Estou feliz de estar aqui. Também quero que tudo volte ao normal.

Ela empurrou a porta, e eu fechei os olhos.

Não foi um gesto covarde? Apertei-os bem assim que ela ficou de costas, um ato totalmente involuntário, porque não tive coragem. Fiquei petrificada de medo da reação dela. Eu sabia exatamente pelo que ela estava prestes a passar — sei como é ver seu marido morto no chão, à sua frente — e sei o que esse tipo de choque pode fazer com uma pessoa. Sei que cresce dentro da gente, de maneira implacável, até que não tenhamos escolha a não ser acreditar. Sei que evolui para o luto, a natureza incessante e terminal da coisa. Eu sabia que ela ia ficar de coração partido.

— Charles? Charles! — gritou ela.

Ouvi seus passos quando ela saiu correndo pelo piso de madeira, o estrondo das compras caindo, seus joelhos batendo no chão.

Abri os olhos. Fui atrás e fiz uma pausa breve na porta.

Ele estava definitivamente morto. A pele tinha mudado. Não era mais rosada e viçosa, mas meio amarelada, cinzenta. Ela estava encolhida em cima do corpo dele, as mãos nos ombros, sacudindo-o. Se ele estivesse vivo, estaria agonizando com ela segurando-o assim, com aquele ombro deslocado. Mas ele estava morto, então acho que não importava mais.

— O que...? — gritei. Vi um grampo de cabelo caído ao lado do aquecedor e o reconheci como meu, por isso virei minha bolsa no chão, e minhas coisas rolaram para todos os lados, meu livro caindo com um baque, meu celular ao lado. Peguei-o, liguei para a emergência e encostei o aparelho no ouvido. — Ambulância — gritei assim que ouvi uma voz do outro lado, antes que tivessem chance de dizer qualquer coisa. — Preciso de uma ambulância.

— Para onde?

Dei o endereço.

— Rápido — acrescentei no final. — Vocês têm que vir rápido.

Marnie estava chorando, a cabeça escondida no peito de Charles.

— Ele morreu — gritou ela. — Jane! Ele morreu.

— Achamos que ele morreu — gritei para a pessoa do outro lado da linha, porque eu não tinha ideia do que dizer ou fazer e estava ficando mais histérica de verdade a cada grito de Marnie.

— Por que você acha isso? Me dê o máximo de informação que puder. Os paramédicos estão a caminho.

— Marnie, como você...? A cor dele está estranha. Amarelada. O corpo está retorcido. Ele caiu da escada.

Marnie gritou de novo e olhou diretamente para mim, os olhos loucos e desfocados.

— Diga a eles que podemos trazê-lo de volta — gritou ela e se levantou, colocou as mãos no meio do peito dele e começou a bombear.

— Estamos fazendo massagem cardíaca — falei. — Tem um porteiro, Jeremy... Ele pode... Tem um elevador... Vão precisar do elevador.

— Estão a caminho agora. Estarão com você em breve.

— Continua, Marn — falei. — Você...? Se estiver cansada, posso... Posso fazer também. — Eu estava ofegante, e meu corpo vibrava de adrenalina.

— Ele está respirando? — perguntou a atendente. — Você sabe me dizer se ele está respirando?

— Ele está respirando? — gritei. — Não. Acho que não.

— Estão a caminho.

— Vão ter que vir mais rápido — gritei e realmente acreditei nas minhas palavras. Eu queria que eles viessem logo, que viessem rápido, apesar de eu saber que não havia nada que pudessem fazer, apesar de eu saber que já era tarde demais.

— Eles chegarão em pouco tempo — disse a voz do outro lado da linha. — Continue o que você está fazendo. Você está indo muito bem.

Ouvimos as sirenes, e Marnie estava chorando, suando na capa de chuva, e eu estava parada, o telefone ainda na orelha, ouvindo banalidades vazias e andando de um lado para o outro.

— Chegaram — falei para ela. — São eles. Estão quase aqui.

Marnie parou de apertar as mãos no peito de Charles e caiu em cima dele, chorando. Acho que ela sabia que ele tinha morrido. Sabia desde que abrira a porta e o vira deitado ali, o tornozelo torcido e o ombro deslocado e o pescoço quebrado.

Eu me agachei e fiz carinho nas costas dela — pequenos movimentos circulares que eu esperava que transmitissem a ideia de que eu estava ao seu lado, sempre ao lado dela, para o que quer que ela precisasse —, até que finalmente ouvimos o elevador parando no andar e a porta sendo aberta.

Dei um pulo e me inclinei pela porta do apartamento.

— Estamos aqui — chamei. — Aqui.

Três paramédicos correram na minha direção. Um homem mais velho, acima do peso, sem pescoço algum. Um homem mais jovem, mais rápido e mais em forma, rapidamente na minha frente. E uma mulher jovem que ficou atrás, nervosa, talvez nova, e que não disse nada nem entrou no apartamento.

— Vocês podem nos dizer o nome dele? — gritou o mais jovem.

— Ele é meu marido — disse Marnie, se afastando do corpo de Charles, para que os paramédicos pudessem se aproximar. — Charles. O nome dele é Charles. Ele tem trinta e três anos. Está com enxaqueca.

Rimos disso algumas semanas depois.

— Ainda não consigo acreditar que falei isso — disse ela. — Que ele estava com enxaqueca. Meu Deus. Enxaqueca.

Tem uma coisa que aprendemos conforme envelhecemos, conforme começamos a viver perto da morte e suas muitas formas, quando ela se torna parte presente do nosso mundo. A morte fica mais suave nos meses e anos seguintes. Suas lâminas perdem o fio; elas não cortam mais tão fundo e não sangram mais da mesma forma. Às vezes rimos de algo que nos fez chorar dias antes. Mas lâminas cegas ainda são lâminas e afiam-se sem aviso, por um comentário descuidado ou um aniversário ou pela lembrança de um momento feliz. Não há lógica na dor, não há caminho desbravado que todos tenham que seguir; só há momentos em que fica suportável e outros em que não.

Ouvi-a dizer essa palavra, enxaqueca, e vi o humor mesmo na ocasião. Eu sabia que era muito pior do que uma enxaqueca, mas o que ela disse acabou comigo. Eu o tinha visto, eu a vi tentando desesperadamente revivê-lo, eu a ouvi gritar e só senti uma empolgação estranha e novamente eufórica. Eu estava em uma situação entre o pânico e a histeria, a um segundo de me curvar e gargalhar como a garotinha da praia.

Mas aquelas palavras mudaram tudo.

De repente, o foco não era mais Charles. Não era o corpo rígido caído no chão. Não era o comportamento dele nem meu ódio nem a tensão que existia entre nós. Não era o fato de ele estar morto nem o fato da morte dele. Não era Charles mesmo.

Era Marnie.

Eu fiz com ela o que o mundo tinha feito comigo.

Você deveria me perguntar se me arrependi. Esse foi o momento em que senti arrependimento pela primeira vez.

As frutas da sacola de compras tinham rolado pelo corredor, na direção da cozinha, e o frango, ainda embrulhado em plástico, estava caído no piso de madeira, e meu grampo cintilava debaixo do aquecedor. Mas nada disso importava. Eu só conseguia pensar em Marnie. Os paramédicos estavam trabalhando na minha visão periférica, fazendo uma coisa que provavelmente não era nada. E nós todos sabíamos que logo eles se levantariam e recuariam e limpariam a garganta.

Marnie estava encolhida no último degrau da escada. A capa tinha caído dos ombros e estava em volta da cintura, ainda presa pelos braços. Ela não estava mais chorando. Mas tremia, balançando quase violentamente, como se houvesse alguma coisa dentro dela que precisasse fugir. Seu maxilar estava frouxo, os olhos, inchados e vermelhos, e ela fazia uns barulhos horríveis, barulhos de ânsia de vômito, como uma criancinha engasgada. Ela estava pequena, os joelhos dobrados até os ombros e envoltos pelos braços.

Eu a destruí. Sabia que a tinha destruído.

E não comece agora com banalidades absurdas. Essas pessoas, as que dizem que entendem quando não entendem, são as piores. E você não é uma delas.

Eu soube naquela hora que era tudo culpa minha. Eu a levei àquele momento. Foram minhas palavras, minhas mentiras. E, para você, não posso negar que fui eu que virei a cabeça dele, que quebrei o pescoço dele.

O remorso foi inesperado. E, se não tivesse sido alimentado por uma semente de esperança, talvez tivesse sido tão intenso a ponto de fazer com que eu me arrependesse dos meus atos. Marnie e eu fomos separadas pelo amor romântico. Essas aberturas eram agora rachaduras vazias que poderiam ser preenchidas e consertadas, até poder parecer que nem existiram. Eu tinha criado essa oportunidade. Senti tristeza pelo sofrimento dela e pelo que ela teria que vivenciar. Mas não senti culpa. Senti, principalmente, alívio.

As coisas mudaram substancialmente depois daquele dia; você sabe disso melhor do que ninguém. Deve ter sido um ano atrás, mais ou menos. Você faz parecer que tem bem mais tempo.

Naquela mesma noite, mais tarde, depois da polícia e do médico e da equipe funerária, nós voltamos para o meu apartamento.

Enquanto subíamos de elevador e entrávamos no corredor, eu estava muito ciente de que o meu prédio não era luxuoso. Não havia os símbolos de sucesso: nem piso encerado nem paredes espelhadas. Mas conheci aquela mulher quando ela era uma menina de onze anos, e ela nunca se impressionava com riqueza ou sucesso. E eu sabia que ela ainda era a mesma pessoa. Aquelas eram inclinações do falecido marido dela; ele gostava de dinheiro e prazeres e extravagâncias. Mas nós duas sabíamos, sempre soubemos, que eram simples fachadas; enfeites que decoravam, mas não mudavam a essência de uma coisa.

Marnie nunca tinha passado muito tempo no meu apartamento, e foi bom tê-la lá comigo. Ofereci-lhe um pijama meu, o favorito, e ela tomou um longo banho de banheira, e eu fiz uma xícara de chá com leite e açúcar.

Deitei na cama e a esperei e ouvi o ralo ser aberto e o gorgolejar da água descendo pelos canos. Ouvi a porta do banheiro se abrir e ela sair para o corredor, para pegar o pijama em cima do aquecedor. A luz estava apagada, mas a ouvi entrar no quarto e se deitar na cama ao meu lado. O sol estava começando a subir, a espiar pelo horizonte e iluminar o entorno da persiana.

Não consegui dormir sabendo que Marnie estava lá. Ela estava de lado, virada de costas para mim, na direção da janela, e sua respiração estava calma e regular, e me perguntei se ela estava tão exausta que acabou pegando no sono rapidamente.

Eu estava deitada de costas, com as mãos cruzadas sobre a barriga, me sentindo no controle. Não era aquilo que eu havia planejado — lembre-se disso —, mas não fiquei insatisfeita com o resultado.

— Jane? — A voz dela falhou na garganta.

Não respondi.

— Você ouviu alguma coisa? — sussurrou ela no travesseiro. — Qualquer barulho?

Continuei sem responder.

— Jane? — repetiu ela, um pouco mais alto desta vez.

— O quê? — falei com a voz arrastada, como se estivesse meio dormindo.

— Você o ouviu? Ouviu quando ele caiu? Ou alguma coisa depois? — perguntou ela. — Você estava lá, não estava? Será que houve...

— Não houve nada — falei, me apoiando nos cotovelos, olhando a escuridão onde eu achava que ela estava.

— Nadinha? — perguntou ela. — Tanto tempo... E nada?

— Não — respondi. — Eu não sabia... Não ouvi nada. Acho que ele...

— Já tinha morrido — disse ela, me interrompendo. — É, acho que ele já devia estar morto.

Essa foi a quarta mentira que contei para Marnie.

Eu não tinha escolha, tinha? Como poderia responder àquelas perguntas com sinceridade? Eu não podia. Sabia na época e sei agora. Mas, curiosamente, foi minha negação, minha autoproclamada inocência, que nos fez voltar para o nosso caminho.

A verdade teria sido pior para ela.

Porque, aí, ela ficaria sem ninguém.

20

A vida não termina quando uma pessoa morre. Não seria maravilhoso se terminasse? Se as pessoas morressem e todas as lembranças nas quais elas existiam simplesmente evaporassem da mente dos outros e desaparecessem no nada. Se as pessoas fossem apagadas, bem naquele momento, de tudo e de todos.

Eu não me lembraria de Jonathan. Não me lembraria de tê-lo amado nem de ter me casado com ele. Não me lembraria das sardas nem das coxas fortes nem das veias no dorso das mãos. Eu ficaria triste de esquecer essas lembranças, sem dúvida. Mas não saberia que tinham sido esquecidas, então não sentiria falta. Eu não sentiria dor.

Eu não me lembraria de Charles. Não me lembraria de tê-lo odiado nem de tê-lo matado. Não me lembraria do maxilar firme nem do nariz estreito nem da forma como ele franzia o queixo quando estava pensando. Não me lembraria dele implorando por ajuda.

Marnie não o teria conhecido. Ela não teria se mudado para aquele apartamento, não o teria amado, não teria se casado com ele. Ele teria desaparecido completamente.

Mas não é assim que o mundo funciona. Não existem folhas em branco, não existem recomeços, não existem inícios imaculados. Só existe o resultado confuso de todas as decisões que tomamos. Porque, e isto é uma das minhas maiores frustrações, a vida só se move em uma direção. Todas as decisões que tomamos vão ser talhadas em pedra, permanentes, nunca poderão ser desfeitas. São todas irrevogáveis. Mesmo que seja possível arrumar um jeito de desfazer uma decisão específica, de refazer os passos, ela sempre terá sido tomada.

Você escolhe um primeiro emprego. Nunca vai ter outro primeiro emprego. Você escolhe um apartamento e sempre terá morado naquela parte da cidade, não importa o que vem depois, não importam as escolhas posteriores. Nunca acaba. As decisões sempre limitam. Você escolhe alguém. Talvez se case com essa pessoa.

Talvez essa pessoa se torne o pai dos seus filhos. Ele sempre vai ser o pai dos seus filhos, independente de todas as escolhas que você faça daquele momento em diante; seja lá o que você faça depois, essa escolha sempre existirá.

É sufocante. Não consigo fugir da angústia eterna das minhas próprias escolhas.

Eu gostaria mais se a vida fosse como uma teia de aranha, com um labirinto de opções, se espalhando a partir de um único ponto central. Sempre teríamos todos os tipos de escolhas, e nenhuma seria irreversível, porque sempre haveria outro caminho até o começo. Mas só temos um caminho à frente, sem escolha alguma, um movimento implacável e só uma direção.

Jonathan morreu. Charles morreu. Mas eles não nos deixaram de verdade.

Sempre que estou fazendo palavras cruzadas, penso em Charles. Imagino o que ele diria, se ele saberia desvendar a dica final, se saberia a resposta que não consigo encontrar. Sempre que vejo um homem cujas unhas dos pés são um pouco longas demais, penso em Charles. Penso nos pés feios dele e em como ele insistia em ficar de sandália no apartamento, durante o verão. Sempre que vejo uma gravata apertada demais, penso em Charles. Quando um homem pede a carta de vinhos e a olha inteira, para inevitavelmente escolher a opção mais cara, penso em Charles. Há tantas facetas da sua existência ainda embutidas na minha memória, e ele nunca fica tão distante quanto eu gostaria.

Por outro lado, Jonathan nunca está próximo o suficiente. Não consigo ver a maratona de Londres. Não aguento ver os corredores de roupas coloridas, com os números presos no peito, os fones e faixas na cabeça e tênis bem amarrados. Não aguento ver os corredores beneficentes em suas fantasias coloridas, os trajes elaborados, os sorrisos no rosto e as gargalhadas que eles provocam. Porque isso tudo me faz pensar em Jonathan, não no Jonathan que eu conhecia e amava, mas no Jonathan quando morreu.

Há também coisas que me fazem lembrar dele de forma mais positiva. Quando vejo grupos de homens passarem rapidamente de bicicleta nos fins de semana, saindo da cidade a caminho dos subúrbios, para subir colinas e descê-las a toda, marcar as milhas e, em uma estradinha, fazer uma parada e tomar uma cerveja acompanhada de um sanduíche. Isso era uma coisa que Jonathan amava fazer. Penso nele sempre que estou na estação Angel do metrô, porque era lá que nos separávamos todas as manhãs, depois de comermos bagels torrados e bananas, de vasculhar desesperadamente as pilhas de sapatos no nosso armário debaixo da escada e de correr até a plataforma, porque estávamos sempre alguns minutos atrasados. Penso nele sempre que me sirvo de grumos de suco de laranja, porque nunca sacudo a caixa, e o último copo sempre fica cheio deles.

Estar viva é isso. Ser perseguida por fantasmas é isso.

Marnie e eu estamos presas no mesmo caminho, vivendo com a morte, incapazes de recuperar as versões de nós que existiam antes.

Você está com pena de mim?

Está vendo uma mulher deformada pela culpa?

Bom, se sim, não deveria.

Não me arrependo do que fiz; não me arrependo de nenhuma das minhas decisões. Só queria que fossem mais maleáveis, que eu pudesse ver minha vida com e sem elas ao mesmo tempo. Eu gostaria, por exemplo, de ver como a vida seria com Jonathan e sem Charles. Como seria meu relacionamento com Marnie nesses termos? Existe um mundo em que as mulheres tenham melhores amigas e maridos? Ou um sempre custa o outro? Eu gostaria de manipular minha vida, para encontrar a melhor versão possível dela em vez de ter que existir na que só posso supor que seja a pior de todas.

Eu queria que minha existência tivesse terminado quando Jonathan morreu. Mas não terminou. Porque não é assim que o luto funciona. Você fica preso na sua vida enquanto viver, mesmo que não a queira mais, a não ser que esteja disposto a desistir dela. E, como eu não estava, não tive escolha além de viver sem Jonathan.

E, agora, Marnie não tinha escolha além de viver sem Charles.

Isso tudo é só para dizer que a história continuou. Espero que você não se importe de eu contar o resto; temos tempo, afinal. E você não ia querer ficar aqui sem companhia.

Uma coisa importante de ser admitida é que, nos dias depois da morte de Charles, eu soube que tinha tomado uma decisão irreversível. E fiquei satisfeita de viver com as consequências. Senti tristeza regularmente, sim, quando via as pálpebras inchadas de Marnie, os lábios rachados, o coração partido estampado no rosto dela. Mas não senti culpa. Na verdade, me senti um tanto otimista. Achei que tinha encontrado um jeito de criar uma teia de aranha. E me senti um pouco mais segura, um pouco mais firme.

Estou me deixando levar.

Você precisa saber só do seguinte: eu queria minha melhor amiga de volta. E deu certo.

Mas só por um tempo.

A QUINTA MENTIRA

21

Muita gente compareceu ao enterro. Os colegas de Charles — a maioria homens com maxilares definidos e ternos escuros e elegantes — levaram as esposas, todas bonitas e louras, com apertados vestidos pretos e saltos agulha de marca. Estavam acompanhados da secretária de Charles, Debbie, a única mulher do grupo com mais de sessenta quilos e menos de um metro e sessenta e cinco. Ela tinha sessenta e poucos anos, era pequena e robusta, com cabelo grisalho e curto e uma jaqueta elegante um pouco apertada. Eu a vira uma vez: dois anos antes, ela tinha ido ao apartamento numa noite de sexta, para levar uns papéis.

Os amigos de escola e de faculdade de Charles chegaram na mesma hora, os óculos escuros na testa e finas gravatas pretas no pescoço. Eles ficaram parados no portão da igreja, terminando de fumar seus cigarros, apagando-os na grade e amassando, com os pés, as guimbas no chão de pedra. Alguns estavam acompanhados dos filhos, garotos que batiam na altura do quadril de seus pais e usavam calças pretas e camisas brancas, três deles brincando juntos e rindo inadequadamente alto. Eu me perguntei se Charles, no caixão, também usava uma gravata amarrada no pescoço torto.

A irmã de Charles, Louise, tinha voltado de Nova York. O marido havia ficado, para cuidar dos gêmeos mais novos e da filha mais velha, sozinho, pela primeira vez. Louise oscilava entre entrar em pânico pelo bem-estar deles (teriam comido, tomado banho, as fraldas trocadas?) e tentar provar que estava sofrendo mais, bem mais do que todo mundo. Imaginei que não devia ser o caso. Ainda assim, ela desempenhava galantemente um luto estranho e exagerado. Parecia ter um suprimento infinito de lenços de papel e regularmente se permitia reaplicar o rímel, além de soltar constantemente lágrimas acompanhadas de soluços. A mãe de Charles planejava ir. Ela estava se sentindo um pouco melhor, Louise dissera, até que de repente piorou e ficou fraca demais para a longa viagem. Os pais de Marnie estavam presentes. Esperávamos que o irmão dela também fosse, mas o trabalho estava caótico demais, ele dissera, e ele não conseguiu sair tão de repente, e os voos da Nova Zelândia eram muito caros, mas viria em breve, ele prometeu, quando as coisas ficassem mais calmas.

Marnie não pareceu se importar. Ela tinha passado duas semanas em silêncio, indo do meu quarto para a cozinha e para o banheiro e se sentando, ocasionalmente, imóvel como uma estátua, no sofá, na frente das caixas de séries que víamos quando passaram na televisão, muitos anos antes, pela primeira vez. Ela chorou muito pouco. Mas acordou no meio da noite várias vezes, sentando-se ereta e gritando e depois acordando e pedindo desculpas e se deitando imediatamente de novo. Ela ainda estava no olho do furacão, a realidade da situação girando à sua volta, ela presa no centro, esperando ser arrancada do lugar e jogada longe.

Durante as primeiras semanas, ela abandonou completamente a internet. Desativou as notificações e ignorou todas as mensagens que passaram por essa barreira. Nos dois primeiros dias, tentou responder a todo mundo — quem estava de coração partido, quem estava preocupado e quem estava desconfiado —, mas, aí, foi demais. Havia muitas vozes, e o tempo não era suficiente. Ela se desconectou não só do trabalho e do mundo digital, mas do macromundo ao nosso redor. Só ficava sentada, de olhos arregalados, como se esperasse instruções. Ela não saiu do apartamento durante quinze dias; sua primeira saída foi o enterro.

Reconheci a maioria das pessoas do casamento, mas havia algumas desconhecidas. Vi-me atraída por uma mulher, provavelmente da minha idade, de calça escura e botas de salto e um elegante suéter azul-marinho. Ela era alta e magra, como uma modelo, e tão imóvel que estava quase invisível. Tinha cabelo muito curto, preto-azulado, e olhos verdes muito penetrantes. Seus dedos estavam cheios de anéis de prata, e ela tinha tatuado um pequeno símbolo, parecido com uma nota musical, no alto da coluna. Ela parecia estar sozinha. Permaneceu nos fundos durante a cerimônia e durante o enterro e também durante a recepção. Carregava uma bolsa preta de couro a tiracolo, e reparei quando ela pegou um caderninho vermelho e escreveu nele pelo menos duas vezes.

— Você sabe quem é aquela? — perguntei a Marnie, apontando para a mulher, que havia entrado novamente no saguão. A recepção estava acontecendo em uma salinha com janelas grandes e vista para o rio, no que parecia mais um centro de convenções do que um clube particular para sócios.

Marnie balançou a cabeça.

Ela estava presente só em corpo, oscilando de leve nos saltos altos demais, os olhos vidrados de lágrimas. Sua mente estava perdida em algum outro lugar: nos momentos em que tinha passado agachada ao lado do corpo do marido, nos minutos que se prolongaram enquanto ela fingia que ainda poderia haver esperança. Parecia uma criança assustada, com os membros tremendo e os lábios repuxados e as bochechas úmidas.

Eu me lembro do funeral do meu marido como se o tivesse vivenciado por uma lente olho de peixe. As imagens estão distorcidas na minha mente, curvilíneas como um balão, incomodamente bulbosas. Vejo as pessoas surgindo e sumindo, as cabeças inclinadas, os sorrisos fracos, os olhos vidrados, perto demais do meu rosto, com o hálito quente, o jeito como apertaram minhas mãos e ombros. Penso no que viram quando me olharam. Eu parecia frágil assim, atordoada e distraída?

A tarde passou, e Marnie e eu ficamos sentadas juntas, e vimos os amigos de escola do Charles abrirem as portas do pátio para fumar lá fora e os amigos da faculdade pedirem uma rodada honorária de doses e Louise chorar vigorosamente, a cabeça no ombro de um parente distante. Tentei ser sociável, conversar com aqueles que eu havia conhecido ao longo do ano, oferecer condolências e compartilhar lembranças, mas tive a sensação de que todos preferiam estar falando com outra pessoa. Tive a sensação, sempre tive, de que sou alguém para quem as pessoas dizem "Foi ótimo, mas tenho que ir procurar meu amigo" ou "Adorei conversar, mas vou dar um pulo no bar para pegar outra bebida" ou "Ah, acabei de ver Rebecca. Você pode me dar licença?". Por isso, fiquei aliviada quando Marnie segurou meu antebraço e se levantou e me levou na direção da entrada e implorou que eu a levasse para casa.

Ficamos em silêncio no táxi. O sol estava se pondo atrás de nós, mais cedo agora que o outono estava chegando, e havia algo no laranja que refletia nos retrovisores laterais que pareceu profundo. Foi como uma cena de despedida num filme, que fez com que eu me sentisse tranquila, como se o mundo estivesse grato pela minha intervenção.

Chegamos ao meu apartamento e Marnie foi logo tirar o vestido e pôr meu pijama favorito.

— Eu não sabia — disse ela ao voltar e se sentar numa cadeira, na frente da bancada da cozinha. — Não sabia como era ruim. Não sabia, na época, quando você passou por isso, o quanto é ruim.

— Você fez tudo que pôde — digo, jogando água fervente em duas canecas. — De qualquer modo...

— Não fiz — disse ela. — Obrigada por dizer isso. Mas nós duas sabemos que não fiz.

Coloquei uma caneca de chá com leite na bancada, à frente dela.

— Beba isto. Vai ajudar.

Ela assentiu e fechou as mãos ao redor da caneca quente.

Eu me perguntava, antes de Jonathan morrer, se uma pessoa que houvesse sofrido uma grande perda inevitavelmente ficava mais compassiva. Agora que já vivenciei minha grande tragédia, tenho certeza de que, se é que é possível, a resposta é, ao mesmo tempo, *claro que sim* e *de jeito nenhum*. Posso ter mais compaixão, mas sou menos empática. Eu entendia quase intimamente o peso da dor de Marnie, mas sentia pouca solidariedade por Louise e seus beicinhos, ataques histéricos e baboseira generalizada.

E acho que minha solidariedade por Marnie diminuiu um pouco quando ela comparou nossas respectivas perdas. Eu sabia que ela estava vivenciando uma dor genuína, agonizante, arrasadora. Mas perder um marido bom, gentil e amoroso é bem diferente de perder uma pessoa que nunca nem chegou a ser boa.

22

Quero lhe contar sobre as semanas seguintes à morte do meu marido. Foram, sem a menor sombra de dúvida, as piores da minha vida, e as palavras que as representam parecem dolorosamente incapazes. Não existe linguagem suficiente para os tremores que percorrem seu corpo depois de uma perda enorme. Tem a morte em si, que está em toda parte, o tempo todo, em todas as lembranças e em todos os momentos em que você queira estar com a pessoa. Mas isso é só um dos pilares da dor. Em sua integralidade, é uma coisa bem maior do que a perda de alguém; é a perda de uma vida.

Nos primeiros meses, sofri, de forma brutal e implacável, por momentos que não tinham acontecido, por coisas que agora jamais aconteceriam. Se, de um lado, havia minhas lembranças do passado (como nos conhecemos, nosso casamento, nossa lua de mel), do outro havia as lembranças do que ainda não tínhamos feito, das coisas que esperávamos para a nossa vida juntos: os filhos que teríamos, as casas em que moraríamos, todos os lugares para onde viajaríamos. Fiquei presa entre um passado que parecia cheio de sentimentos demais e um futuro que parecia desprovido disso.

Fiquei inquieta com a escala desse estado, sem conseguir me posicionar na minha própria vida, lutando com minha mente para encontrar algum tipo de sossego. Eu não conseguia me sentar e me lembrar dele e sentir falta dele. Não conseguia me concentrar em um único momento, porque havia coisas demais que pareciam insuperáveis. Fiquei inconstante e errática e luto agora para contar isso de forma precisa, porque eu quase não estava lá.

Mas essas semanas são importantes. De algumas maneiras, foi quando tudo isso começou.

Naquela noite, logo depois que ele morreu, fui para o apartamento em Vauxhall. No meu antigo quarto, encontrei coisas que não eram minhas: roupas dobradas em uma cadeira no canto, uma calça jeans claramente masculina e três camisas penduradas em cabides. Acabei me deitando na cama de Marnie.

Eu sentia gosto de sal nos meus lábios rachados. Minha garganta estava seca, e meu cérebro pulsava dentro do crânio, as órbitas dos olhos latejando e vibrando e ressoando nas minhas bochechas. Meu rosto parecia inchado, minha pele, apertada demais. Olhei para o teto, para os desenhos de luz provocados pela persiana e pelos postes do lado de fora, e decidi ficar vazia, a mente vazia, meu corpo imóvel. Tentei me imaginar em outro lugar, mas não havia para onde ir, não havia lugar onde ele não estivesse.

Acordei com o som de vozes no corredor, da chave na porta, das gargalhadas e dos passos no piso de plástico que imitava madeira. Reconheci a risadinha de Marnie na mesma hora, mas a outra voz pertencia a um homem, o tom mais grave, ressoando e vibrando em um peito mais largo.

Eles entraram na cozinha. Ouvi a cadência regular da conversa. A porta da frente foi aberta e fechada de novo, e o rádio foi ligado, e fui até a cozinha e vi Marnie inclinada por cima de uma caixa de papelão, enrolando plástico-bolha em taças de champanhe.

— Como foi rápido — disse ela, se levantando e se virando. — Ah. O que você está fazendo aqui? O que houve? Ei. O que foi? O que aconteceu?

Charles voltou ao apartamento meia hora depois.

— Consegui mais caixas — disse ele no corredor. — Mais seis. Você acha que são suficientes? Eu poderia ter trazido mais, mas não sabia e fiquei na dúvida se... — Ele parou na porta e só disse: — Ah.

Marnie e eu estávamos abraçadas no sofá. Acho que eu não poderia te dizer onde uma terminava e a outra começava. Minha cabeça estava apoiada no peito dela, o braço dela nas minhas costas, e nossas pernas, entrelaçadas como tentáculos.

Aquela foi a primeira vez que o vi. Ele era elegante e alto e bonito. Tinha ombros largos e usava uma camisa passada de listras finas em rosa e branco, enfiada dentro da calça jeans. O botão de cima estava aberto, e dava para ver os pelos do peito chegando à base do pescoço. Ele tinha um maxilar forte e um nariz estreito, e suas sobrancelhas eram quase pretas, o cabelo, castanho bem escuro com fios grisalhos nas laterais.

— Um minuto — sussurrou ela no meu cabelo e saiu. Houve murmúrios no corredor, e a porta da frente se abriu e se fechou de novo, e ela retornou.

Não voltei a vê-lo por um tempo; acho que não me lembro de ter saído do apartamento durante várias semanas. Mas Marnie queria que eu saísse, que eu não passasse o dia todo na mesma roupa de cama imunda, suando e chorando e me torturando, e por isso começou a me atribuir tarefas menores. Ela precisava de manteiga para fazer um bolo, de mais leite para o cereal, um bloco de anotações, por favor, da loja da esquina, aqui na rua mesmo.

Mais ou menos um mês depois, quando voltei de uma dessas idas ao supermercado, ele estava parado no corredor do prédio, indo embora. Usava terno e uma gravata roxa de seda.

— Boa tarde — disse ele, segurando a porta aberta. — Você deve ser Jane, não é? Bom, tenho que ir. Foi um prazer conhecê-la. E sinto muito... Você sabe... Por tudo.

Ele me contornou e sumiu no corredor.

Segurei a porta segundos antes de ela bater.

Ele começou a aparecer mais regularmente depois disso, em noites no meio da semana, só para deixar alguma coisa, um pacote que lhe tinha sido entregue, ou para pegar alguma coisa. Seus pertences estavam em toda parte: pilhas arrumadas de suéteres e fileiras de sapatos e relógios enfileirados no parapeito da janela. Às vezes, ele passava a noite. Ela tinha mencionado, acho que alguns meses antes, quando eu ainda estava morando em Islington, que estava saindo com alguém. Mas, na época, Marnie sempre estava saindo com alguém. Ela vivia arrumando encontros e me enviava mensagens para contar sobre novos homens e ficava imediatamente apaixonada e depois indiferente.

Mas, logo em seguida, passávamos mais tempo na companhia dele do que sozinhas, e, certa noite, eu o ouvi discutir com Marnie em sussurros gritados, porque eles tinham um apartamento novo, droga, ele disse, e, quando ela sugeriu que eles comprassem um juntos, ele não pensou em ficar morando lá sozinho e quanto tempo aquilo ia durar, qual era o plano.

Essa foi a primeira vez que senti algo por Charles que não fosse indiferença.

Até aquele ponto, sua presença mal tinha sido registrada. Eu tinha reparado nele pelo apartamento, claro, mas estava amplamente alheia a tudo que não fosse minha dor.

Mas aquele momento mudou as coisas; mudou tudo. Acendeu um fogo dentro de mim. De repente, eu sentia um ódio que superava minha dor. A raiva era nova e empolgante: eu me senti poderosa e energizada de uma forma que não acontecia há semanas. Eu não estava acreditando que um homem — um homem adulto — pudesse ser tão absurdamente insensível. Não estava acreditando que ele pudesse priorizar suas questões habitacionais antes da minha dor, do meu marido morto. Não estava acreditando que, durante tantas semanas, sem perceber, eu tinha existido na periferia de um homem tão horrível e desesperado.

Eu achava que sabia o que ia acontecer. Marnie ia dizer todas as coisas que eu estava pensando: que ele era egoísta e egocêntrico e que, se não mudasse essa atitude, eles não morariam mais juntos, obrigada, e como ele podia realmente pedir para ela colocá-lo em primeiro lugar quando tínhamos sido amigas por anos... *Anos!* Ele não sabia como era impossível pedir aquilo?

Eu nos imaginei rindo disso à noite. Minha raiva seria rapidamente extinguida, mas a tempestade dela teria reacendido alguma coisa dentro de mim. Seria renovador, um neutralizante de paladar, vivenciar uma coisa diferente de exaustão e tristeza e pânico.

Só que a conversa não aconteceu assim. Ouvi-a murmurando, não gritando, nem um pouco irritada, e falando baixo, mas não tanto.

— Eu sei — disse ela. — Eu sei. E também quero morar com você. Você sabe que quero. Isso também não foi o que planejei.

Na noite seguinte, Marnie preparou um jantar para mim. Explicou que, na noite em que meu marido morreu, ela estava ajudando o novo namorado a embalar as coisas dele. E que, na manhã seguinte, eles começariam a arrumar as coisas dela. Ela sabia que eles não tinham ficado muito tempo juntos, mas ela tinha visto como eu e Jonathan éramos felizes, e o nosso relacionamento tinha começado rápido, não tinha? Eles fizeram uma proposta para comprar um apartamento do outro lado da cidade. Havia poucos meses, mas, quando a gente sabe, a gente sabe; foi isso que ela disse. E que foi um rompante; eles viram o apartamento por fora quando passaram por lá, e o corretor estava lá dentro, tinha acabado de mostrar o prédio para outro casal. Por isso, eles entraram e não acharam que a proposta seria aceita. Foi baixa, bem baixa. Mas aceitaram, e foi tudo muito rápido depois disso. Ela estava planejando me ligar, para contar a boa notícia. Queria nos chamar para jantar, que fôssemos os primeiros convidados. Era um apartamento lindo. Ou pelo menos viria a ser. Eu ia gostar de lá, ela disse.

As coisas foram pausadas — claro, ela não teria feito de outra forma — por causa de tudo que tinha acontecido. Mas estava na hora de começar a pensar nos próximos passos para nós duas. Ela estava com dificuldades, disse, para pagar o aluguel e sua parte na hipoteca do apartamento novo, e, de qualquer modo, era o certo ela pensar em se mudar; havia muita coisa a ser feita, e nada estava sendo feito. Eu não estaria interessada em assumir o aluguel do apartamento atual? Mas talvez não, e tudo bem, ela me ajudaria a encontrar um novo, se eu quisesse.

Acho que eu sabia que ela acabaria se apaixonando e que ia querer sair do apartamento. Mesmo assim, fiquei chocada. Não acreditei que fosse acontecer tão rápido. E certamente não daquele jeito.

Fui embora naquela tarde, para ficar com Emma. Mas o mundo estranho dela era estranho demais para mim: a geladeira vazia, as regras estranhas. Por isso, aluguei um apartamento; foi a primeira vez que fui morar sozinha. O prédio tinha sido construído uma década antes, e cada imóvel era um quadrado perfeito: um quarto, um banheiro e uma área de sala e cozinha encaixadas como peças de Tetris. O inquilino anterior pôde pintar as paredes: um azul-escuro no quarto, laranja no banheiro e uma parede amarela atrás do sofá. O apartamento ficava bem localizado e cabia no meu bolso, além de ser totalmente inofensivo. Mas eu odiava ficar lá. Queria estar com Marnie. Por isso, xingava Charles constantemente. Eu o culpava por tudo — minha solidão, minha tristeza, minha dor —, em parte porque eu podia e em parte porque, sinceramente, eu achava na época, e ainda acho, que ele era verdadeiramente culpado de ter feito muita coisa errada.

Se eu soubesse na época o que sei agora — que em pouco tempo minha vida existiria de novo sem ele —, eu o teria odiado tanto? Teria encontrado consolo na informação de que a balança acaba se equilibrando?

Eu talvez encontrasse motivos para agradecer a ele. É verdade, acho, que ele me obrigou a ficar de pé de novo. Eu não trabalhava havia quase dois meses, e o seu egoísmo me obrigou a encontrar uma força que eu achava que tinha perdido. Eu não passava uma noite sozinha havia anos, como fora durante a maior parte da minha vida até então, mas ele tomou minha companheira e me obrigou a sair. Meus campeões, meus torcedores, meus conselheiros se foram. Não havia mais ninguém para cuidar de mim, ninguém cujo amor era absoluto e sem reservas, ninguém para quem eu era central. Não sem Jonathan. E certamente não sem Marnie.

23

Mais tarde, eu descobriria que a mulher misteriosa do enterro se chamava Valerie Sands. Ela tinha trinta e dois anos e era divorciada e jornalista. Trabalhava no jornal da região havia uma década, enquanto, simultaneamente, mantinha seu próprio site, muitas vezes difamatório, e estava determinada a encontrar uma história real, uma coisa poderosa, uma coisa verdadeira... Algo que pudesse mudar sua reputação.

AMANTES LÉSBICAS MATAM OS MARIDOS

Essa foi a manchete que ela escolheu. Ela usou letras maiúsculas e fonte vermelha, como se fosse sangue no fundo branco do blog. Só soubemos que estava acontecendo, que seria publicado on-line, ou mesmo que ela estava nos investigando, quando já tinha acontecido. Descobrimos a postagem uns quinze dias depois do enterro, quando "bem" passou a se tornar um sentimento que um dia, talvez, pudesse voltar a ser possível para Marnie. As coisas estavam mais tranquilas, o peso da dor se espalhava, sim, mas estava ficando menos denso, como calda diluída, e nós rimos uma ou duas vezes. Eu variava entre a calma absoluta, porque não havia como identificar meu envolvimento, e o pânico palpável, porque, e se houvesse? Mas, quando as primeiras semanas se tornaram a semana do enterro e as semanas subsequentes passaram, fui ficando mais controlada, e o pânico só aparecia de vez em quando.

Não houve muitas perguntas — algumas no começo, mas nada significativo —, e todo mundo aceitou a versão mais óbvia dos eventos como sinônimo da verdade. Charles estava sofrendo de uma enxaqueca e, tonto e confuso, caiu da escada, acabou quebrando o pescoço e morreu quase imediatamente. E Charles estava mesmo com enxaqueca naquela manhã; Marnie tinha confirmado na presença dos paramédicos. E as enxaquecas do Charles muitas vezes lhe davam vertigem, visão borrada e, de vez em quando, tontura.

As perguntas que todos estavam fazendo, seus amigos e familiares, conhecidos, os que não nos conheciam, mas estavam chocados, eram mais perguntas de fé do que perguntas sobre fatos. Como um homem jovem podia cair e morrer de forma tão violenta? O que ele sentiu ao cair? Quais eram as chances dele? Não havia muitas outras formas pelas quais ele poderia ter caído, um milhão de outros tombos aos quais ele poderia ter sobrevivido?

Mas eu sabia que as perguntas sobre fatos eram inevitáveis, e as respostas iniciais que vieram da autópsia felizmente apoiaram todas as teorias. O exame revelou que ele tinha comido pouquíssimo naquele dia; um pouco de café e alguns comprimidos, em quantidade bem maior do que a receitada, para suas recorrentes enxaquecas vertiginosas. Ele ficou muito machucado — o tornozelo quebrado, o ombro deslocado —, mas o ferimento fatal foi a fratura no pescoço. Ele tinha muitos hematomas, dando a impressão de que a maçã do seu rosto estava fraturada, supostamente por ter batido ao cair. Mas não encontraram nada suspeito, então o costuraram e o levaram para a funerária, e todos concluíram que fora um acidente muito infeliz e muito triste mesmo.

O único resultado foi que fiquei com menos medo. Eu não estava pensando na polícia, nem na prisão, nem na verdade. Porque nenhuma das autoridades, nem os paramédicos nem o legista, era criativa. Não era curioso? Quer dizer, eu não deveria discutir. Mas foi só mais tarde, depois do enterro, depois do artigo, que o medo começou a aparecer de novo. Porque ali havia uma pessoa determinada a interrogar os fatos, que fazia perguntas, que viu uma coisa mais sombria surgir no relato da morte dele.

Valerie estava procurando uma pauta que alterasse a trajetória da carreira dela. Acho que, no começo, ela não desgostava de escrever para o jornal, mas ela estava trabalhando lá havia tempo demais, uma década, e sempre lhe designavam eventos comunitários menores, como shows caninos e vendas beneficentes de bolos e algumas missões destinadas a perseguir celebridades em restaurantes chiques com longas listas de espera. Acho que ela queria algo mais. Ela devia ter ficado satisfeita quando, certa noite, a história entrou pela porta da frente e se sentou no sofá, ao lado dela.

Valerie morava com uma colega, Sophie, havia três anos. Tinha largado o marido em uma estação de trem depois de anos não de infelicidade, exatamente, mas de um simples vazio. Ela encontrou um quarto para alugar, e as duas mulheres logo ficaram amigas. Sophie estava em treinamento para ser paramédica, e Valerie amava ouvir histórias de vida e morte e sangue: os momentos mais extremos da vida humana. Sophie talvez tivesse dito que tinha passado o dia com uma equipe de dois homens, um mais velho e acima do peso e outro mais jovem. Eles foram atender um acidente em um prédio chique (imagino que foi assim que ela descreveu; é o que eu diria), no qual um homem havia caído da escada, e a esposa e sua melhor amiga chegaram e deram de cara com o corpo estatelado no corredor. E havia algo estranho, ela talvez tivesse dito, naquelas duas jovens mulheres.

Valerie ficou intrigada.

Ela usou a curiosidade para tentar converter suas desconfianças em uma história. Porque sabia que, se aquilo ia transformar sua carreira, ela precisava encontrar algumas respostas, fazer as perguntas certas para as pessoas certas e desenterrar todos os detalhes sujos e as verdades cruéis.

Só que, no começo, ela não encontrou nada. Foi ao enterro e não reparou em nada incomum. Iniciou uma conversa com a secretária de Charles, e Debbie acabou confirmando que ele sofria mesmo de enxaqueca. Ela ficou parada na frente do prédio de Marnie (Jeremy a viu pelas câmeras de segurança), mas Marnie não estava mais morando lá, e não havia muito a ser descoberto. A verdade mais óbvia ainda era a mais provável.

Acho que foi quando ela terminou de examinar Marnie que começou a me olhar com mais atenção. Eu a vi uma vez na recepção do prédio do meu trabalho, conversando com o segurança da entrada. Ele era um homem mais velho, calvo e barrigudo, e ela era bem mais jovem e mais alta, com o cabelo curto e as maçãs do rosto protuberantes. Eu me lembro dela inclinada por cima do balcão, o suéter decotado caído na frente enquanto ria de forma exagerada. A boca estava arreganhada, revelando dentes retos e brancos, e me lembro de imaginar o que ela queria dele.

Fora isso, não reparei nela xeretando minha vida, o que não quer dizer que ela não o fizera. Havia tanta coisa on-line que ela poderia ter encontrado se olhasse nos lugares certos, e provavelmente olhou mesmo. Havia artigos que escrevi para a revista da universidade e vários outros sobre Jonathan: sobre a morte dele, sobre a maratona, e as filmagens gravadas logo depois ainda estavam disponíveis. E havia um ou dois artigos no site da minha empresa que usavam meu nome e discutiam melhorias no atendimento ao cliente.

Ela devia ter encontrado algo em meio àquilo tudo que a inspirou. Talvez achasse mesmo que tinha solucionado um mistério. Mas o artigo no site dela apresentava uma outra mentira. Dizia que eu tinha assassinado Jonathan, que o tinha empurrado contra um veículo que se aproximava. Depois, vendi o apartamento dele, obtive um lucro substancial e fiquei com o prêmio da apólice de seguro. Eu tinha ganhado uma fortuna (nas palavras dela, não minhas) por ter assassinado meu marido.

Mas isso não foi tudo. O artigo dela continuava, espalhando mentiras sem prova nenhuma e sem fontes. Ela alegava que Marnie e eu, cobras maldosas e amantes secretas, usamos uma estratégia tão eficiente que repetimos nosso plano uma segunda vez.

CASAMENTO. ASSASSINATO. DINHEIRO.

Isso estava estampado no pé da página. Ela escreveu que estávamos vivendo em êxtase total, aproveitando nossa riqueza, as fortunas extraídas das mãos dos nossos maridos mortos.

24

Talvez nunca tivéssemos ouvido falar de Valerie, talvez nunca tivéssemos lido o artigo, se ele não tivesse sido comprado por um tabloide nacional. O site dela tinha alguns milhares de seguidores, principalmente jovens londrinos, e talvez acabássemos trombando com ele em algum momento, ou talvez ele fosse visto por um dos fãs de Marnie. Mas era igualmente possível que nossas vidas continuassem sem interrupção.

Infelizmente, ele acabou na primeira página de um jornal distribuído em todo o país, em um artigo que falava da crescente fascinação nacional por crimes reais. Aparentemente, havia milhares de blogs, centenas de podcasts. E usaram nossa história como exemplo.

Disseram que a postagem do blog tinha viralizado. Que tinha sido compartilhada no Facebook e no Twitter mais de cem mil vezes, o que, embora não fosse excepcional, era impressionante. Talvez estivessem falando a verdade; talvez as pessoas estivessem mesmo interessadas na história de duas jovens que mataram seus maridos. Acho que não posso culpar ninguém; eu também teria ficado interessada. Mas a cínica em mim se pergunta se esse artigo não foi só um disfarce, um jeito inteligente de publicar histórias difamadoras e lucrar com o barulho e a empolgação sem correr riscos legais. Citaram várias vezes o site de Valerie, mas se referiram a um "suposto" assassinato e não nos acusaram diretamente de nada.

O artigo não foi publicado nas primeiras páginas, mas havia uma manchete pequena e incendiária na frente, e Marnie e eu fomos imediatamente inundadas por mensagens de amigos e familiares. Eles ficaram horrorizados não pelo nosso suposto comportamento, mas em nosso favor. Não acreditaram em uma palavra, eles disseram. Você já ouviu tanto lixo? E o que estava acontecendo com o mundo; a verificação de fatos ainda existia na atualidade? Todos nos garantiram que ninguém que importasse prestaria atenção alguma a esse tipo de *bobagem*.

Ainda não tínhamos visto o artigo — não sabíamos que havia um site —, então corri até a loja da esquina, para comprar um exemplar, ainda de pijama de flanela, a estampa berrante escondida por baixo de uma capa de chuva longa. Levei-o para o apartamento e o abri na bancada da cozinha. Marnie e eu lemos juntas, nossos olhos indo da esquerda para a direita a cada linha que líamos, e nossos rostos se contorcendo em momentos similares, as testas franzidas de forma idêntica nas mesmas mentiras terríveis.

No final, havia um trecho escrito por Valerie, que dizia: "Eu entendo a fascinação por essas histórias, mas acho errado se concentrar especificamente no derramamento de sangue e assumir que a morte por si só é a causa da atração. Para mim — e para muitos dos meus leitores regulares —, é mais uma questão de verdade do que de melodrama ou escândalo". Havia um link para o site dela.

Tirei o laptop de debaixo do sofá e o abri na bancada. O site demorou a carregar — acho que não éramos as únicas que procuravam pelo artigo original —, mas a manchete vermelha acabou aparecendo na tela.

A verdade era que o artigo de Valerie não fazia muito sentido. Os fatos não sustentavam a sua versão dos eventos. Eu não matei Jonathan. Ele foi morto por um motorista de táxi, um homem de cinquenta e tantos anos que estava cumprindo pena em condicional, depois de ter sido preso por homicídio culposo enquanto dirigia embriagado. E, depois que a hipoteca foi paga, houve pouco lucro com a venda do apartamento, principalmente graças à recessão e à subsequente crise imobiliária. E eu não gastei um centavo do que ganhei com o seguro.

Valerie estava sugerindo que ficamos tão inspiradas por esse sucesso incrível (novamente, palavras dela) que esperamos quatro nada insignificantes anos para repetir nosso plano.

"Como elas fizeram na segunda vez?", escreveu ela. "Tenho que confessar que fiquei tentada a terminar a história aqui, hoje. Pensei em deixar que esperassem uma atualização até a semana que vem. Mas eu não podia fazer isso, não com uma história tão provocante. Mesmo assim, vou deixar um espaço abaixo, para pararmos por um momento e pensar no seguinte: o que elas fizeram na segunda vez?"

Desci a tela.

"As drogas", escreveu ela. "É nisso que vocês estavam pensando? Se tinham alguma coisa mais medonha na cabeça, então acho que estão subestimando essas duas mulheres. Jane Black não foi diretamente responsável pela morte do marido: ela não estava dirigindo o carro que o matou. Ela só manipulou a situação para obter o resultado desejado. O mesmo aconteceu com Marnie Gregory-Smith. Ela não empurrou o marido da escada — sabemos que ela estava na biblioteca quando ele morreu —, mas, naquela manhã, ela podia ter botado alguns comprimidos a mais no café dele."

Que absurdo.

Mas a verdade não importava. Porque, como falei antes, até a ficção mais estranha pode parecer verdade. E mentiras críveis não são um grande feito. Era uma história brilhante. E era isso que importava mais.

Devo dizer agora que não reagi com essa calma na ocasião. Não fui pragmática. Fiquei furiosa pra caralho. Aquilo queimou meu estômago, como aquela acidez de quando você sabe que comeu alguma coisa estragada, e senti uma empolgação cheia de adrenalina nos membros. Eu estava vibrando de raiva, assim como fiquei quando odiei Charles pela primeira vez. Achei que Marnie sentiria o mesmo, mas, quando olhei para ela, ela estava chorando.

— Como ela pôde? — sussurrou ela, tão baixo e suavemente que sua voz pareceu quase um chiado. — Como ela pôde escrever uma coisa...? Não é verdade. Como ela pode mentir? Ela disse que... Ah, Deus... Como ela pode dizer essas coisas? Quem é essa mulher?

Ela apontou para uma frase no meio da tela. Seu indicador tremia. Algumas palavras estavam em negrito, isoladas do resto do texto.

"Elas sempre foram próximas", diz uma amiga das duas jovens. "Sempre muito unidas. Íntimas, eu diria."

— Que merda é essa? — Ela bateu com a caneca vazia na bancada. — Quem falou isso, porra? Que tipo de... Nossos maridos estão mortos. E uma escrota... Quem, Jane? Quem é essa?

— Marnie — falei e estava com um pouco de medo por ela, porque nunca, em vinte anos, eu a vi perder a calma (ela era sempre tão contida), mas aqui estava ela, mais furiosa do que já vi uma pessoa ficar. — Vamos parar um minuto.

— Um minuto? Nós não temos um minuto. Jane, isso já está em toda parte. Esse artigo maldito está nos capachos do país inteiro, esperando para ser lido com uma xícara de café e uma fatia de torrada, está nos supermercados e bancas de jornal e nas porras dos aeroportos, e todas as pessoas vão pegar os laptops... Nós pegamos, não pegamos? Já está nos tablets das pessoas, tudo em preto e branco brilhando na tela.

— Marnie. Vamos só... — Era meio emocionante vê-la com tanta raiva.

— Você acha que meus pais viram? Ah, Deus. Meus pais leram. Ah, porra. E, se não leram, quanto tempo vai demorar... Não muito, posso dizer isso desde já. Até ouvirem uma batida na porta, dada por um vizinho, ou receberem uma mensagem de texto educada de um colega do clube de golfe, dizendo "Sinto muito por sua família estar aparecendo nas porras dos tabloides, que desagradável" e dando risadinhas... Aí eles vão saber? Está na internet, cacete. Eles vão ficar furiosos. Os amigos vão ler. Ah, meu Deus, Jane. O que vamos fazer?

Do nada, tão rapidamente quanto apareceu, ela sumiu, e Marnie estava chorando de novo, a cabeça nas mãos e o corpo tremendo e toda aquela força e poder se dissipando no espaço ao redor.

Esse foi o momento em que meu medo voltou. Cresceu em mim como uma febre. Começou com a raiva dela. Eu vi a forma dessa raiva; senti suas vibrações. Sabia que um dia poderia vir atrás de mim. E tinha também a percepção de que havia alguém em algum lugar que não estava convencida das respostas mais óbvias, dos fatos que foram confirmados.

Havia algo no jeito como Valerie escreveu, na formatação das frases, que era bem mais sinistro do que as palavras em si. Na época, tive uma sensação de que estávamos só começando. Por causa do meu medo, eu desconfiava que o pior ainda estava por vir.

25

Algumas horas depois, começamos a receber ligações de outros veículos da imprensa. Eu tinha instalado um telefone fixo quando me mudei, porque deixava minha internet bem mais barata, mas logo me arrependi dessa decisão. As mensagens eram intermináveis, longas e descritivas ou curtas e enérgicas, mas em enorme quantidade, e mais rápidas do que podíamos apagá-las. E logo estavam nos mandando e-mails e mensagens de texto. A história tinha captado a imaginação dos leitores, ouvintes ou telespectadores. E o que tínhamos a dizer sobre aquilo? Queríamos acrescentar nossos comentários? Prometeram, todos eles, que eram diferentes dos outros repórteres, apresentadores de rádio ou de televisão. Os outros só ligavam para números, para o drama, para fazer parte do hype. Mas nós? Não, não somos assim. Nós nos preocupamos de verdade. E aquele era o momento ("esse é o *seu* momento", todos disseram) de consertar a narrativa.

Não ria. Não é engraçado. De que você está rindo? "Consertar a narrativa?" Bom, acho que é meio engraçado mesmo. Eu que não ia fazer aquilo.

Marnie e eu sabíamos que a mentira, a história fantástica de duas assassinas lésbicas, era mais interessante do que a verdade. Ou, pelo menos, do que a suposta verdade. Quem não queria ler sobre as duas viúvas maquiavélicas que viviam em pecado?

Então, não dissemos nada. Desconectamos a linha fixa e desligamos os celulares e redirecionamos todos os e-mails que não viessem de um remetente conhecido para a lixeira e para a caixa de spam. Trancamos a porta e ficamos quinze dias sem sair do apartamento, pedindo comida on-line de vez em quando e baixando filmes novos ilegalmente. Não liguei para o meu chefe, mas suponho que alguém do escritório tenha visto o artigo, porque recebi uma mensagem simples que dizia para "fazer contato só quando se sentir capaz de voltar".

Marnie e eu estávamos confiantes de que o drama acabaria passando. Sempre há uma história mais interessante esperando para ser contada. E, felizmente, a qualidade da foto usada pelo jornal estava horrível. Tinha sido tirada nas nossas primeiras férias de verão da faculdade, e nossas fantasias de festa, embora inegavelmente sensuais, dificultavam nossa identificação. Havia outras de Marnie, no site dela, nas redes sociais, e eu sabia que havia uma minha escondida em algum lugar do site da minha empresa, mas aquela devia ter sido a única de nós duas. Tínhamos que ser pacientes.

Mesmo assim, eu queria saber mais sobre a mulher estranha que tinha se inserido de forma tão perturbadora nas nossas vidas, então revirei a internet em busca de informações. Descobri sobre o casamento dela; o ex-marido, a nova esposa dele, o site do casamento deles. Vasculhei a página até descobrir o local da cerimônia, o valor pago ao bufê. Encontrei fotografias da casa dela no Instagram: mostravam o apartamento compartilhado onde ela morava agora; a colega com quem o dividia, imediatamente reconhecível; a varanda onde elas se sentavam no verão, para tomar vinho. Vi o nome do café que ficava do outro lado da rua, e foi fácil encontrá-lo on-line, saber onde ela morava. Nas últimas semanas, ela tinha começado a fazer aulas de sapateado e postara vários vídeos de um grupo de seis pessoas, todas girando e sapateando e se movendo com pés frenéticos, como se seus membros fossem elásticos. O trabalho dela talvez fosse o mais fácil; todas as postagens anteriores estavam disponíveis no site, nenhuma tão provocativa quanto a que ela escrevera sobre nós.

Naquele momento, não pensei em refazer os passos dela pelas décadas anteriores, isso veio depois, mas eu ainda estava impressionada com o volume de dados disponível nas pontas dos meus dedos, com apenas alguns cliques. Achei assustador saber que eu era visível assim, que minha vida podia ser invadida com tanta facilidade. Eu a observei nas semanas seguintes, enquanto ela postava imagens de onde estava, marcando os locais, e textos sobre seus planos e um resumo dos eventos futuros que aconteceriam na região.

Eu tinha certeza de que ela também me observava.

Talvez o furor tivesse passado se tivéssemos esperado mais algumas semanas. Mas Marnie não esperou. Não conseguiu. A ficção escrita na internet estava se intensificando dentro dela: o assassinato, as drogas, a morte dele. Parecia mais provável a cada dia. À noite, ela dormia com esse cenário, enquanto ele se desenrolava em seus sonhos. Ela ficava alternadamente inerte e inquieta e dormia por pouco tempo, até o pesadelo recomeçar. Ela se lembrava de ter colocado comprimidos no café dele. Imaginava-se nas pontas dos pés, pegando a caixinha no armário acima da pia e tirando os comprimidos da embalagem e envenenando o marido. E, depois de ter ficado dias sem dormir, ela começou a ter alucinações estranhas e a se questionar se o tinha empurrado. Ela tinha ficado em casa o tempo todo? Tinha parado atrás dele no alto da escada? Ela via bem: as gravuras emolduradas na parede e o carpete embaixo dos pés e sabia como era tocar nele, passar os dedos entre as omoplatas, colocar a palma da mão na coluna dele. Ela não estava comendo; mas estava bebendo. Não estava dormindo; estava frenética e febril. Ela precisava declarar a verdade que sabia antes que a mentira a consumisse.

— Não foi por mim — disse ela depois. — Não foi por mim que fiz aquilo. Eu poderia ter vivido com tudo. Mas Charles? Ele nunca teria se casado com a mulher que diziam que eu era. Todos fizeram com que ele parecesse tão ingênuo e burro, mas ele nunca foi nada disso. Eu não podia deixar que essa se tornasse a história que o definia.

E, assim, nos encontramos com Valerie quinze dias depois que o artigo foi publicado. Ela tirou o jornal do cesto de reciclagem e procurou o nome da jornalista e voltou ao site e enviou um e-mail. E recebeu uma proposta de encontro para a manhã seguinte, no café que ficava no térreo do meu prédio.

Se eu soubesse, poderia tê-la impedido. Mas, quando acordei, o seu lugar ao meu lado já estava frio.

Imagino que Valerie tenha ficado um tanto decepcionada com Marnie. Acho que ela devia estar esperando detalhes sórdidos e revelações e alguma coisa que confirmasse a versão dela dos eventos. Marnie talvez confessasse que pegou os comprimidos naquela manhã, sem verificar as instruções atentamente, ou talvez sem verificar nada, e que, na pressa, exagerou na dose. Mas claro que ela não fez isso.

Só posso supor que a história tenha sido inesperadamente chata. Marnie devia ter falado sem parar sobre as enxaquecas de Charles. Ela devia ter dito ao menos duas vezes que estava com medo de ele ter um tumor cerebral. Mas o médico, um bom homem, um bom profissional, em quem eles confiavam, sempre insistiu: eram só enxaquecas. E, quando vinham, eram bem severas; sempre foram. Ela deveria ter ficado em casa. Podia ter cuidado dele. Teria levado um copo de água, um sanduíche, o que quer que ele quisesse. Ela poderia tê-lo salvado.

Valerie teria olhado para Marnie, magra e loura, o cabelo despenteado, as olheiras fundas embaixo dos olhos, o tremor quase imperceptível, e saberia que seu artigo, por mais que fosse bom entretenimento, não podia ser verdade. Aquela mulher, choramingando com a cara no café, tão frágil e apavorada, era incapaz de assassinar alguém.

Fico imaginando se Valerie ficou frustrada. Tenho certeza de que ela esperava outra coisa. Ela queria que a parte dois continuasse a parte um: mais detalhes e drama e emoção. Mas ela encontrou uma discrepância, uma acusação que não sobreviveria a um escrutínio.

Ela deve ter ficado furiosa. Mas também era inteligente. E, assim, trabalhou com o que tinha. Manipulou a conversa, as pequenas revelações, os trechos que tinha arrancado da viúva sofredora, para expor uma atualização mais interessante.

Marnie retornou do encontro com croissants frescos, que, no apartamento de Vauxhall, costumavam ser nossa guloseima de fim de semana, e supus que isso marcasse uma mudança nela, o começo de uma luta por uma nova normalidade. Não desconfiei de nada até a manhã seguinte, quando recebi uma ligação de Emma. Ela tinha se inscrito para receber atualizações do site de Valerie e tinha recebido um e-mail de madrugada, informando sobre uma nova postagem. A mensagem dizia que, como resultado de "novas provas", Valerie tinha revisado a postagem anterior. Desta vez, ela tinha descoberto a real verdade, uma bem mais sombria que revelava não só os relacionamentos das duas mulheres com os falecidos maridos, mas também mais detalhes sobre o relacionamento delas uma com a outra.

Abri o site no meu laptop.

Valerie escreveu que fiquei com ciúmes. Disse que Marnie estava feliz, inesperadamente, e que eu não suportava vê-la assim com outra pessoa. Eu tinha cometido um assassinato por ela (aparentemente) e fiquei horrorizada quando ela não quis fazer o mesmo por mim. O artigo era longo e complicado, quase tudo baboseira. Mas o ponto no qual ela queria chegar, aparentemente, era que a culpa era toda minha. Marnie não tinha conseguido matar Charles porque "talvez ela realmente o amasse", escreveu Valerie. E, assim, eu tinha tomado as medidas necessárias para garantir que ela não pudesse renegar nosso acordo original. Eu fui a arquiteta de todo o esquema covarde. Eu era a verdadeira antagonista. Eu o tinha matado.

"E, enquanto Marnie Gregory-Smith tem um álibi, o mesmo não pode ser dito sobre a melhor amiga, Jane Black. Deixarei que vocês tirem suas próprias conclusões", escrevera Valerie, "mas me parece que as nuvens acima desse mistério estão começando a se abrir."

Você sabe como é ser acusada de um assassinato que você cometeu? É incrivelmente assustador.

O quê?

Por que você está me olhando assim?

Ah, entendi. Você quer que eu admita que ela chegou mais perto da verdade do que todos os outros: polícia, legista, nossos amigos e familiares. E você está se perguntando se ela estava certa. Ela tinha descoberto um pedacinho da verdade? Você quer saber se eu sentia ciúmes de Marnie.

Não. Posso dizer com confiança que nunca senti ciúmes nem da vida dela nem dos objetos que decoravam o seu dia a dia. Sentia inveja ocasional da sua autoconfiança, do calor humano, da gentileza, mas são coisas bem diferentes. Isso responde à sua pergunta?

Mas a que você deveria estar fazendo é se senti ciúmes de Charles. E acho que sim. Parece infantil, e talvez eu não esteja querendo dizer o que estou dizendo, mas ele tinha uma coisa que pertencia a mim, um amor que já tinha sido meu, um amor que tinha me escolhido.

Ela não disse que tinha falado com Marnie especificamente. Mas, entre as novas provas e a sua descrição da viúva lacrimosa segurando o café frio junto ao peito, sem conseguir equilibrar a respiração o suficiente para chegar a dar um gole, percebi o que tinha acontecido.

Fui para a sala e encontrei Marnie chorando no sofá, o laptop aberto no colo, pedindo desculpas em meio a ofegos pesados.

— Eu piorei tudo — disse ela. — Fiz ela se virar contra você. É tudo minha culpa. Ela escreveu que foi você. Você leu? Me desculpa, Jane. Me desculpa. — Ela fechou o laptop e o colocou na mesa de centro. — Achei que ela veria que eu estava falando a verdade. Queria que ela visse que estava errada e... Ai, como sou burra! Eu achei que ela publicaria uma retratação ou alguma coisa assim e que isso tudo ficaria para trás. Eu não vi que ela estava gravando. — Ela apoiou a cabeça nas mãos. — Achei que ela pudesse pedir desculpas — disse com a voz abafada.

— Não é culpa sua — respondi, mas, devo admitir agora, honrando a promessa de sinceridade, que fiquei meio frustrada. Eu lhe disse o que precisávamos fazer, e ela ignorou descaradamente minhas instruções. Mas seus motivos foram bons; ela achou que poderia desfazer a teia. — Você não tinha como saber.

Tentei ficar calma. Olhei para o pijama de flanela dobrado nos tornozelos, as pernas cruzadas no sofá. Os botões da blusa estavam abertos no pescoço, e, no peito, havia uma irritação vermelha surgindo na pele. Ela precisava que eu fosse forte, que cuidasse dela.

A verdade é que eu não esperava repercussões. E, com a autópsia e o enterro, essa esperança começou a parecer mais concreta. A polícia e o legista não tinham motivo para olhar além dos fatos encontrados. Mas eu sabia que havia outros pedacinhos da verdade ainda escondidos em outros lugares. E aquela mulher estranha, que apareceu inesperadamente nas nossas vidas, parecia determinada a revirar e remexer e cavar até encontrar algo que parecesse mais autêntico.

Tive esperanças de que a versão dos eventos de Valerie fosse rapidamente superada por fofocas e notícias e outras mentiras. Mas com o segundo artigo? Eu já não tinha tanta certeza. Eu não sabia até onde ela poderia ir em busca da verdade.

Eu queria enviar uma mensagem a ela, confrontando-a, argumentando que o comportamento dela era simplesmente inaceitável. Mas sabia que, se a provocasse, havia um risco razoável de ela ficar mais determinada ainda.

Respirei fundo. Sabia o que precisávamos fazer. Tínhamos que confiar na ausência; deixar que aumentasse nas semanas seguintes, até que fosse a única coisa que restasse, até que a minha fosse a última verdade possível, até que uma queda acidental fosse a única coisa a ter sobrado.

E, naquele momento, eu estava tão concentrada em consertar a situação com Valerie que não reparei em outro problema que estava piorando.

Marnie sempre foi uma das pessoas mais brilhantes, mais inteligentes e mais dinâmicas que conheci, e as lágrimas e a dor e o caos não mudaram nada disso. Ela sempre teve uma capacidade maravilhosa (acho que é algo criativo) de unir ideias vagas em algo mais sólido, de construir um quebra-cabeça a partir de peças desconectadas. E vi de repente que ela estava fazendo exatamente isso.

— Eu nunca devia tê-la abordado — continuou Marnie, o tom da voz mudando a cada palavra. — Deveria saber que ela não era de confiança. Não sei por que espero o melhor das pessoas. Por quê?

— Pare — falei, me sentando ao lado dela e segurando suas mãos. — Você só está se colocando pra baixo, e agora já era; não adianta.

— E nem faz sentido — continuou Marnie. As bochechas dela estavam marcadas por lágrimas. — Como exatamente ela acha que você matou o Charles? Pelo menos a primeira postagem dela era teoricamente possível. Eu poderia ter drogado ele. Não fiz isso, mas poderia. Mas você nem estava no prédio quando ele morreu. Não ouviu nada. É absurdo.

— Marnie, para. Deixa pra lá.

— O que você fez? Empurrou Charles do alto da escada e foi embora? E depois? Voltou ao apartamento à noite? Você nem sabia que ele estava passando mal. Você ia achar que ele estava no trabalho.

— Exatamente — falei, embora meu coração começasse a bater um pouco mais rápido e eu estivesse com dificuldade de engolir. No fundo da boca, minhas amídalas pareciam inchadas e secas; estavam obstruindo minha garganta e restringindo o ar no meu peito. Eu sentia minhas mãos suarem nas dela.

— E por que você faria isso? Sei que vocês não eram melhores amigos, talvez eu esteja até sendo generosa falando assim, e sei que as coisas ficaram bem ruins... Aquele grande mal-entendido... Mas, mesmo assim, não é factível.

Sua voz estava ficando mais alta, começando a tremer e chegando a ficar estridente. Os gestos eram frenéticos, as mãos balançavam loucamente. As bochechas estavam quentes, rosadas e furiosas.

— Você o largou morto no meu corredor. É isso que ela está dizendo? Que você foi lá, o matou e foi embora? E depois? Apareceu algumas horas mais tarde, só para me ver encontrá-lo? Tem alguma coisa muito errada com essa mulher.

Ela não conseguia parar, e eu também não conseguia pará-la. Ela falou ininterruptamente, listando as muitas teorias que não faziam sentido, não podia ser verdade, era totalmente impossível, e ouvi-a citar exemplos de como eu poderia (e também não poderia) ter matado o seu marido. Os artigos abriram essas perguntas dentro dela, e eu não sabia fechá-las. Tentei guiá-la em outras direções, mas ela ficava voltando para o interrogatório, e senti como se minhas costelas fossem pequenas demais para os meus pulmões, a carne espremida no osso, e me perguntei se conseguiria manter o rosto imóvel se ela chegasse à conclusão certa.

— Estávamos loucamente apaixonadas. É isso que ela diz, não é? Você e eu? E, assim, matamos seu marido. Claro. Porque isso faz sentido. E, depois, eu me apaixonei por Charles. — Um choro baixo soou no meio da raiva. — E aí você o matou, só para ficar comigo só pra você? Foi isso? Foi isso que aconteceu?

Eu esperava que ela continuasse falando, que continuasse tentando expressar sua confusão em voz alta. E isso já teria sido bem alarmante. Mas ela não fez isso. Ela parou. Ela me olhou.

— Foi isso que aconteceu? — repetiu Marnie, os olhos arregalados e o queixo projetado para a frente, os lábios tremendo. — É isso que ela diz, não é?

Balancei a cabeça, fingindo perplexidade, horror, repugnância, e ela ficou quieta, então entrei na conversa e tentei desesperadamente encerrá-la.

— Imagine — falei e ergui as sobrancelhas e tentei rir. — Só imagine.

Eu me perguntei o que ela conseguia ver: se minhas bochechas estavam rosadas, se meus olhos estavam assustados, se minha respiração estava fria; se a verdade estava escrita na minha cara, tão ansiosa quanto as lágrimas dela.

— Imagine — repetiu ela baixinho.

— Eu sei — falei. — É impossível. Como se eu pudesse fazer uma coisa assim. Eu jamais faria uma coisa assim.

Essa foi a quinta mentira que contei a Marnie. Falei que jamais poderia fazer uma coisa que eu já tinha feito. Falei que nunca poderia fazer mal a ela, quando, na verdade, já tinha feito. E, enquanto ficava ali, enganando-a com meu corpo todo, confiei que ela continuaria a acreditar em mim. E ela continuou. Balançou a cabeça lentamente e suspirou, se encostando nas almofadas e passando os dedos no cabelo.

Não acho que ela estivesse me interrogando. Ela não estava fazendo perguntas e esperando respostas. Mas o som da dúvida dela, por mais vaga que fosse, me deixou nervosa. Senti a verdade como um ossinho entalado na garganta que precisava ser removido, e ela destacou uma pequena parte de mim que queria ser reconhecida, uma parte que ficou tentada a dizer "Sim. Foi isso que aconteceu" e "Sim. E fiz por você".

Mas eu também sabia que mentiria mais e mais para proteger o que tínhamos.

— Temos que decidir o que vamos fazer — falei um pouco depois.

Marnie limpou embaixo dos olhos e secou os dedos no pijama. A blusa estava embolada na cintura, e ela a esticou.

— Não tem nada que a gente possa fazer — disse ela, se levantando e indo para a cozinha, mais calma agora, contida. — Está publicado. E, acredite em

mim, Jane, você não quer se meter com ela. Ela só vai publicar mais porcarias, e nós sabemos a verdade, nossos amigos e familiares sabem, e não é isso que mais importa? Não estou dizendo que é justo. Eu também estou irritada, Jane. De verdade. E odeio o fato de ela se safar depois de dizer o que quiser sem nem pensar nas pessoas que estão do outro lado das mentiras. Mas preciso que isso passe.
— Tudo bem. Vamos esperar.
A adrenalina começou a se dissipar, e eu finalmente soltei todo o ar e achei que talvez fosse desmaiar, porque ela chegou tão, tão perto, não chegou?

Quer saber uma coisa? Aquela quinta mentira me assustou. Percebi naquele momento o risco que tinha corrido — inadvertidamente, sim, mas ainda um risco — e como aquela decisão afetaria minha vida dali para a frente. Eu precisava ser cuidadosa, permanecer no controle.
Li os jornais nos dias seguintes. Estavam cheios de coisas de novo: artigos de opinião e notícias mentirosas e fontes anônimas. Mas acabou aliviando; outro escândalo político roubou as manchetes e se desenrolou em meses de cobertura.
Guardei as páginas que falavam de nós em uma caixa de sapatos, embaixo da minha cama. Elas me lembravam que eu não era invencível. Elas me lembravam de ficar sempre alerta. Elas me lembravam de continuar mentindo.

26

Acho que algumas mulheres são feitas para a maternidade e outras, simplesmente, não. Eu sei, isso é controverso e algo que eu não deveria estar dizendo logo para você. Mas acho que merece ser mencionado.

Sempre sonhei em ser mãe. Quando criança, botava minhas bonecas de plástico no berço e as empurrava por aí em um carrinho de cor pastel, que tinha um assento fino de tecido rosa que virava uma rede. E eu as enfileirava e trocava as fraldas uma a uma e as vestia com macacões de algodão estampados e fechava os botões de pressão entre as pernas. Eram todas iguais — barrigas redondas e tinta rosada nas bochechas e olhos azuis que piscavam —, mas minha favorita era Abigail. Ela era careca, e seus membros não se mexiam. Um dos olhos se abria e fechava, mas o outro prendia, os cílios de plástico grudados. Abria e se recusava a fechar, ficava olhando para a frente enquanto o outro piscava ameaçadoramente. Eu a amava mesmo assim.

Acabei deixando bonecas e bebês para trás. Eu olhava dentro dos carrinhos quando passava por eles na rua, me inclinava para ver dentro de cafés e fazia os barulhinhos obrigatórios e as perguntas automáticas: que fofo e quantos anos e que lindo. Eu participava desse ritmo da vida adulta com boa vontade e via uma versão da minha vida na qual eu, um dia, empurraria um carrinho, e os barulhinhos de outra mulher chegariam a mim.

Mas, em determinado momento, depois da morte de Jonathan, comecei a questionar esse futuro imaginário. Eu queria um carrinho? Queria os barulhinhos e as perguntas e as críticas e que um pedaço do meu coração vivesse fora do meu corpo para sempre? Queria fazer o que pais faziam e alimentar e tratar e cuidar? Não, eu não queria. Não sem ele.

Se você quisesse, eu poderia listar todas as mulheres da minha vida e poderia desenhar uma linha reta no papel separando as que eram feitas para a maternidade e as que não eram. Emma e eu estaríamos em um lado. Marnie estaria no outro.

* * *

A promessa de paz teve impacto positivo na aparência geral de Marnie. Ela ficou com menos raiva, menos briguenta, com menos medo da coisa e do nada que existem depois da perda. Encontramos uma forma de coexistir que era confortável e pacífica. Ela chorava com frequência, mas também ria e cozinhava e até escrevia alguns artigos curtos para seus editores favoritos. Redirecionou a correspondência para o meu apartamento, o que foi estranhamente reconfortante; eu gostava de ver o nome dela ao lado do meu na nossa caixa de correio todos os dias. E, quando seu maior patrocinador lhe enviou um presente, um kit de cerâmica rosa, parte da mais nova coleção de cozinha, ela até conseguiu gravar alguns vídeos.

De vez em quando, ela se virava para mim (normalmente no café da manhã ou enquanto estávamos sentadas no sofá, de pijama, à noite, fugindo do sono) e dizia:

— A morte dura mesmo muito tempo, não é?

— Ah, sim — eu respondia. — Muito.

— Porque faz um mês — ou seis semanas, ou dois meses, ela dizia — e eu não consigo entender que essa é minha vida agora. Não consigo acreditar que, não importam quantos meses eu viva, não importam quantos anos, décadas, até, ele vai estar morto durante todo esse tempo.

Eu me senti uma especialista. E, por um tempo, minha orientação pareceu estar funcionando. Foi um prazer tão grande tê-la de volta na minha vida. E éramos boas juntas, muito boas. Nós nos conhecíamos intrincadamente, intimamente, toda a história, todos os detalhes. Nós lamentamos nossos pais: que foram embora e ficaram doentes e nos ignoraram. Rimos dos nossos irmãos, uma totalmente dependente e o outro totalmente ausente. Lembramos as aventuras que definiram nossos anos adolescentes, as primeiras coisas, as últimas e as que não eram para serem repetidas nunca mais. Éramos duas pessoas que compartilhavam tanto que nos tornamos quase uma de novo.

Eu a vi se recuperar; não completamente, claro, não mesmo, mas de formas pequenas e significativas. Era uma emoção vê-la cozinhando de novo. Ela pintou as unhas e reclamou quando lascaram na manhã seguinte. Olhou para o cabelo no espelho uma tarde e puxou alguns fios e franziu a testa. Naquela noite, ela voltou com as pontas aparadas. Ela ouvia música. Via as notícias. Chorava regularmente, o tempo todo, mas os momentos de tristeza sufocante estavam se encaminhando para algo melhor.

Então, de repente, as coisas mudaram. Marnie regrediu, voltou ao caos das primeiras semanas. Parou de dormir. Estava exausta. Ficou doente. Parou de comer. Quando conseguia comer alguma coisa, até mesmo as menores, como torrada, frutas, ela sofria de vômitos tão violentos que parou de comprar comida, para nos poupar do horror. A fome era intensa. A fadiga, bem pior. E, sem alimento e sem descanso, ela não conseguiu se livrar da estranha doença.

Ou foi o que pensamos na época.

Era o começo da noite. Tínhamos voltado a abrir as persianas; havia fogos lá fora que queríamos ver. Marnie e eu estávamos sentadas, juntas, à bancada da cozinha. Estávamos comendo arroz puro, um sachê de arroz de saquinho para cada uma, rápido e fácil. Nosso silêncio não exigia esforço. Estávamos novamente nos acostumando a comer juntas, nossos mundos entrelaçados, não mais convidadas intermitentes na vida uma da outra, mas um tipo curioso de casal.

— Minha menstruação não desceu — disse ela, colocando o garfo ao lado do prato. — Achei que era de estresse, sabe, por causa de tudo. Mas faz três meses.

— Bom, claro que é estresse — falei. — E essa virose. Você está perdendo peso, olha só, e com tantos vômitos... Ah.

— Eu preciso fazer um exame — disse ela.

Limpei a garganta, para mover os grãos de arroz que tinham ficado entalados lá, e me levantei. Fui até o corredor e peguei a bolsa no gancho. Passei pela porta, entrei no elevador e saí. Andei pela rua, com frio por estar sem casaco, e fui até a loja da esquina.

Voltei com o teste menos de dez minutos depois.

Marnie estava sentada no lugar onde a deixei, os cotovelos dos dois lados do prato, a cabeça apoiada entre eles.

— Aqui — falei. — Faz agora.

Em silêncio, ela pegou o que entreguei e foi para o banheiro, a sacola de plástico pendurada no pulso.

Não preciso contar que deu positivo.

Eu me embebedei. Tomei tequila no gargalo e virei doses de rum de uma garrafa tão velha que o líquido só tinha gosto de grude. Marnie, já mãe de tantas maneiras, serviu suco de maçã em copos de plástico e afogou o medo e o pânico de uma forma mais abstêmia. Às duas da manhã, entramos na banheira, usando maiôs na água quente, em uma exibição estranha e desnecessária de modéstia. Às três, passamos mel em torradas e comemos um pão inteiro. E nos perdemos em um ponto entre a dor e o choque e a histeria e choramos e rimos até pegar no sono, o que não durou muito, para depois passarmos boa parte da manhã seguinte com a cara encostada na porcelana fria de uma privada.

Sabe, ninguém espera que a vida se desenrole como a nossa. Fiquei viúva e tinha um emprego sem possibilidade de crescimento e nunca ficava longe da infelicidade. Marnie ficou viúva, estava grávida e em meio a uma grande queda de uma vida encantada.

— Preciso voltar para casa — disse Marnie na noite seguinte. — Preciso resolver minha vida. Preciso ir ao médico e voltar a trabalhar e preciso voltar para casa.

Ela ligou para a faxineira ali mesmo, à mesa. Queria o local impecável, ela disse. E queria as coisas do Charles encaixotadas no depósito: a escova de dentes, as roupas, tudo que fosse obviamente dele.

Fomos ao apartamento alguns dias depois. Nós duas ficamos chocadas de ver que a faxineira tinha deixado um grosso tapete branco com detalhes em preto no chão do corredor. Imaginei o que havia embaixo — uma mancha escura de sangue ou arranhões na cera do piso, ou só o fedor de morte —, mas resisti à vontade de olhar. Algumas das coisas de Charles tinham sumido (o casaco atrás da porta e os sapatos, que ficavam enfileirados junto à parede), mas ele ainda estava por toda parte. Estava nos livros nas prateleiras e nas gravuras nas paredes, e o comprido guarda-chuva preto ainda estava em pé ao lado do dela, no saguão.

— Tem certeza? — perguntei, tentando alcançar Marnie enquanto ela ia de aposento em aposento.

Ela franziu a testa e começou a subir a escada.

— Que você quer morar aqui. Tem certeza? Podemos encontrar outro lugar...

— Não — disse ela, parando no alto da escada e se virando para me olhar. — Tem que ser aqui. É certo que seja aqui. Quero que esse pequenino — ela botou a mão na barriga — saiba ao menos um pouco sobre o pai. E aqui já foi nossa casa. Faz sentido. Tem que ser aqui. — Ela olhou atrás de mim. — É aqui — disse. — Deve ter sido aqui, onde meus pés estão agora. Foi aqui que ele respirou pela última vez. É uma coisa que o filho dele deveria saber, você não acha?

O que você acha? É uma coisa que você gostaria de saber? Sei que eu ficaria arrasada se recebesse uma ligação me informando que meu pai tinha morrido. Não porque fosse sentir falta do homem que ele é hoje: um traidor e desertor. Mas porque sentiria falta do homem que ele já tinha sido.

Durante minha primeira década, ele foi uma presença constante, infalível, honesta e verdadeira. Estava sempre por perto e era sempre encorajador, e, apesar de tudo que aconteceu quando deixou de ser um bom pai, nunca fora egoísta antes disso. Ele era falho e tinha defeitos e vivia determinado a não ser definido pelas piores partes de quem ele era. Mas, aí, alguma coisa mudou. Essas dificuldades que vibraram sob sua pele durante décadas — a impaciência e a incerteza e a volatilidade — começaram a vazar pelos poros.

Vou querer visitar o lugar onde ele morrer? Acho que não. Para mim, ele morreu na porta de casa, com a mala na mão, sorrindo e nos deixando para trás.

— Talvez um novo começo... — falei.

— Quero estar de volta até o Natal — disse Marnie.

— São só algumas semanas...
— Vou ser a anfitriã — disse ela. — Vou decorar e cozinhar. Vou precisar de uma árvore e um peru. E vou fazer com que seja importante.
— É muita coisa. Marnie, é muita coisa pra eu entender e é muita coisa pra você fazer.
— Já decidi — disse ela. — E você vai vir. Emma também. Vou fazer isso acontecer.
— Nós vamos estar com...
— Sua mãe. Sim, faz sentido. Isso é de manhã, não é? Bom, depois disso, então.
— Eu...
— Não é opcional — disse ela, o rosto rígido de repente e os olhos arregalados. — Estou te convidando pra se juntar a mim no Natal. Se você vai aceitar o convite ou não é decisão sua. Mas vou estar morando aqui e vou fazer isso.

Marnie e eu temos poucos traços em comum. Ela é aberta e calorosa e amorosa e destemida. Eu sou fechada e fria e irritada e medrosa. Ela é luz e eu sou escuridão. Mas nós duas somos notoriamente teimosas. Sei sem a menor sombra de dúvida que não dá para fazer com que ela mude de ideia em alguns casos; ela não pode ser comprada nem subornada nem vencida.

— Então, sim — falei. — Vou adorar estar aqui.
— E você me ajuda a fazer a mudança?
— Claro.
— Que bom. Vamos começar. Quero tirar as medidas para comprar uma cama nova.

Foi isso que fizemos. Anotamos as medidas para uma nova cama porque, embora ela pudesse ficar no apartamento do marido morto, não conseguiria dormir na cama dele. Ela pediu a troca naquela mesma tarde. Uma cama de casal pequena ("vai ser só para mim", ela disse) com cabeceira rosa acolchoada ("ele nunca aceitaria rosa") e um gaveteiro embaixo ("para cueiros e fraldas e todas as coisas de que um bebê precisa").

Ela se mudou duas semanas depois, no dia em que a cama chegou, e tentei ser pragmática, mas a sensação era de que algo estava sendo tirado de mim novamente. Fiz as malas dela e empacotei as coisas de cozinha que tinham ocupado meus armários e encaixotei seus sapatos que estavam atrás da porta de entrada. Empilhamos tudo em um táxi logo cedo, as bolsas nos nossos pés e no colo, e ela deu continuidade à decisão de me abandonar.

Estou sendo dramática, eu sei. Fiquei triste por ela estar indo, mas consegui racionalizar minha dor, porque também fiquei feliz de vê-la tão concentrada e satisfeita. Eu gostei de cuidar dela e de ser a força dela, mas não é uma forma sustentável de se viver.

O mundo está cheio de gente vulnerável. Elas se apoiam nas outras, contam sempre com aquele apoio adicional, com aquela força adicional. Emma, por exemplo, é incrivelmente vulnerável. Mas Marnie não. Ela tinha começado a trabalhar de novo poucos dias antes; ligou o celular e subiu seus vídeos e compartilhou atualizações e se envolveu com o mundo que ela tinha construído em torno de si. Parecia mais forte, de alguma maneira, com aquela plataforma embaixo dela.

— Pode ir agora — disse ela, depois de carregarmos suas coisas para o saguão do prédio e de levá-las para o apartamento, de elevador, aos poucos. — Acho que dou conta a partir daqui.

— Mas desencaixotar... — falei. — Você não quer ajuda com isso?

— Não, obrigada — disse Marnie. Ela estava parada na porta (a porta dela), a mão no batente e os pés firmes no piso de madeira, e eu estava no corredor, do outro lado da entrada. — Estou bem agora. Mas obrigada.

— Mas...

— Amanhã eu te ligo — disse ela e fechou a porta.

Senti um pouco de raiva e um pouco de orgulho.

E um pouco de constrangimento também. Olhei para a esquerda e para a direita, mas não havia ninguém presente, ninguém que tivesse testemunhado meu despejo. Olhei para o local onde me sentei quase três meses antes. Aquela parecia outra pessoa, em outra época, outro mundo. E, então, fui para casa.

A questão é a seguinte. Marnie tinha uma família, assim como todos temos, mas nunca me pareceu muito uma família. Quando criança, eu acreditava que uma família era algo inabalável, inquebrável, uma coisa fixa e imutável. Eu tinha uma irmã, e ela sempre seria minha irmã, e pais que sempre seriam meus pais. Só bem mais tarde — quando meu pai foi embora e minha mãe me renegou —, percebi que eu tinha me enganado. Não era nada fixo. Mas tinha sido, durante meus anos formativos. Só percebi que precisaria construir minha própria unidade bem mais tarde. Eu não tinha percebido que precisaria me tornar uma pessoa que os outros quisessem amar.

Mas essa foi uma lição que Marnie aprendeu bem mais cedo. A família dela funcionava em ondas, às vezes chegando, às vezes indo, e era totalmente imprevisível. Ela queria que aquela família, a família nova, fosse diferente. Ela tinha o poder de tecer aquele fio da teia, de construir aquela unidade como ela quisesse, e era isso que ela queria.

27

Sempre amei o outono. Gosto da sensação de quando uma coisa está quase no fim, mas não totalmente. Gosto de lareiras abertas e cortinas fechadas e grossos suéteres de lã e botas que cobrem os pés e amortecem os dedos. Gosto de ventos gelados e nuvens que amaciam o céu e da sensação de sair do frio e entrar num ambiente quente. O verão é exagerado, cheio de expectativas demais, com muita pressão para sermos alegres e vibrantes e felizes. E o inverno é sombrio demais, até para mim.

Mas dezembro sempre foi um mês estranho nessa cidade, uma anomalia que não segue o padrão do calendário. Só nesse mês, o tecido do lugar parece diferente. Tem algo incomum na aparência, na atmosfera, nas pessoas que passam conforme os dias sombrios se aproximam.

Algumas mudanças acontecem devagar, ao longo de várias semanas. Penduram-se fios de luz entre os prédios, e eles cintilam na escuridão da noite que chega mais cedo a cada dia. Observam-se vitrines de lojas decoradas em tons festivos com enfeites e pinheiros e trenós e neve. Há menos gente nas ruas. Conforme as últimas semanas do mês se aproximam, os trabalhadores, que passam o ano inteiro nos trens, andando nas calçadas e entrando e saindo por portas giratórias de prédios comerciais, gente como eu, entram em recesso na época dos feriados bancários e ficam encolhidos nos sofás. Os turistas, de chapéus vermelhos com bolas brancas em cima, carregando sacolas de compras e câmeras e bebês amarrados ao peito, estão presentes em bandos, entrando e saindo de lojas de brinquedo e patinando em rinques improvisados, em locais geralmente pouco explorados, e parando no lado errado da escada rolante. Mas, mesmo assim, não são suficientes para equilibrar as ausências, para contrabalançar uma cidade meio vazia, com seus ocupantes dentro de casa.

Outras mudanças são quase instantâneas: de repente, estamos sorrindo para as outras pessoas no metrô, conversando educadamente com colegas na cozinha, falando de planos para as festas, o que vão cozinhar e, nossa, são crianças demais para dois dias inteiros, e elas estão sempre em maior número. E, então, quase sem perceber, estamos desejando de repente um feliz Natal para todos por quem passamos: o homem da recepção que sempre parece mal-humorado, mas que agora está usando um broche que acende no paletó do terno, o diretor sorrindo no elevador de uma forma meio enervante, o barista de quem você compra seu café pela manhã, os garis, o faxineiro, a mulher que lava as canecas na pia da cozinha. A estrutura da cidade muda, e, de repente, somos pessoas melhores do que éramos antes: mais gentis, mais felizes, otimistas. As melhores versões de nós mesmos.

Não registramos o colega que não tem mais companheira, cujos filhos vão para outro lugar, cujos pais já morreram. Ainda ignoramos a mulher em situação de rua no canto, o saco de dormir gasto embaixo do corpo, um cobertor sobre os ombros e o frio penetrando no branco dos olhos. Não conseguimos reconhecer a tristeza que ainda existe em meio à alegria festiva.

Naquela época da minha vida, eu podia ser as duas coisas. Eu conseguia oferecer a tristeza e a alegria. Tinha uma melhor amiga que daria um almoço e uma linda irmã, mas um pai ausente e um marido morto e uma mãe amaldiçoada com demência.

Acho que este ano vou oferecer pouca alegria; só tristeza. Não consigo mudar isso, sabe. Está piorando. Ainda está piorando.

Agora que estou pensando no assunto, acho que aquele foi meu último ano alegre. Liguei para Emma logo depois da meia-noite da véspera de Natal. Tínhamos combinado de ir visitar minha mãe logo cedo, no dia seguinte. Não tínhamos admitido em voz alta, mas eu sabia que nós duas queríamos ir o mais cedo possível, para acabar logo com aquilo e não precisarmos pensar no assunto pelo resto da tarde. Eu sabia que Emma não queria ir lá fazer essa visita, que temia esse momento, e estava esperando que ela desse alguma desculpa, que encontrasse uma forma de se livrar da viagem. Liguei e ouvi o telefone tocar e me perguntei se ela ignoraria, se era capaz de me ignorar para evitar minha mãe.

— Qual é o plano? — perguntei quando Emma finalmente atendeu. — Vamos nos encontrar na estação? Vamos andar a partir de lá?

— Ela está melhor, você sabe? Disseram alguma coisa?

— Disseram que ainda está meio gripada, mas acho que uma hora mais ou menos não vai ter problema.

— Ah, mas se ela...

— Emma. Pare com isso.

— Não sei, Jane — disse ela, a voz exagerada em uma imitação extrema de preocupação. — Se ela não estiver bem... E nós aparecermos levando tantos germes... Não devemos adiar? Ir na semana que vem?

— Em, ela é nossa mãe. E é Natal.

— Acho que vou passar desta vez, se estiver tudo bem pra você — disse Emma. — Vamos nos encontrar na casa da Marnie? Por volta das duas, das três? Você me manda o endereço por mensagem?

— Em...

— Obrigada, Jane. Te amo. Feliz Natal.

E desligou.

Olhei para o telefone. Fiquei com raiva, mas aquela conversa aconteceu de formas tão variadas ao longo dos anos que não fiquei surpresa.

Emma estava com raiva da minha mãe, merecidamente, na minha opinião, por ter recebido pouco apoio nos piores anos da vida dela. Mas eu também estava com raiva. E tinha o mesmo direito de sentir raiva, ou até mais. Além de eu ter sido brevemente renegada, totalmente abandonada, também fui ignorada na maior parte da minha infância. Emma sempre foi a favorita. Mas ela nunca pensou nisso; nunca nem tentou ver as coisas pela minha perspectiva. Emma estava sempre ansiosa, sempre tensa, sempre distraída pelas suas próprias questões e fixada nos próprios sentimentos, e isso a tornava egoísta. Ela podia se recusar a fazer a visita porque sabia que eu não faria isso. Eu não conseguiria e nunca fiz. Porque teria sido crueldade.

Mas, e se eu tivesse começado a conversa dizendo que não tinha coragem de ir, que não conseguiria silenciar minha raiva por uma hora e que, daquela vez, era responsabilidade dela? E se eu tivesse feito o que ela sempre fazia? E se eu parasse de ser a força dela e pedisse que ela fosse a minha?

Ainda não sei as respostas dessas perguntas. Alguém que passou a vida toda se apoiando nos outros pode um dia apoiar outra pessoa? Não estou convencida de que sim. Acho que, quando você assume voluntariamente esse papel na vida de outra pessoa, você tem que aceitar que ela sempre vai se colocar em primeiro lugar e que essa estrutura de relacionamento não pode ser revertida. A pessoa deixa você desabar antes de se sacrificar para te apoiar.

Cheguei cedo porque o motorista de táxi, que estava cobrando o triplo por causa do feriado, ultrapassou o limite de velocidade em todas as oportunidades. Odiei tudo: o impulso, as vibrações, o sentimento de estar completamente contida, tão completamente rendida a outra pessoa.

Fui até o quarto da minha mãe, e ela estava sentada na cama, usando uma camiseta laranja e um vibrante cardigã azul que escorregava do ombro esquerdo. Tinha gola de babados, e havia um crachá festivo preso a um deles, uma árvore decorada com bolas coloridas, piscando em rosa e amarelo.

— Bom dia — falei e sorri quando entrei pela porta e passei embaixo do visco pendurado na guarnição. — Como estão as coisas?

— Bem — disse ela. — Estou bem.

Puxei a poltrona do canto para perto da cama e me sentei ao lado da minha mãe. Quando ela foi morar naquela instituição, contratei um homem que tinha uma van (encontrei o cartão dele na vitrine dos correios) para transportar algumas das coisas dela. A poltrona foi o acréscimo mais substancial. E, apesar de as enfermeiras terem erguido as sobrancelhas, insisti que era imprescindível. Também incluí quatro das almofadas que decoravam a cama king-size dela em casa, algumas gravuras emolduradas, um abajur de borlas, uma pilha de livros e a caixa de joias. Acabei acrescentando algumas outras pequenas melhorias: um porta-copos emborrachado, com uma fotografia de infância, para ela apoiar o copo de água, por exemplo. Um vaso cinza manchado para as flores (eu tinha comprado na véspera um buquê festivo na floricultura da estação) e um tablet, para ela poder assistir a filmes e ver vídeos caseiros antigos e, às vezes, quando estivesse se sentindo capaz, me mandar um e-mail. Eu estava recebendo cada vez menos.

Olho para trás agora, para a versão de mim que passou tanto tempo cuidando e (talvez esta não seja a expressão certa, mas) sendo mãe dela. E fico surpresa com a minha dedicação. Quando criança, lutei para ser reconhecida: fui bem academicamente, ganhei prêmios e homenagens dos professores; fui prestativa, quase exagerada, botava a mesa e esvaziava a lava-louças e trocava a roupa de cama; tentei ser animada e divertida, uma influência positiva para a casa. Essas coisas, os enfeites e as visitas semanais, eram só exemplos mais recentes das muitas formas nas quais dancei, tentando chamar a atenção dela.

Ajeitei seu cardigã no ombro, e ela me olhou de cara feia, as pupilas dilatadas. Percebi que lhe tinham dado alguma coisa, talvez para a gripe, talvez só para acalmá-la, e felizmente as drogas pareceram obscurecer a ausência de Emma. Passou totalmente despercebida. Ainda assim, apesar da medicação, ela foi astuta de muitas formas naquele dia, me perguntou detalhes da viagem e quis saber meus planos para a tarde.

— Você vai passar com Marnie e Charles? — perguntou ela.

— Só Marnie.

— Não o Charles? — perguntou ela e franziu a testa.

— Não — falei e inclinei a cabeça para o lado, e o rosto dela mudou de confuso para preocupado, porque aquele movimento sempre precedeu más notícias. — Já te contei antes. Lembra? — Suspirei. — Charles morreu.

— Morreu? — Ela ficou horrorizada, a voz aguda e o rosto feio com a descrença, como ela ficava todas as vezes que recebia essa mesma notícia. — Quando?

— Alguns meses atrás.
— Como?
— Caiu da escada. Você já sabe disso. Só não quer lembrar.
— Bom, não. Eu não ia mesmo querer lembrar. É horrível.
— Eu sei. Eu estava lá. — E não sei por que fiz isso, pois não tinha compartilhado nenhum desses detalhes com ela antes, mas acho que queria que ela reconhecesse que a dor não era dela para se apropriar assim. — Marnie e eu o encontramos caído no pé da escada. Nós o vimos.
— Morto?
— É.
— Ele morreu sozinho. — Ela pareceu triste quando falou, como se isso em particular fosse algo insuportável. Percebi então que nunca tínhamos discutido a morte, nem superficialmente, nunca além de ser um fato simples, uma perda simples. — Que coisa.
— É possível que eu estivesse do lado de fora do apartamento quando aconteceu. Eu estava esperando Marnie chegar em casa. Ela estava na biblioteca. E fiquei lá uma hora, sentada, lendo, esperando.
— É possível que você pudesse ter feito alguma coisa — disse ela, e foi em parte uma pergunta e em parte uma declaração.
— Talvez — falei. — Se eu tivesse ouvido alguma coisa. Se tivesse a chave.
Não sei por que fiz isso. Só que, ao mesmo tempo, acho que sei. Eu queria que ela me protegesse, que olhasse dentro de mim e visse que algo estava partido, e queria que ela me consertasse. Não é isso que uma mãe faz? E, se ela não pudesse fazer isso, se não pudesse ver nem consertar as fraturas, eu queria que ela pensasse que eu era o tipo de pessoa capaz de salvar uma vida e não o tipo de pessoa capaz de tirar uma. Eu queria que ela pensasse que, se eu pudesse fazer alguma coisa, eu teria feito, que, se eu pudesse ser uma versão melhor de mim mesma, eu seria.
— Chave — disse ela.
— Eu tinha. Molhei as plantas deles quando eles viajaram de férias. Mas não tenho agora, não tenho mais. Eu devolvi.
Ela assentiu.
— Se lembra do David? — perguntei. — Ele morava na casa ao lado. Ele molhava suas plantas quando a gente viajava.

Cheguei à casa da Marnie depois das duas horas. O apartamento dela estava cheio de gente e exalava uma mistura improvável de alegria e lamento e fingimento. Havia uma árvore no corredor, decorada com bolas prateadas, um anjo cintilante no alto. Havia enfeites espalhados pela escada e um prato cheio de tortinhas de carne moída. Cantigas de Natal alegres soavam nos alto-falantes, e Marnie usava uma fita metálica em volta do pescoço.

Senti vontade de estrangulá-la com a fita.

— Jane! — exclamou Marnie quando me viu parada na porta de entrada. — Você chegou mais cedo do que eu esperava. Como estava a sua mãe? Entre. Entre. Quer alguma coisa? Uma bebida? Vinho? Xerez, talvez?

Entreguei a ela uma pequena sacola de presente. Eu tinha me esforçado para encontrar um que fosse ao mesmo tempo sentimental, mas não grandioso demais; respeitoso, acho. Acabei escolhendo um kit de cortadores de biscoito, que me pareceu absurdamente caro, que ela tinha mostrado anos atrás em uma loja perto do nosso primeiro apartamento. "Não seriam perfeitos?", dissera ela. Tinham formato de pares de seios, de todas as formas e tamanhos, com cortadores separados para todos os tipos de mamilos. Eu não tinha entendido qual era a graça.

— Obrigada — disse ela, deixando o presente embrulhado no chão, ao lado do aquecedor, junto com alguns outros presentes e garrafas em sacolas. — Venha. Emma já chegou. Acho que ela está na cozinha. Ela está um pouco... Quando você a viu pela última vez? Vinho, você disse?

— Quem são essas pessoas todas? — perguntei. Não reconheci nenhuma, mas havia pelo menos vinte, talvez trinta pessoas no apartamento.

— É uma maravilha, não é? — respondeu Marnie. — São um grupo fascinante. Aquele é Derek. — Ela apontou para um homem de meia-idade que usava uma camisa xadrez e uma gravata com estampa de rena. — Ele mora a três portas daqui. A esposa morreu no começo deste ano. Câncer. Temos muito em comum. E aqueles são Mary e Ian. — Ela apontou para um casal que tinha pelo menos noventa anos cada. Ele estava tentando comer uma tortinha de carne, mas a maior parte da massa caíra em migalhas no paletó. E ela tinha um exótico cabelo grisalho lindamente preso, caído por um lado do pescoço. — Eles moram no térreo. Eu os conheci no saguão ontem e os convidei. Aquela é Jenna. Ela faz minhas unhas. E aquela é Isobel. Ela limpa o apartamento. Você já deve ter se encontrado com ela aqui. Ela se separou do marido e ia passar o dia sozinha, aí pensei não, isso não é certo, e falei para ela aparecer. Não é ótimo?

— É, Marnie. Incrível. Mas você tem certeza...? Como você está se sentindo? O que posso fazer?

— Está tudo sob controle. Tenho dois perus no forno. Está sentindo o cheiro? Está bom, né? E já servi muitos petiscos. Está com seu celular aí? Pode tirar umas fotos? Vou fazer uma grande postagem sobre como oferecer uma festa de Natal para muita gente.

— E o bebê? Você está descansando direito?

— Está começando a aparecer agora, está vendo? — Ela se virou de lado. — Dá para acreditar?

— Jane! — Emma segurou meu braço e me envolveu em um abraço. — Feliz Natal! Como você está?

Ela me soltou, e eu a segurei por um momento mais, só para ter certeza de que podia mesmo passar os dois braços pela cintura dela e encostar com as palmas das mãos no cotovelo oposto. Ela estava bem pior do que nos últimos anos. Recuei e olhei para o seu rosto. As bochechas estavam vazias, tão fundas que quase dava para ver a forma dos dentes através da pele. Os pulsos finos saíam de um suéter enorme, e a calça jeans justa estava frouxa nas coxas.

— Aquele homem — continuou ela. — Está vendo? De camisa salmão? Ele está falando comigo há vinte minutos, e acabei de conseguir fugir. Sem querer ofender, Marn, tenho certeza de que ele deve ser um ótimo amigo, mas...

— De calça de veludo vermelha? — perguntou Marnie.

Emma assentiu.

— E coroa de papel na cabeça.

— Não faço ideia de quem ele seja. Ele falou alguma coisa sobre... Me deem um minuto — disse ela e atravessou a cozinha e se apresentou.

— Tortinha de carne? — Estiquei um prato na direção de Emma.

— Já comi algumas — disse ela, passando a mão na barriga como se querendo indicar que estava satisfeita. — E ainda tem o peru.

Nós nos encaramos, e várias conversas transcorreram silenciosamente entre nós.

Você não está comendo.

Estou.

Você está mentindo.

Não estou.

Não minta pra mim.

Como você ousa me acusar de mentir?

Ou:

Você não está comendo.

Não estou com fome.

Você deve estar com fome. Coma alguma coisa.

Pare de me dizer o que fazer.

Ou:

Sua aparência está péssima.

Ah, foda-se.

Estou falando sério. Quando foi a última vez que você comeu?

Não é da sua conta.

Nada daquilo precisava ser dito.

— Não fale nada — disse ela.

Assenti.

— Tem alguma coisa que eu possa fazer?

— Não — respondeu ela. — Como estava a mamãe?

— Estava bem — falei. — Cansada, mas bem melhor.

— Ela ficou irritada? Comigo? Por não ir?

Fiquei com vontade de dizer que ela ficou irritada, que se sentiu preterida, abandonada até, para que eu pudesse ser a filha melhor. E fiquei com vontade de dizer que ela não reparou, para que Emma pudesse ser a esquecida, relegada aos poços da demência. Mas as duas coisas teriam sido mentiras idiotas, porque nós duas sabíamos que eu nunca fui a filha mais amada e mais memorável.

— Não — falei. — Ela estava ótima.

Emma assentiu, aliviada.

— Bom, acho que isso é uma coisa boa. Sinto muito. Por não ter ido. Eu só... não consegui.

— Vamos falar de outra coisa — eu disse e me perguntei se outras famílias tinham tantos limites desenhados na areia, tantas palavras que não podiam ser ditas. — Esse suéter é dela?

— É! — Emma sorriu. — Lembra? Sempre me faz pensar naquele Natal em que o papai se vestiu de Papai Noel para entrar no nosso quarto e caiu por cima do baú de brinquedos e fez uma barulheira do caralho e nos acordou e nós todos fomos parar na emergência.

— Lembro — respondi.

— Estávamos de pijama, e a mamãe estava com esse suéter, e o resto da sala de espera estava bêbada e feliz e também machucada. Lembra? E daquele homem que tinha cortado a mão no suporte de fita adesiva?

— E da enfermeira que nos deu doces à meia-noite.

— Ela tinha cabelo rosa.

— Tinha!

— Sempre planejei pintar o cabelo de rosa depois daquilo.

— Pinta — falei.

— Pode ser que eu pinte — respondeu Emma.

— Está tudo bem — disse Marnie, voltando à conversa. — Eu o conheço, afinal. Ele trabalha na sala de correspondência do escritório do Charles. A crise foi evitada. Vou dar uma olhada nos perus. Você não ia tirar umas fotos?

Havia uma tristeza naquele dia. Emanava das duas fotografias em porta-retratos no consolo da lareira, lado a lado, fotos da lua de mel. Estava na bola de madeira pendurada na árvore com o entalhe de "Nosso primeiro Natal casados". Acho que eles deviam ter ganhado de presente de casamento. Como alguém saberia na ocasião que o casamento não duraria nem um ano? Havia uma tristeza nos fantasmas ao lado de todos nós: ao lado de Marnie e de mim e ao lado dos outros convidados, errantes e vagantes, todos levando seus amores perdidos junto de si.

Mas também houve alegria naquele dia. Muita. Assim, segui a instrução e ignorei todas as coisas que não podiam ser revolvidas e me concentrei na comida e na conversa e nos jogos daquela tarde, um bando de estranhos gritando respostas e comemorando com a equipe. Ganhei nos enigmas, se é que era possível ganhar. E perdi nas palavras cruzadas. Ian fez três palavras de oito letras e ganhou bem mais de quinhentos pontos. Emma e eu vencemos Jenna e Isobel na canastra.

Às sete horas, a maioria dos convidados já tinha ido embora, e Marnie tinha abandonado o avental e estava sentada no sofá, o braço sobre a barriguinha.

— Posso...

— Só uma rapidinha? — disse Marnie.

Nossa amizade foi construída em torno de "só uma arrumada rapidinha". No primeiro ano do fundamental II, nosso primeiro ano de amizade, nossa professora principal, a sra. Carlisle, era fanática por arrumação e limpeza. Ao pensar nisso agora, fica claro que ela sofria de transtorno obsessivo-compulsivo extremo. Na época, achávamos apenas que ela tinha mania de arrumação, mas, como sempre, a verdade nunca fica evidente na hora.

Na maioria das manhãs, às vezes mais de uma vez, ela insistia que a turma toda participasse de "só uma arrumada rapidinha". Isso significava pendurar casacos e suéteres nos ganchos do fundo da sala, arrumar as mochilas embaixo dos assentos, os livros em cima das carteiras, prender os rabos de cavalo que tinham se soltado, nada de elásticos de cabelo nos pulsos, nada de golas emboladas, nada de cadarços desamarrados, nada de mangas dobradas, e uma lista infinita de pequenas exigências.

Nós sempre obedecíamos, mas essa se tornou uma frase feita, uma piada que definia nossa amizade, uma das primeiras coisas que compartilhávamos e que os outros, como nossos pais, irmãos, outros alunos de turmas diferentes e as pessoas de outras escolas, não conseguiam entender.

Marnie e Emma viram dois filmes natalinos, do começo ao fim, tão à vontade uma com a outra quanto ficavam quando crianças, e eu andei pelo apartamento, abastecendo a lava-louças, limpando pratos e copos e superfícies, até que a ordem foi restaurada, e pude me acomodar embaixo do cobertor com elas. Lembro que o apartamento pareceu barulhento apesar do silêncio. Havia um zumbido da lava-louças e um pinga-pinga em algum lugar nas paredes. Corria pelo rodapé e escada acima, e eu aumentei o volume da televisão, para esconder tudo.

Quando a sequência de abertura do terceiro filme iluminou as paredes da sala, senti meu celular vibrar na coxa. Peguei-o. Não sei bem o que estava esperando, mas acho que me perguntei se não podia ser uma mensagem inesperada do meu pai. Mas encontrei um e-mail de Valerie Sands.

O assunto dizia: POR FAVOR, LEIA. NÃO APAGUE.

Fiquei desconfiada, mas também intrigada. Não havíamos tido notícia de Valerie, nem uma palavra desde que ela publicara o segundo artigo. Minha ansiedade inicial diminuiu nesse período. Interpretei o silêncio como sinal de que ela tinha terminado. Mas ali estava ela, na noite do dia mais íntimo do ano, um dia de família e amigos, de lar e felicidade, enviando um e-mail para uma pessoa que ela mal conhecia.

Eu tinha parado de segui-la on-line com regularidade e só de vez em quando acompanhava os passos dela e mapeava mentalmente seus dias. Eu tinha visto que ela compareceu mas não se apresentou em um show organizado pelo estúdio de dança onde ela agora fazia aulas pelo menos duas vezes na semana. E que ela tinha escrito alguns artigos festivos para o jornal: quando o rinque de patinação alagou, quando as luzes da rua comercial foram acesas por uma celebridade totalmente esquecível e uma coisa meio profunda sobre situação de rua e solidão. Mas eu não acompanhava o caminho dela pela cidade todos os dias nem pesquisava mais cada local marcado. Parecia que, apesar da minha indolência, ela continuou comprometida conosco.

Abri o e-mail e escondi o brilho da tela embaixo do cobertor. Ela disse que sabia que o primeiro artigo não era totalmente preciso; que, assim que se encontrou com Marnie, ficou dolorosamente aparente, e bem rápido, que ela tinha interpretado mal suas desconfianças. Ela disse que não cometeria mais o mesmo erro e me desejou um feliz Natal. "Mas também não acho que sua história, sua versão dos eventos, seja totalmente precisa." Ela disse que havia peças do quebra-cabeça faltando, claro, mas que ela tinha descoberto o suficiente para saber que havia mais, mais coisas escondidas, mais coisas que precisavam ser ditas. Porque, ela disse, e estava prometendo, ela acabaria encontrando as respostas.

Apaguei o e-mail e enfiei o celular no vão entre duas almofadas do sofá. Eu estava sentindo de novo: o medo sufocante, um pânico se reacendendo em mim.

Mas Marnie deu um pulo, o cobertor escorregando dos ombros e a mão voando até a barriga.

— Senti alguma coisa — disse ela. — Acho que senti alguma coisa.

— Sentiu o quê? — perguntou Emma. — O que você sentiu?

— Não sei. O bebê? Tipo uma borboleta. Uma borboleta na minha barriga.

— Deixa eu ver — disse Emma, afastando a mão de Marnie e colocando a dela no lugar. — Não estou sentindo. Não estou sentindo nada.

— Bom, já parou.

— Ah — disse Emma, decepcionada, puxando a mão de volta. — Bom, me avisa mais rápido da próxima vez, pra eu poder sentir também.

Eu veria nos meses seguintes a barriga crescendo e crescendo, inchando e se esticando embaixo da pele de Marnie, até ficar projetada à sua frente como uma bola enfiada embaixo da blusa. Eu a vi mudar como o avanço rápido de um desenho quadro a quadro, centímetro a centímetro, semana a semana, enquanto retomávamos nossa antiga rotina, jantares no fim de cada semana. Era meio bonito e definitivamente estranho ver aquela mulher, que conheci quando menina, evoluir e virar mãe. Em cada estágio dessa evolução, eu a protegi. No começo, dos pais dela, depois, dos namorados, por fim, do chefe. E, mais tarde, de um marido desprezível.

E sempre, mesmo agora, da verdade.

Emma e eu passamos aquela noite lá. Dividimos a cama, e pareceu que éramos crianças em um trailer na costa de novo. No café da manhã, Emma perguntou sobre Valerie, e Marnie explicou que elas se encontraram só aquela vez e que ela sem querer levou ao segundo artigo, que tinha sido culpa dela e que eu estava certa: precisávamos ser pacientes. Pedi licença, com a desculpa de tirar o lençol da cama, porque, sob os efeitos da ressaca, não aguentava aquela conversa. E, quando fomos embora, Emma olhou para o tapete no pé da escada e disse "Ah, olha. Foi aqui que ela deixou seu marido morrer" e revirou os olhos. O humor dela era inquietantemente sombrio, perverso e desinibido, mas Marnie riu, liberada pela franqueza. E eu também tentei sorrir, para fazer parte da brincadeira.

Mas eu sabia que tudo ainda podia desmoronar, que a verdade podia me encontrar. Estava próxima, sempre rondando, nunca totalmente no passado.

28

As manhãs eram escuras, e os fins de tarde eram escuros, e as noites eram mais escuras ainda. Estava frio a ponto de nevar, o céu em um tom branco sujo. As árvores não tinham folhas, só galhos que ameaçavam quebrar, e o ar estava frio e cortante. Minha pele estava tão seca que coçava o tempo todo, soltando flocos na roupa de cama e nas toalhas e nas roupas quando eu me despia no fim de cada dia.

Eu estava trabalhando muitas horas desde o começo do mês, cobrindo as férias dos pais que só podiam voltar no meio de janeiro, quando os filhos voltassem para a escola. E dos integrantes mais antigos da equipe, que só voltariam no fim do mês, porque o começo do ano era a época perfeita para o Caribe e boa parte do Extremo Oriente.

Todas as manhãs, quando chegava à mesa, eu relia o e-mail de Valerie e, em pensamento, tentava elaborar uma resposta. Eu brincava com as palavras, preparava uma versão educada que a encorajasse a recuar e procurar outra história, e uma cruel e furiosa que a desafiasse, e, às vezes, só no sussurro mais baixo, uma que confessava. Mas o dia de trabalho começava, e eu me distraía deliberadamente com assuntos mais fáceis de serem resolvidos.

Parece ridículo, eu sei, mas eu tinha a sensação de que ela estava me observando. Eu às vezes a via, ou pelo menos achava que via: do lado de fora do meu apartamento; no meu escritório; às vezes pelas janelas de plástico do metrô, na plataforma ou no vagão seguinte. Eu via mulheres de cabelo curto em toda parte e sempre apertava os olhos, para procurar uma tatuagem preta nas suas nucas.

Eu me vi repassando a morte dele em pensamento. Não me prendi a sentimentos (a adrenalina, a expectativa, o alívio), mas, em vez disso, de forma mais pragmática, me prendi às pistas que ela poderia encontrar um dia. Não havia impressões digitais. Não havia testemunhas. Não havia desconfiança vinda de nenhum outro lugar. Não havia nem mais corpo, só um esqueleto se decompondo a sete palmos da terra.

Eu oscilava entre a confiança total (não havia nada a ser descoberto; ela acabaria desistindo) e o pânico extraordinário. Mas tenho que admitir que meu medo estava crescendo. Fiquei convencida de que ela encontraria o único fio solto que revelaria meu envolvimento.

Respondi ao e-mail dela no fim do mês. Era uma sexta-feira. Eu deveria estar visitando Marnie, mas ela me ligou na segunda e disse que tinha sido convidada para a inauguração de um novo restaurante e me perguntou se podíamos interromper nossos planos só por uma semana. Fiquei até mais tarde à mesa de trabalho e, quando o expediente terminou (quando cumpri até tarefas que estavam há meses na minha lista de coisas a fazer), eu respondi ao e-mail dela.

"Me desculpe por ter demorado tanto tempo para responder. Mas obrigada pelo pedido de desculpas."

O que você acha? Foi bajulador demais? Eu queria que ela gostasse de mim.

"Estou preocupada de você ter ficado obcecada por nós, e nós não valemos seu tempo."

Obviamente, a fascinação dela era mais do que acadêmica.

"Não há mais nada a descobrir. Meu marido morreu em um acidente trágico. O mesmo aconteceu com Charles, que — como você já sabe — era o marido da minha melhor amiga. Foi arrasador e uma coincidência horrível, mas só isso. Espero que este e-mail nem seja mais necessário."

Eu não esperava.

"Sei que suas investigações te levaram a essa conclusão. Talvez nem valha a pena eu dizer isso, mas eu ficaria muito agradecida se você parasse de nos investigar e parasse de escrever sobre nós, porque nós duas precisamos encontrar um jeito de seguir em frente."

Ela respondeu segundos depois.

"Vamos nos encontrar", dizia a mensagem.

"Não, obrigada", respondi.

"Tenho uma coisa que você vai querer ver."

"Acho improvável", respondi. "Mas me diga o que é e te digo se vou querer ver."

Olhei ao redor, para o escritório vazio. Eram quase nove horas, e todo mundo tinha ido embora horas antes. Sacudi o celular levemente, como se pudesse soltar a mensagem seguinte. Mas minha caixa de entrada continuava vazia. Passei o polegar pela tela, atualizando os e-mails sem parar. Deixei-o ligado na bancada da cozinha do escritório e lavei minha caneca na pia. Fiquei com ele na mão enquanto desligava o computador. Desliguei-o e liguei de novo depois de vestir o casaco, como se alguma coisa pudesse ter acontecido naquele intervalo de tempo. Mantive-o na frente do rosto enquanto saía do prédio e ia na direção da estação.

À noite, me deitei na cama, com ele ao meu lado, no travesseiro, o volume no máximo. Levei um susto a cada nova mensagem: a atualização automática das reclamações que chegaram à noite, e-mails de vendedores que conseguiram meus dados sem meu consentimento, uma atualização de viagem genérica com informações sobre o dia seguinte.

Mas nada de Valerie.

Eu esperei e esperei, mas devia ter adormecido, porque momentos depois o alarme do celular tocou; era hora de me levantar e visitar minha mãe. Fiz como sempre fiz: fui ao banheiro, tomei um banho, me arrumei. E, claro, foi nessa hora que a mensagem chegou.

Encontrei-a quando voltei para o quarto dez minutos depois, uma toalha enrolada no peito e outra no cabelo. Tentei manter a cabeça firme enquanto lia.

"Aconteceu alguma coisa uma semana antes", escreveu ela. "Não sei o quê. Mas suas vizinhas (elas parecem ser garotas divertidas) estavam saindo depois da meia-noite e viram você chegar. Elas disseram que você estava encharcada e que parecia estar chorando. Não é segredo que você ia visitar Marnie e Charles todas as sextas. Elas disseram que você costumava voltar às onze. O que aconteceu naquela semana?"

— Nada — falei em voz alta. — Merda.

Eu sabia que tinha que responder, porque meu silêncio poderia ser mal interpretado. Mas não sabia o que escrever. Porque não podia admitir a discussão sem me dar um motivo. E não foi só o conteúdo da mensagem que me assustou, mas os meios que ela usou para obter a informação, sua suposta prova. Ela entrou no meu prédio. Esteve em frente ao meu apartamento. Falou com as minhas vizinhas.

Eu me sentei na cama, e a toalha na minha cabeça caiu, e o cabelo pingou nas minhas costas. A água estava gelada.

"Chorando?", escrevi. "Não. Mas estava mesmo encharcada, e pode ter parecido assim. Vim andando para casa naquela noite. Foi por isso que cheguei mais tarde e mais molhada do que o habitual. Não há nada além disso."

Apertei o botão de enviar.

Você não deveria me encarar, sabe. É falta de educação. E você não sabe que algumas pessoas gostam de andar na chuva? Elas acham que é refrescante. É revigorante, de certa forma, estar próxima assim da natureza.

Ela não respondeu.

Reli as mensagens do dia anterior e cliquei no link indicado na parte da assinatura dela. Fui parar direto no site. E lá, novamente em letras maiúsculas e vermelhas, havia as seguintes palavras:

TENHAM PACIÊNCIA. HÁ MAIS POR VIR.

29

Fevereiro chegou e acabou, e não tive notícias de Valerie, não houve atualizações no site. Eu ainda estava trabalhando em todas as horas em que houvesse luz do dia e, mesmo quando os relógios foram adiantados, não vi o sol. Não vi quase ninguém naquele mês além de Marnie. Ela cozinhava para mim, como sempre tinha feito, e falava sobre a gravidez: como era fisicamente (o alongamento e as dores e os esforços) e emocionalmente (o peso de ser responsável por outra vida).

— É tão estranho estar aqui sem ele — dizia ela cada vez que nos víamos. — Sinto-o neste prédio. Sinto o cheiro dele às vezes: a loção pós-barba e um aroma bem masculino e meio úmido que sempre me faz pensar nele.

Ela também dizia:

— Mas é importante me concentrar no futuro.

Ela me contava sobre as novas oportunidades: que tinha ganhado pratos infantis com bases que grudavam na mesa e estava pensando em dedicar uma parte do site a receitas para crianças.

— Não posso simplesmente ficar marinando na dor — disse ela mais de uma vez. — Tenho que construir uma vida pra mim e pro bebê.

Muitas vezes, ela falava sobre os anos à frente e o que viria em seguida e como a vida dela poderia ser sem ele. E às vezes parecia que ela esquecia de me incluir. Eu sentia como se fosse minha responsabilidade me reinserir na história.

— Eu poderia vir morar aqui por um tempo — falei.

— Ah, que gentileza — respondeu ela. — Mas acho que não vai ser necessário.

— Posso vir aqui o tempo todo. Vou ajudar como puder.

— Claro. Mas acho que talvez a gente precise de paz e sossego nas primeiras semanas.

Eu tinha certeza de que ela mudaria de ideia. Eu já tinha ansiado por uma vida com filhos e sabia, na época, que, de qualquer jeito, ela ainda seria uma peça central. Eu nos via juntas em cafés e andando pelo parque com um carrinho e passando o bebê de uma para a outra. Eu tinha certeza de que ela precisaria de mim. Porque todo mundo diz que pode ser exaustivo cuidar de um recém-nascido e que é preciso uma comunidade e como é essencial ter amigos e família por perto.

Não passou pela minha cabeça que eu podia não ser o tipo de amiga para esse próximo estágio da vida dela.

Eu estava ocupada no trabalho. Recrutei cinco pessoas novas, duas mulheres e três homens. O negócio estava crescendo exponencialmente, com mais e mais pedidos a cada semana, novos vendedores adotando nossa plataforma e uma sensação permanente de pânico quando nossos sistemas, nossa equipe, nossa organização toda se mostraram imaturos demais para lidar com um passo desses.

Eu ficava na ponta de uma mesa na Unidade de Atendimento ao Cliente. Minha mesa era chamada de "Zadie". Aparentemente, nomes de mulheres deixavam as pessoas mais à vontade, mais tranquilas, e cada estação de trabalho no prédio, desde as plataformas de carga até os escritórios no oitavo andar, tinha igualmente nomes femininos. Curiosamente, não havia nenhuma Jane. Acho que o CEO preferia nomes infantis e mais femininos, nomes que terminassem em "y" ou "ie".

Meus novos funcionários se sentavam em bancos, dos dois lados de Zadie. As duas mulheres estavam na casa dos cinquenta, ambas recentemente divorciadas e precisando desesperadamente de um salário regular. Havia dois homens jovens, recém-formados, querendo ganhar uma renda rápida, a fim de incrementar suas carteiras, para que pudessem viajar pelo mundo: surfar e mergulhar e esquiar e seduzir meninas ingênuas de dezoito anos de vez em quando. O homem mais velho tinha quarenta e poucos. O nome dele era Peter. Ele tinha trabalhado em um banco por mais de uma década e recebia um salário de seis dígitos com bônus equivalente. Até dois anos antes. Ele estava sentado à mesa em um escritório de canto espaçoso, em um prédio de tijolos vermelhos, no centro, quando seu coração começou a acelerar mais e mais, até parecer que explodiria dentro do peito. Ele sentiu os pulmões se encherem de água, o coração pulsando e batendo e trovejando na caixa torácica, os olhos inchando nas órbitas. Ele segurou o peito, e a respiração foi ficando cada vez mais rasa, até ele perder a consciência.

Depois de uma série de exames e testes, disseram que ele estava bem, que não havia nada clinicamente errado, que ele estava em boas condições. Ele voltou ao trabalho no dia seguinte, e, naquela tarde, seu coração explodiu de novo. E, no dia seguinte, a mesma coisa aconteceu. E no seguinte. Até que Peter parou de trabalhar e ficou em casa. Seu médico diagnosticou estresse ("como se fosse uma doença", disse ele na entrevista, "assim como um estado mental") e lhe deu um atestado, o que pôs um fim aos ataques de pânico. Mas contribuiu para uma depressão profunda e ampla.

Ele foi tão sincero. Disse que os meses se prolongaram até chegarem a um ano, quando ele finalmente encontrou coragem de ir a doze sessões de terapia em uma salinha, numa casa com terraço, no subúrbio. Ele tentou se concentrar no papel de parede berrante e nos pássaros azuis desenhados à mão, congelados em um momento, ou no gemido da poltrona de couro embaixo dele, ou nos pelos finos e grisalhos no lábio superior da terapeuta, nos brincos pendurados que roçavam no alto dos ombros. Mas ela foi mais esperta, e, meio que a contragosto, ele se viu revelando a verdade: os segredos que estavam guardados no fundo dele havia décadas e o que ele realmente sentia pelas coisas e pelas pessoas e pela vida (mesmo quando seus pensamentos não eram pensamentos que se devia ter sobre as coisas e as pessoas e a vida).

Fui atraída para ele imediata e instintivamente. Ele tinha todas as habilidades certas — como falar com os clientes e inserir dados — e disse que queria começar de baixo mesmo e trabalhar para subir pela escada corporativa de forma mais comedida. Ele se responsabilizava por cada erro de uma forma que era muito incomum. E, além de ser honesto consigo mesmo, ele também era honesto comigo, uma estranha, sim, mas sua entrevistadora também. Achei impossível de entender. Por que ele escolheria a honestidade?

Na época, eu não teria como prever este momento: eu contando as verdades, revelando minhas mentiras.

Peter era meu favorito dos cinco funcionários novos. Também era o mais competente. Tinha um talento natural para resolver problemas. Os clientes pareciam gostar dele. E os computadores também gostavam dele, o que costumava ser a parte mais desafiadora. Quando ele estava por perto, eu ficava mais feliz, melhor no trabalho, mais eficiente e motivada e confiante. Fiquei feliz de tê-lo contratado.

No último dia de março, apenas seis semanas depois que meus novos recrutas começaram, cheguei ao escritório depois das oito, abri minha caixa de entrada e dei de cara com um e-mail do meu chefe, enviado às sete e meia, me pedindo para ir ao escritório dele imediatamente, porque havia uma coisa que precisávamos discutir e que era importante.

Eu me virei, voltei para o elevador e entrei junto com várias outras pessoas a caminho dos andares mais altos, todas de terninhos e paletós risca de giz. Meus tênis gemiam no piso polido. Quando as pessoas saíram, nos andares cinco, seis e sete, vi-as olhando para mim, se perguntando o que eu estava fazendo a caminho do oitavo andar. Provavelmente elas também achavam que eu estava prestes a ser demitida.

Meu chefe tinha um escritório com vista para a cidade, um janelão enorme de um lado da sala ao outro. Ele estava sentado à escrivaninha. A gravata estava desfeita no pescoço, e ele tinha olheiras, a pele escura e flácida, como se o calor tivesse sido sugado dele. A porta estava aberta, mas bati abaixo da placa com o nome dele mesmo assim. Duncan Brin. Diretor de Atendimento ao Cliente.

Ele levou um susto e olhou para a frente.

— Jane. Entre. Sente-se. Quer alguma coisa? Café?

Balancei a cabeça negativamente.

— Você chegou cedo. Não que eu esteja surpreso. Tenho ouvido muitas coisas boas sobre você.

Senti os ombros relaxarem, meu estômago se desembrulhar, e afundei na poltrona baixa demais, que era, na verdade, uma cadeira comum de escritório disfarçada de algo mais elegante e que girava inesperadamente no eixo. Firmei os pés no chão, para ficar parada.

— Na verdade, não só tenho ouvido coisas boas, mas tenho visto pessoalmente o resultado dessas coisas boas. Sabe de que estou falando? Acho que sabe. Nossas ligações aumentaram, você sabe disso, mas nossos clientes também, e que bom para nós, então nem é surpresa. Não há muito a ser feito nessa área. Mas o que podemos fazer e o que você está fazendo é diminuir a porcentagem de clientes que ligam uma segunda vez para reclamar de novo porque não ficaram felizes com a resposta inicial. E, mais do que isso, os processos que você está executando com base nos dados coletados pela sua equipe estão reduzindo drasticamente o número de clientes que entram em contato conosco. Comparando o número geral de pedidos, recebemos um terço a menos de ligações no primeiro trimestre deste ano em comparação ao primeiro trimestre do anterior. É uma coisa e tanto, não é? E essa é a sua equipe. Seu trabalho. Seus recrutas. E queríamos reconhecer isso. Não fique com essa cara de assustada. A notícia é boa. Queremos promover você.

Ele enfiou a mão na gaveta e empurrou um envelope pela mesa. Tinha meu nome digitado na frente com letras de fôrma pequenas.

— Tem mais detalhes aí, mas a essência é que gostaríamos que você fosse nossa gerente sênior de Atendimento ao Cliente. Queremos você na estratégia. Trabalhando nos números. Queremos que você continue fazendo o que está fazendo, treinando aquela equipe! E fazendo mais ainda. Você consegue?

Assenti. Quase não houve espaço para eu falar, e eu não sabia o que teria dito se houvesse.

— Bom, pegue isso, veja se fica feliz, assine e envie de volta ao RH. Começa imediatamente. Parabéns, Jane. É assim que se faz. É o que estamos procurando. Agora vamos ao trabalho. Tem muito mais coisa a ser feita lá embaixo.

Não vou fingir que esse encontro foi qualquer outra coisa além de ridículo. Duncan Brin era um homem estranho, no máximo. Só falava através de frases curtas, muitas vezes gritando, e tinha um conjunto bizarro de gestos que acompanhavam cada palavra. Mas, por mais estranho que fosse, também era meio legal.

Ali era um lugar onde eu tinha importância. Um lugar onde meus esforços eram reconhecidos. Eu significava alguma coisa para alguém. Voltei à minha mesa e contei à minha equipe, e Peter saiu para almoçar e voltou com um saco de papel pardo da padaria.

— É um bolinho comemorativo — disse ele. — Pra você. De parabéns.

30

Eu queria que o dia tivesse terminado aí. Mas não terminou.

Peter e eu ficamos no escritório até mais tarde. Eu estava trabalhando em um sistema novo de software havia meses, e, em poucas semanas, iríamos implantá-lo. Os outros quatro se retiraram entre cinco e seis horas, voltaram correndo para os pais ou filhos, para ver amigos no bar ou assistir ao último jogo do campeonato. Mas não tinha alguém esperando Peter em casa; a esposa o largara em algum momento em meio à depressão. Também não tinha alguém me esperando.

— Você é uma tola — disse Peter, levantando a cabeça acima do monitor.

— Como? — respondi, achando que tinha ouvido errado.

— Você é uma tola, Jane — repetiu ele.

Fiquei chocada, mas não de uma forma desagradável. Eu não duvidava que era uma tola, e de muitas formas. Eu tinha certeza de que Peter era um homem sábio e fiquei ansiosa para ouvir o que ele tinha a dizer. Eu queria que me distraíssem.

Ele sorriu e indicou o grande relógio branco pendurado acima da porta. Tinha acabado de passar da meia-noite.

— Entendeu?

Balancei a cabeça.

— Primeiro de abril. — Ele sorriu, e fiquei decepcionada e também me senti boba por ficar decepcionada e também meio encantada pelo humor ridículo dele.

— Ah, que ótimo — falei. — Se bem que o mesmo pode ser dito de você. Nós dois estamos aqui até tarde quando deve haver alguma coisa por aí que a gente possa fazer.

Nós nos encaramos por um momento, e foi bom. Em meio a toda a merda que parecia estar flutuando na superfície, aquilo foi uma coisa boa. Pela primeira vez em muito tempo, eu estava sendo reconhecida pela minha contribuição, e, mais do que isso, ali havia alguém que gostava tanto de mim a ponto de brincar comigo. Achei que talvez o verão não fosse ser tão ruim naquele ano; que talvez eu ficasse alegre, vibrante e feliz. Mas não durou muito. Você não sabe que nunca dura?

Porque meu telefone tocou, e nós dois nos sentamos eretos, sobressaltados não só pelo barulho, mas pelo som alarmante, a melodia aguda, alegre e estridente demais para o meio da noite.

— É melhor eu atender — falei, levando o telefone ao rosto. — Alô.

— Estou tentando falar com a sra. Jane Black. — A voz da mulher estava meio cortada, o sotaque, elegante, e o tom, formal. — Mas já foi... Bom, falei com muitas pessoas que não são a sra. Jane Black. Agora...? Você...?

— Sou Jane — falei. Eu me virei na cadeira, para não ficar mais de frente para Peter. — Você está falando com a pessoa certa agora. Desculpe. — E acrescentei com uma voz parecida com a dela: — Pela inconveniência.

— Meu nome é Lillian Brown. Sou enfermeira. Estou ligando do Hospital St. Thomas. Diz aqui que você é a parente mais próxima de... — A pausa de quando ela inclinou a cabeça para verificar as anotações pareceu eterna, o movimento de páginas e o ruído do dedo dela no papel, procurando o nome certo. — De uma sra. Emma Baxter. Isso está correto?

Fiquei sem ar de repente.

— Sim, sou irmã dela. O que houve? Ela...? O que houve?

— Ela desmaiou. Está bem, considerando as circunstâncias, mas temos algumas preocupações. Será que você pode vir fazer uma visita? Ela acabou de chegar. Infelizmente, não estamos em posição de dar alta para ela. Mas ela está insistindo que não vai ficar.

— Estou a caminho. Levo meia hora. Pode avisar a ela que estou indo?

— Obrigada, sra. Black. Eu agradeço.

A linha ficou muda.

— Tenho que ir — falei para Peter.

Eu tinha que ser a última a sair, a apagar as luzes, mas não tinha tempo para esperar que ele desligasse o computador e fosse ao banheiro e lavasse a caneca na pia.

Olhei para o teto.

— Você pode apagar? Quando sair?

— Claro — respondeu ele. — Espero que esteja tudo bem.

Assenti e peguei o casaco nas costas da cadeira.

— Obrigada — respondi.

O hospital estava silencioso. As paredes brancas e os ladrilhos do chão e o cheiro reconhecível de desinfetante provocavam um efeito-biblioteca, e todos andávamos pelos corredores em silêncio, só o barulho dos sapatos e das mangas dos casacos junto ao corpo.

Perguntei na recepção, quase sussurrando, e fui direcionada a uma ala de avaliação, no terceiro andar. Segui as placas e, para me distrair da realidade da minha presença ali, me concentrei nas fotografias de crianças com câncer sorrindo e de mulheres idosas acenando e de mães segurando seus recém-nascidos.

Eu tinha visitado Emma em vários hospitais, mas, por cinco anos, ela ficou beirando um estado que quase podia ser definido como "bem". Entrei na ala, e a enfermeira da recepção estava no telefone, cancelando uma transferência para a manhã seguinte, porque o paciente tinha sido levado inesperadamente para uma cirurgia emergencial e não sairia tão cedo.

Parei e fiquei esperando que ela terminasse, mas, ao mesmo tempo, ansiosa para que a conversa dela continuasse, a fim de adiar o que viria inevitavelmente em seguida.

— Sua vez, amor — disse ela um tempo depois. — Quem você veio ver?

— Minha irmã. Emma Baxter.

— Quarto dois — respondeu ela. — Entrando por aquela porta.

— Obrigada — falei, mas ela já tinha se voltado para o computador e para a pilha de papéis ao lado.

No quarto dois, tinha seis leitos e cinco pacientes. Havia um fluxo regular de ruídos: roncos baixos e bipes intermitentes e o murmúrio baixo de uma televisão. Duas mulheres idosas dormiam com os edredons puxados até o queixo e a roupa de cama enfiada embaixo dos corpos frágeis. Havia uma mulher mais jovem, com trinta e poucos ou quarenta anos, com a perna erguida acima da cama, pendurada, e a tela do celular pré-pago posicionada diretamente à frente. Um dos leitos estava vazio, sem lençol, cadeira e carrinho. Outra estava escondida, com chiados baixos vindos de trás de uma cortina azul fina, e, em posição diagonalmente oposta, perto da janela, estava minha irmãzinha.

Ela não reparou em mim imediatamente. Estava no celular, a luz lançando um brilho azul esbranquiçado em seu rosto, que lhe destacava a estrutura óssea: os olhos grandes demais em poças fundas, as bochechas afundadas, os tendões que se projetavam no pescoço. Os dedos, segurando o celular, pareciam longos demais, as juntas, bulbosas, os ossos dos pulsos empurrando a pele.

Expirei lentamente, e meu estômago roncou quando o nó apertado ali tentou se desfazer.

Emma olhou para mim e sorriu.

— Você veio — disse ela. E colocou o celular na mesa.

— Claro que vim — respondi, puxando uma cadeira de jantar de madeira para perto da cama. — O que houve?

— Eu desmaiei — disse ela, e devo ter revirado os olhos ou erguido as sobrancelhas, porque ela franziu a testa e ficou na defensiva. — É sério — insistiu ela. — Não foi nada mais do que isso. Todos estão exagerando. E aquela enfermeira. Brown, eu acho. Foi ela que te ligou? Ela não para de me encher o saco.

— Ela deve ser boa no que faz.

— Se fosse, já teria me mandado para casa.

— Alguém chamou uma ambulância?

— Sim.

— Então deve ter sido mais do que um desmaio. Senão você estaria bem quando os paramédicos chegaram.

— Ah, Jane, para. Não faz isso.

— Estão preocupados com você. Senão você não estaria mais aqui.

— Não precisam ficar — respondeu Emma.

Suspirei e botei a mão sobre a dela, desejando que ela confiasse em mim, que compartilhasse a verdade e fosse tão confiante e aberta quanto Peter tinha sido algumas semanas antes.

— Com que estão preocupados? — perguntei.

— Com meu coração — respondeu ela. Ela afastou o olhar, constrangida, e senti vontade de tomá-la nos braços e prometer que tudo ficaria bem e de dizer que ela não precisava se esconder de mim porque eu entendia que nem todos nós nos tornávamos as pessoas que queríamos ser.

— Está tudo bem — sussurrei. — Vamos dar um jeito nisso.

Quando ela me olhou, seus olhos estavam cheios de lágrimas.

— Acho que não. Eu nunca vou ser — ela contraiu o rosto, quase repugnada — saudável.

— Mas...

— Não — continuou ela. — Nunca serei assim. Não sou essa pessoa há mais de uma década. — Ela se moveu embaixo da coberta e virou a cabeça para a janela. — Isso vai me matar. Você sabe, e eu sei. É o único fim possível.

— Pare, Emma. Pare com isso. Não é verdade. Tem jeitos de sobreviver. Você sabe melhor do que qualquer um. Olhe pra você; é o que você faz o tempo todo.

— E, apesar de eu saber que podia ser verdade, que era para algumas pessoas, eu sabia que nunca seria verdade para Emma. Ela estava certa: eu sabia havia anos.

Emma sempre foi invencível, mas, em determinado ponto, ficou claro que ela também estava destruída e que nem o seu melhor seria suficiente. Ela começou a existir em um espaço periférico habitado só pelos doentes, inacessível a todo mundo. Vivia com uma contagem regressiva nas profundezas da mente, medindo o quanto ela ainda era capaz de resistir. E nós todos sabíamos que a sua vontade de lutar estava diminuindo.

— Você consegue — insisti. — Você é forte.

— Sou — respondeu ela. — Mas também sou doente. Uma coisa não exclui a outra. Não vou desistir e não sou menos corajosa por saber que o fim é um lugar real.

— Eu sei — falei. — Sei de tudo isso. É que...

— Estou piorando — disse ela. — Dá pra ver, não dá? Vejo no seu rosto quando você me olha. Não estou mais no controle; já tomou conta de mim completamente.

— Podemos encontrar um novo estado normal — falei, e olho para o passado agora e sei que foi uma espécie de súplica.

— Você não entende. E não é sua culpa; eu não desejaria que pudesse entender. Mas manda em mim. É tudo que sou.

— Isso não é verdade. Você é muito mais do que isso.

E as lágrimas encheram os cantos dos seus olhos, e imaginei que ela devia estar terrivelmente triste, mas talvez só estivesse muito frustrada, exausta pela miríade de pessoas incapazes de entendê-la e de compreender a doença que ela mesma não conseguia dominar.

— Não — respondeu ela. — Você queria isso, mas não sou. Talvez já tenha sido. Talvez. Mas não mais. Lembra como você ficou quando conheceu Jonathan?

— Emma...

— Não. Pare. Me deixe terminar. Lembra? Eu lembro. Você ficou vidrada nele. Ele estava em tudo que você dizia e fazia e provavelmente em todos os seus pensamentos. Isso é assim. É como estar apaixonada. Consome completamente. Não dá pra parar. É isso que sou.

— Não. O que você está descrevendo é horrível, é triste. O amor é maravilhoso, Em. Você vai ver. Um dia você vai ver.

Ela riu, e eu tive vontade de chorar.

— Acho que não — disse ela. — Acho que já passei pelas coisas grandes. Só tem mais uma no fim do caminho pra mim.

Tive vontade de sacudi-la. Tive vontade de arrancá-la da estupidez e de enfiar a mão dentro dela e arrancar o demônio. Eu sabia que não podia salvá-la, mas também sabia que provavelmente pude em algum momento. Sabia que devia ter havido uma forma de parar aquilo antes que os ossos dela ficassem frágeis e os músculos começassem a se desfazer e o coração começasse a parar. Se aquele era o fim de Emma, eu devia ter falhado em algum momento do caminho.

Ouvimos passos se aproximando e fizemos silêncio. Uma enfermeira apareceu no pé da cama.

— Sra. Black? Meu nome é Lillian. Nós nos falamos mais cedo. Emma, a papelada está pronta, e você pode ir para casa quando quiser.

— Mas... — comecei.

— Eu mesma me dei alta — disse Emma. — Não tem nada que possam fazer por mim aqui.

Tentei convencê-la a ficar no hospital. Ela recusou. Tentei convencê-la a passar algumas semanas em uma reabilitação. Ela recusou. Tentei convencê-la a morar comigo por um tempo, enquanto ela se recuperava. Ela recusou.

Levei-a para casa de táxi e a coloquei na cama.

Fiquei com medo de ser a última vez que a via, mas eu estava exausta e reagindo com exagero e, o mais importante, enganada.

Eu queria que meu dia tivesse terminado aí, mas não terminou.

Meu celular estava ao meu lado no travesseiro, para o caso de ela precisar de mim à noite. Eu estava quase dormindo, a mente se enevoando com pensamentos que não eram exatamente conscientes, quando o aparelho vibrou. Minha mão pulou na mesma hora, atraída como um ímã.

Não estava tocando, as vibrações pararam rápido. Mas havia um círculo vermelho suspenso acima do ícone de e-mail. Abri a caixa, e ali estava o nome dela: Valerie Sands.

"Você ficou no apartamento deles durante uma semana", dizia sua mensagem.

Ela não tinha escrito mais nada, só essa frase, e me sentei e empurrei o travesseiro para trás, a fim de tentar entender o significado.

Ela estava certa, claro. Ela quase sempre estava certa.

Charles tinha me pedido para molhar as plantas enquanto eles estivessem viajando, e eu fiz isso. Só que fiquei lá sem convite, morando na casa deles por quase uma semana.

O quanto disso ela já sabia?

E o que ia fazer com essa informação?

Aqui estava a coisa que penetrava lentamente, que começava a fazer sentido. Meu medo só se manifestava quando minha amizade se sentia ameaçada. Eu ficava menos perturbada pela possibilidade da polícia e da prisão, porque não havia corpo, não havia motivo, não havia por que duvidar dos relatórios já escritos. Mas eu estava ficando cada vez mais ciente de que, se puxados, os pequenos fiapos que se projetavam das minhas mentiras destruiriam minha amizade com Marnie. Ao que parecia, o problema era que esses eram os fios que mais atraíam Valerie. Ela estava determinada a nos destruir.

A SEXTA MENTIRA

31

Charles estava morto havia mais de seis meses, e eu estava dormindo mal pela primeira vez em vários anos. Quando criança, eu dormia não com facilidade, mas com conforto, muitas vezes depois de ler até tarde, com uma lanterna embaixo do cobertor, mas tive dificuldades na adolescência. Passei longas noites ajeitando o travesseiro e minha posição e enchendo o copo de água, que absorvia rapidamente a densidade de um quarto quente e ficava com um gosto pesado e velho. Sei que dormi melhor com Jonathan ao meu lado.

Era difícil acreditar que uma ação corriqueira foi tão eficiente, que ele morreu de forma tão simples, que a morte foi tão acessível. Eu me vi voltando a isso regularmente, recontando essa história, desenvolvendo meu papel, mas nunca me assustou. Na verdade, era estranhamente reconfortante. Era tranquilizador saber que eu tinha algum controle sobre o rumo da minha própria vida.

E achei de novo que talvez fosse necessário, que eu precisava fazer algo para mantê-lo. Eu não teria como articular isso para você na época, mas tinha a sensação de que estava perdendo o equilíbrio. Houve uma estabilidade temporária, só naqueles poucos meses, mas as coisas estavam começando a parecer irregulares de novo.

Estávamos em meados de abril no dia em que Marnie entrou em trabalho de parto, uma sexta-feira, e eu estava exausta. Eu tinha sido interrompida pelas minhas vizinhas saindo na noite anterior, às onze e meia, com suas risadinhas incessantes, garrafas batendo, o barulho trovejante das vozes tentando falar baixo, e então por elas voltando depois das três da manhã. Fiquei pulando entre sonhos: com Emma, com Marnie, com Charles.

Eu não sonhava com o cadáver de Emma desde a faculdade, quase uma década antes, mas a visão voltou e pareceu mais assustadora, mais gráfica do que antes. Ela penetrava em narrativas com as quais não tinha relação. Eu estava no meio de um sonho de trabalho, de centenas de ligações ao mesmo tempo e sem gente suficiente para atender os telefones, a espera chegando a várias horas, eu sendo chamada para aquele escritório com o janelão no oitavo andar, ou de um daqueles sonhos tradicionais de ansiedade, no qual eu estava nua na frente de uma multidão ou meus dentes estavam caindo. E, de repente, no armário de papéis ou no consultório do dentista, eu encontrava o corpo dela sem vida, jogado num canto, os membros rígidos e os olhos desfocados. E eu acordava ofegando e suando e tremendo nos lençóis frios e molhados.

Não era incomum Charles aparecer inesperadamente nos meus sonhos também. Ele estava lá, sentado a outra escrivaninha no meu escritório, ou no banco do higienista, ou de terno e gravata ou com aquele pijama de listras e o suéter de universidade. Ele raramente participava ou falava comigo diretamente; só ficava lá, presente no canto de um pesadelo, vendo as coisas se desenrolarem. Eu me perguntei se estava assombrada pelas minhas próprias ações, se a presença dele nos meus sonhos sugeria os sintomas iniciais de uma culpa profunda ou de vergonha. Mas a verdade é que nunca me senti incomodada pela companhia dele. Ele simplesmente estava lá, assim como não estava na minha vida real.

Marnie me ligou no meio de um pesadelo. Eu estava presa no espelho do meu guarda-roupa, vendo o corpo de Emma apodrecer entre meus cobertores. Ouvia um cortador de grama rugir em algum lugar lá fora, tremendo sobre a terra, e ele continuou reverberando, o motor rosnando, até eu finalmente abrir os olhos.

Meu celular estava vibrando na mesa de cabeceira ao meu lado. Escorregou até a beirada e caiu no chão, ainda preso ao carregador. Tateei e o encontrei, ainda tocando.

— Alô — falei. Minha voz entalou na garganta e saiu rouca. Tossi para limpar a secreção que se acumulara durante a noite.

— Jane?

Era uma voz de mulher, mas não a reconheci. Havia algo sem ar na voz, algo desesperado.

Meu coração começou a bater mais rápido.

Eu soube na mesma hora que não era Emma. Eu a conhecia bem demais; não era a voz dela, e ela teria preenchido aquele silêncio imediatamente. Mas poderia ser uma amiga dela, outra enfermeira ou alguém da instituição da minha mãe.

— Eu mesma — falei em resposta, de uma maneira desnecessariamente formal.

Houve uma inspiração profunda.

— Só... Um momento. — Um suspiro alto. — Pronto, graças a Deus acabou. Eu...

— Quem é? — interrompi.

— Ah, sou eu — disse a voz. — Desculpe, não ajudei em nada. É Marnie. Jane, sou eu.

Mas não fazia sentido. Nem havia clareado ainda.

— Marnie? O que...? Por que você está ligando? Estamos no meio da noite.

— Não estamos no meio da noite. São quase seis horas. Achei que você estaria acordada.

— O que houve? Aconteceu alguma coisa?

— Olha — disse ela —, não precisa entrar em pânico. É que... Eu acho que talvez as coisas estejam começando. Você sabe, o bebê. E queria saber se você pode vir aqui. Eu queria falar com você antes de você sair para o trabalho. Ainda tem tempo, tenho certeza. Mas estou sentindo umas contrações fortes. Estou acordada desde as três. Elas vêm e vão, como é pra ser mesmo, mas não consegui voltar a dormir. Eu estava esperando pra te ligar e, como falei, achei que você já estaria acordada.

Nós tínhamos morado juntas por anos, tão inseridas nos detalhes dos dias uma da outra que não havia segredos, enganos, coisas desconhecidas. Eu poderia facilmente ter acordado uma manhã e vivido o dia dela: tomado o chá dela, ido à academia dela e usado o gel de banho dela, falado na voz dela, usado as palavras dela. Poderia simplesmente ter sido ela. E ela poderia ter feito o mesmo. Ela conhecia minhas rotinas e hábitos. E sabia que nunca na minha vida eu tinha saído para trabalhar antes das seis da manhã.

— Quando você precisa de mim? — perguntei.

Houve um longo silêncio.

— Devo ir agora? — perguntei. — Posso levar algumas coisas, posso tomar banho na sua casa.

— Sim. Por favor. Se não houver problema.

Ela me disse que me amava, que me amava muito, o que era muito incomum, e, para ser sincera, não era nosso estilo. Nós não tínhamos nem nunca tivemos esse tipo de amizade. Não declaramos amor de uma maneira melosa nem fazemos promessas de eternidade. Talvez esse tenha sido nosso mal. Mas, apesar disso, suas palavras me revelaram que ela estava com muito medo e que realmente precisava de mim.

Gostei do sentimento de ser necessária. E de ser necessária para Marnie, especificamente. Senti que estava voltando pelos fios de uma teia de aranha na direção de onde costumávamos ficar, quando éramos só nós duas e nós éramos amigas e não havia nada que complicasse esse fato simples.

Vesti uma calça jeans e um suéter, tirei o carregador da tomada e o joguei na bolsa de couro. Eu a tinha comprado de presente de Natal para Jonathan no ano anterior à morte dele. Peguei algumas coisas na pilha de roupas limpas que estava numa cadeira, no canto do quarto (calcinha, uma camiseta, uma toalha pequena), e guardei tudo na bolsa. Peguei a nécessaire no banheiro. Guardei a escova de dentes na bolsinha da frente e vários produtos dentro: amostras de xampu e um pente com dentes faltando e uma variedade de absorventes internos em pacotes coloridos de plástico e rímel com uma camada preta em volta da borda. Fechei a nécessaire e joguei na bolsa.

Corri escada abaixo, dois degraus de cada vez, sentindo meu hálito quando a respiração ficou mais rápida, e cheguei à casa da Marnie em menos de meia hora, coberta de suor e com as bochechas rosadas, mas satisfeita de ver o alívio surgir no seu rosto quando ela abriu a porta.

Um homem de terno e gravata estampada passou por nós, o cabelo ainda úmido, com uma pasta na mão. Ele devia ter me visto, vermelha de tanto correr e ofegando pesadamente, e Marnie, muito grávida, parada na porta com um roupão pêssego que ia até as panturrilhas. Ele virou a cabeça para o outro lado rapidamente.

— Bom dia — murmurou ele.

— Bom dia — respondeu Marnie.

Quando ele desapareceu na esquina, Marnie levantou as mãos e se agarrou no batente da porta.

— Ah, de novo não — murmurou ela.

Ela cambaleou para trás, envolvendo a barriga com os braços.

O apartamento estava um caos. Vi a tela da TV ligada na sala, e o rádio da cozinha também estava ligado, e havia música vinda da escada. O corredor estava cheio de roupas: cardigãs no corrimão e cachecóis empilhados em um canto e os ganchos da parede cheios de jaquetas e casacos. Havia trilhas infinitas de coisas em todas as direções: canecas sujas de chá e copos de água vazios na direção da cozinha, biscoitos parcialmente comidos e embalagens de balas e pacotes fechados por toda a sala e cueiros e macacões e meias em miniatura espalhados na escada.

Transformei meu choque em um sorriso enorme.

— Está acontecendo — falei de um jeito meio cantarolado e fiz uma dancinha estranha, movendo o corpo entre os dois pés e batendo palmas sem chegar a separar as mãos.

Marnie gemeu.

— Tudo bem — falei. — Tudo bem. Você está tendo uma contração.

— Não brinca — sussurrou ela, andando na direção da sala.

Eu a vi andar para longe, os pés virados para fora, as mãos na lombar, e me senti sufocada. Tentei lembrar que aquilo tudo era normal e que as mulheres faziam aquilo todos os dias, no mundo todo, o tempo todo. Mas não parecia nem um pouco comum. Nós nos conhecemos como crianças, depois como jovens e esposas, mas ela sendo mãe? A magnitude disso pareceu impossível.

Marnie deu um gritinho.

Corri atrás dela.

Ela estava se sentando em uma gigantesca bola azul inflável.

— Certo — falei. — Claro. Sim. Respire fundo. É assim. Para dentro. Para fora. Para dentro. E...

— Você está brincando comigo? Para com isso. Cala a boca.

— Tudo bem. Tá. Vou só ficar esperando aqui.

Eu me sentei na beira do sofá, segurando a bolsa de couro entre as pernas. Ela quicou vigorosamente, para cima e para baixo, soprando o ar com força pelos lábios repuxados. Depois de um tempo, se inclinou para trás, esticando o peito e a barriga para cima e para fora, e suspirou. Ela começou a balançar delicadamente, erguendo e descendo o considerável peso.

— A gente não deve ir...

— Pro hospital? — disse ela. — Não, ainda não. Mas estão ficando mais longas. Como você está? Desculpe por isso. E por ter te acordado tão cedo. É que... — Ela indicou com o braço a bagunça ao redor. — As coisas saíram um pouco do controle.

Marnie abomina bagunça; ela simplesmente não suporta. Curiosamente, essa é uma das poucas coisas em que concordamos por completo. Nós funcionamos de forma bem diferente. Somos melhores em situações bem diferentes. Eu gosto de silêncio ou de um murmúrio baixo de vozes. Ela gosta de rádio ou música ou televisão, preferivelmente as três coisas. Eu sou introvertida, preciso do meu espaço e da minha própria companhia e de ficar em paz. E ela é uma extrovertida clássica, confiante e faladeira, e adora a conversa e as opiniões dos outros, interações que me esgotam rapidamente.

Já falei, não falei? Ela é luz, e eu sou escuridão. Mas bagunça incomodava nós duas.

Acho que ela poderia ter lidado com a dor e o desconforto e o medo do trabalho de parto sozinha — penso agora e não sei se ela precisava de mim para essas coisas —, mas ela não conseguia viver em meio a tanta bagunça.

— Estou vendo. O que houve?

— Pois é — disse ela. — A casa está uma zona. Eu estava tentando deixar rolar, comer o que precisasse e me concentrar só nas contrações, mas aí pensei em arrumar as coisas, deixar tudo pronto, sabe, mas ficou tudo meio intenso e, bem... — Ela passou a mão sobre a cabeça de novo. — Está tudo assim agora.

— Certo — falei.

Eu sabia o que ela queria de mim. Sabia do que ela precisava. Sempre soube. E ela sempre soube que eu lhe daria o que quer que ela quisesse: sem perguntas, sem reclamação.

— Que tal você ficar aqui? E eu dou uma arrumada rapidinha?

Marnie sorriu, e foi bom sentir que, nesse precipício, no começo de mais um estágio das nossas vidas, novamente era hora de "uma arrumada rapidinha". Acho que me assegurou (erroneamente, no fim das contas) de que as coisas não iam mudar, de que não havia motivo para me sentir sufocada pela importância desse momento, de que tudo ficaria bem.

Marnie quicou na bola, e eu fui de um aposento ao outro, recolhendo e guardando roupas, jogando lixo fora e dobrando os menores e mais estranhos cobertores cheirosos. Abri as janelas. Era um dos primeiros dias claros do ano, eu nem precisei de casaco, e a brisa que entrava foi refrescante. Quando o apartamento estava impecável, tomei um banho rápido e fiz chá, o dela com muito leite e o meu só com um pouquinho, e me sentei no sofá, para assistir ao canal de notícias e segurar a mão dela.

— Você pode ligar pra minha mãe? — pediu ela.

Eu não esperava por isso.

— O quê? Por quê?

— Será que ela vai querer estar lá? Pode ser que ela ao menos queira saber o que está acontecendo.

— Tudo bem. Tem certeza?

Ela assentiu.

— Está certo.

Fui para o corredor e parei lá e ajeitei os casacos nos ganchos e empurrei uma pena para um vão no rodapé e liguei para a mãe dela e fiquei aliviada quando ela não atendeu. Deixei uma mensagem breve e murmurada, que não devia ter sido muito clara, e voltei a me juntar a Marnie alguns minutos depois.

No começo da tarde, as contrações de Marnie vinham em intervalos de três minutos, e chamei um táxi, para irmos ao hospital. Ela colocou um vestido leve de verão. Disse que estava quente demais e que era incômodo vestir outra coisa. Fomos sentadas juntas no banco de trás, e ela grunhia cada vez que passávamos por um quebra-molas, os olhos fechados como se a escuridão tornasse a dor suportável.

Chegamos ao hospital, e ela se arrastou pela recepção até o elevador, e fiquei surpresa quando chegamos ao andar da maternidade. Tinha as mesmas coisas que um hospital comum, como paredes claras e piso ladrilhado e aquele cheiro de desinfetante, mas alguma coisa era diferente. Talvez a iluminação ou os sorrisos nos rostos da equipe ou os uniformes em tons pastel, mas o ambiente não parecia tão ameaçador.

Tínhamos passado por tanta gente doente no caminho; mulheres idosas fantasmagóricas sendo transportadas pelos corredores em camas que as faziam parecer pequenininhas. Mas, aqui, as pacientes estavam todas inchadas e suadas e explodindo de tanta vida.

Uma parteira sorridente de uniforme azul e branco nos levou para uma salinha.

— Aqui, meu amor — disse ela. — Fique à vontade. Volto pra dar uma olhada em você daqui a cinco minutos.

Marnie se segurou na cama e se balançou de um lado para o outro, as bochechas infladas, os olhos fechados novamente.

— Você pode ficar? — sussurrou ela. — Pra tudo? Até o bebê chegar?

— Claro. Claro que vou ficar.

Para onde eu iria?

Audrey Gregory-Smith nasceu às sete e dez da noite, do dia vinte e quatro de abril. Era pequena e furiosa, e o rosto estava vermelho, e os olhos, bem fechados, quase tão apertados quanto os punhos. Ela tinha tufos finos de cabelo claro na cabeça, rugas nos joelhos e cotovelos e dedos e lábios rosados como um botão de flor.

Marnie agarrou a filhinha contra o peito, presa entre a alegria e o pânico, insistindo simultaneamente que ela podia estar doente e que podia deixar o bebê cair e gritando de repente "Quem é a pessoa responsável aqui?" no quarto lotado.

Estiquei a mão para cobrir a dela.

— Você. — Eu não queria assustá-la, mas não era a verdade? — Você é a pessoa responsável agora.

— Ah, porra — respondeu ela e deu um sorriso louco. — Bom, isso é sério, não é? — E começou a chorar.

Eu a acalmei e afastei o cabelo do seu rosto.

— Onde está a minha mãe? Está vindo? — Ela olhou para mim.

— Não sei. — Eu não achava que a mãe dela merecesse estar presente em um momento tão importante.

— Você ligou pra ela, não ligou? — perguntou Marnie.

— Liguei.

— Ligou?

— Claro.

— E ela disse que viria?

— Não exatamente — respondi. — Ela não atendeu. Deixei recado. Acho que ela já deve ter ouvido. Eu não queria te preocupar. Achei que ela viria pro hospital. Mas acho... Devo ligar pra ela agora? Pra dar a boa notícia?

— Não — disse Marnie. — Acho que não.

Era exatamente o que eu esperava que ela dissesse. Porque aquele era um momento destinado às pessoas mais importantes da vida da criança.

32

Marnie passou a noite no hospital, e voltei para casa sozinha. Fui pensando, no táxi, enquanto seguíamos pelas ruas da cidade, nas muitas coisas que haviam mudado ao longo de um dia. E que dias que alteravam o mundo deviam acontecer com pessoas diferentes todos os dias. Eu estava pensando que esses dias, os dias grandiosos, são os momentos que definem a vida: quando você ganha alguém, quando você perde alguém. Fiquei eufórica com as novas possibilidades, com a forma da minha vida naquele momento, com essa nova pessoa que existia para mim.

Eu tinha saído de casa muito cedo e não tinha aberto as persianas, por isso estava escuro quando entrei no apartamento. Reparei na mesma hora o ponto vermelho piscando no telefone, uma mensagem esperando. Tateei a parede em busca do interruptor.

Eu tinha religado o telefone fixo algumas semanas antes e encontrei cada mensagem não ouvida. Escutei algumas: vozes que pareciam falar de outro mundo, de meses anteriores, quando nossa recém-nascida ainda não tinha chegado. Mas as mensagens começaram a fazer perguntas, sobre Jonathan, sobre Charles, e eu as apaguei.

Apertei o botão no triângulo que piscava.

— Uma... nova mensagem — disse uma voz robótica de mulher — recebida... hoje... às dez e vinte e três... da noite.

— Oi — disse uma voz de mulher, humana agora. Ecoou pelo meu corredor e ricocheteou na parede, um "oi" alto e prolongado. — Achei que você gostaria de saber — disse ela, e a voz ficou baixa e meio rouca — que ando de olho em tudo: tudo que você disse e tudo que aconteceu. E ando descobrindo coisas. Eu sabia que havia uma história, sei que há, e vou acabar chegando lá. Vou descobrir, sabe.

Sua voz estava enrolada, as consoantes, fracas, as vogais, longas e arrastadas, letras se misturando, como se ela tivesse bebido muito o dia todo. Olhei para o relógio. Eram quase onze horas.

— Então, vamos lá — disse ela. — Sei que você ficou lá mais de uma hora. Li o relatório da polícia: você disse que estava esperando. Sabia que a vizinha do apartamento de baixo acha que ouviu gritos? Mais cedo, ela disse, mas gritos mesmo assim. Eu acho estranho. Porque ele morreu logo, né? O que não deixa muito tempo para gritos. E foi mais do que isso, não foi? O tempo que você ficou lá. Por que passar tanto tempo na casa de alguém? E a semana anterior. Só uma caminhada na chuva? Acho que não. Tem alguma coisa aí, não tem? Nós duas sabemos que tem. Não precisa me ligar.

— Não há novas mensagens — disse a voz robótica e monótona.

A alegria que tinha tomado conta de mim por toda a tarde se transformou instantaneamente, talhou como leite.

O que a vizinha ouviu? Entrei na cozinha e abri a torneira. Joguei água fria na minha mão.

Quem morava no apartamento de baixo? Tirei o casaco e o pendurei nas costas do banco que ficava embaixo da bancada.

Ele fez barulho nas horas depois da queda? Liguei o rádio e girei o botão, para aumentar o volume. O aposento foi invadido por uma música, uma melodia que não significava nada para mim.

Isso destruiria a hora da morte.

Liguei a televisão. Eu tinha perdido o controle remoto alguns meses antes e usei os botões da lateral da tela para aumentar o som.

Eu me sentei no sofá. Um pânico urgente foi crescendo dentro de mim, e meu peito e minha respiração pareciam apertados. Ela estava chegando mais perto; eu quase conseguia senti-la atrás de mim, no toque do meu cabelo na nuca e na roupa roçando nos ombros. Eu estava tensa, meu corpo protestando contra a mudança de euforia para terror. Parecia haver algo submerso em mim, e, desesperada para expelir, optei pela cacofonia: a água, a música, as vozes.

E fiquei em silêncio.

Senti-me um pouco melhor: mais limpa, mais revigorada, mais leve.

Levantei-me e fechei a torneira e desliguei o rádio e desliguei a televisão, depois me sentei.

Eu precisava me concentrar.

Falei para mim mesma que eu tinha que ficar calma.

Então alguém tinha ouvido alguma coisa.

Não era o ideal.

Mas talvez não fosse uma catástrofe.

Porque todo mundo que já viveu perto de outras pessoas sabe que todo mundo é barulhento, muitas vezes em excesso. E aquela meia dúzia de apartamentos espremidos naquele casarão sempre me pareceu compacta. Dava para ouvir os bebês chorando e as mães os acalmando e a música tocando e as risadas de um jantar e a máquina de lavar vibrando loucamente no chão e as portas batendo e os pés no chão e o toque de um despertador ou de um telefone. Dava para ouvir os insultos ficando cada vez mais altos, as irritações genéricas, os "você não escuta" e os "se você não reclamasse tanto" e os "por que você não tenta ver as coisas da minha perspectiva?".

Não era impossível que alguém o tivesse ouvido gritar. Mas não importava. Não havia evidência tangível de que ele não morrera imediatamente. O grito de um homem caindo poderia facilmente ser o berro de uma criança brincando ou a fúria de um adolescente irritado. O rugido de frustração, as manifestações de raiva, podiam tranquilamente ser o atrito de um casal irritado, casado jovem demais e por tempo demais.

Nada era novidade. Nada era digno de nota.

Nenhuma das pequenas descobertas dela tinha o poder de efetuar qualquer mudança. Suas provas eram, no máximo, circunstanciais e provavelmente seriam consideradas irrelevantes. Assim, acalmei o que restava do pânico, aos poucos, desmontando-o e dispensando cada parte dele.

Mas a questão maior, a que claramente precisava ser resolvida, que não podia ser desfeita com tanta facilidade, era a persistência indomável dela. Eu precisava me livrar dela, achar um jeito de silenciá-la. Precisava garantir que ela não descobrisse, que não conseguisse descobrir mais nada, que nunca tivesse nada que pudesse ameaçar minha amizade.

Remexi nos armários da cozinha, procurando algo para comer. O dia tinha sido muito longo, e eu estava me sentindo meio fragilizada e tinha uma dor de cabeça em algum ponto da testa, no espaço da fronte. Encontrei algumas fatias de pão no fundo de uma sacola. Tirei o mofo e torrei as quatro. Passei manteiga, uma camada grossa e amarela, e a vi derreter e ficar transparente. Eu estava no controle; podia permanecer no controle. Joguei mel em cima de cada fatia e inclinei a torrada para espalhá-lo pela superfície. Na torrada marrom, o dourado ficava lindo e me fez pensar em Marnie.

Levei o pão para a cama e comi com cuidado, canalizando Emma, para não deixar cair farelos. Enviei uma mensagem para Peter, explicando minha ausência daquele dia, e ele respondeu, me parabenizando, quase imediatamente. Fiquei animada, a mensagem reacendeu um pouco da alegria, por eu também ser merecedora de parabéns.

Apaguei a luz e, no brilho do meu celular, olhei umas fotos novas de Valerie. Ela tinha postado uma foto dela e da colega de apartamento segurando coquetéis coloridos em um restaurante lotado, outra do sol se pondo atrás da varanda. Havia um vídeo incrível dela e de mais cinco pessoas dançando. A legenda embaixo revelava que o grupo estava se preparando para uma apresentação naquele mesmo ano, no verão.

Programei o alarme para a manhã seguinte e falei para mim mesma que eu devia ser feliz, ser corajosa, não ter medo. Porque eu encontraria um jeito de acabar com aquilo.

33

No dia seguinte, voltei cedo para o hospital, animada para ver Marnie, animada para ver Audrey. Perguntei por elas na entrada da ala da maternidade e fui direcionada para um quarto na outra ponta do corredor. Fui na direção da cama sete, conforme fui instruída, e descobri que estava escondida atrás de uma fina cortina azul. Achei um vão no tecido, abri-o levemente e falei:
— Oi?
— Entre — respondeu ela.
Marnie estava sentada na cama, o cobertor enrolado nas pernas e o cabelo ruivo preso no alto da cabeça. Usava uma camisola de hospital azul-clara e estava linda; a pele inchada e macia, os olhos vibrantes e brilhosos.
— Bom dia. — Eu me sentei no pé da cama, o colchão murchando embaixo do meu corpo.
— Quem veio nos visitar? — cantarolou Marnie, olhando não para mim, mas para a bebê deitada junto ao seu peito, a voz aguda e baixa. Ela virou Audrey para mim, para que eu visse as ruguinhas nas bochechas, as marcas de sono, os lábios se abrindo e se fechando. — Quem é essa?
— Bom dia, Audrey.
— Oi, tia Jane — disse Marnie, a voz ainda aguda.
— Como foi a noite?
— Não muito boa — disse ela. — Mas tudo bem; está tudo bem.
Ela sorriu e abraçou a bebê junto ao corpo, com habilidade, nunca soltando a cabeça dela, mas girando-a com graça.
— E como você está se sentindo? — perguntei.
— Mais ou menos — respondeu ela. — Dolorida, mas isso é esperado. E feliz. Estou me sentindo bem.
— E essa pequenina está bem? — perguntei, esticando a mão e chegando com o dedo a centímetros da bebê.

— Ela é perfeita.

— Eu sei.

— Ah, e eu queria te dizer uma coisa, é meio estranho, mas antes que eu esqueça: recebi uma mensagem daquela jornalista. Sabe qual é? A de antes? Ela mandou ontem à noite.

Fico imaginando a cara que fiz naquele momento. Sei que minha mão ficou paralisada na minha frente. Senti a bile subir pelo fundo da garganta e tive ânsia de vômito e precisei disfarçar com uma tosse, para não parecer suspeito.

— Você teve notícias dela? — perguntei.

— Ela deixou um recado pra mim.

— Deixou um pra mim também.

O quarto esfriou demais, de repente. Os pelos dos meus braços ficaram eriçados embaixo do cardigã. Trinquei os dentes, para que não batessem. Mas Marnie nem reparou na mudança em mim. Ela estava concentrada em Audrey, cujo gorrinho branco de algodão tinha escorregado por cima dos olhos.

— O que ela queria? — perguntei. Senti náusea não só em algum lugar da cabeça e do estômago, mas nos ossos e músculos. Parecia que as ondas estavam penetrando em todos os tecidos do meu corpo.

— Não sei — respondeu ela, ainda tentando botar o gorro na cabeça de Audrey.

— O que você quer dizer?

— Você sabe como é. Não quero pensar nela. Ela não é uma boa pessoa, e tenho muita coisa na vida agora. Não preciso permitir que ela ocupe espaço no meu cérebro.

— Você ligou para ela? — perguntei.

Ela me olhou.

— Só reparei na mensagem hoje de manhã. Achei que era da minha mãe. Acho que não teria ouvido se não tivesse achado isso.

— E? — insisti.

Marnie tirou o gorro da cabeça de Audrey e o apertou na mão.

— A cabeça dela é pequena demais.

— Marnie — falei com rispidez —, você pode olhar para mim? O que ela disse? No recado? Ela descobriu alguma coisa? Ainda está investigando a gente?

— Meu Deus, Jane. — Ela jogou o gorro na minha direção, mas ele caiu entre nós, na colcha azul.

— O quê? Você não quer saber se ela vai escrever sobre nós de novo? Eu não quero estar naquele maldito site, não depois da última vez. Você quer? Isso não importa pra você?

— Você precisa se acalmar — disse ela. — Aqui não é o lugar. E por que você se importa tanto? Que importância tem se uma jornalista nos investiga? Ela pode desperdiçar o tempo que quiser. Se ela não vai descobrir nada, então que diferença faz pra nós?

Audrey começou a choramingar.

— Ah, não, não, não — disse Marnie. — Não faz isso. Lá vamos nós.

Audrey foi erguida no ar, o corpo ainda encolhido, e finalmente fez sentido.

O que havia na mensagem era irrelevante. Não houve revelação, não houve prova, não houve nada. Porque, se fosse o caso, essa conversa teria sido diferente desde o começo. Porque Marnie nunca foi alguém que guardasse segredos. Ela nunca foi alguém que permitisse que a raiva crescesse insistentemente dentro dela, que se propagasse até explodir. Se houvesse algo que precisava ser dito, ela já teria dito.

Mas fiquei tão consumida pelo meu próprio pânico. Criei inadvertidamente uma tempestade em um copo d'água e cometi o descuido de revelar meu medo. Eu achava que Marnie também se sentiria assim. Mas ela não sabia que havia motivo para ter medo dos artigos, das mensagens, da intromissão constante. Eu tinha suposto tolamente que nós ainda sabíamos tudo juntas, ainda sentíamos tudo juntas, que qualquer espaço que se abrisse entre nós seria rapidamente cimentado, mas claro que isso não era mais verdade; nunca mais poderia ser.

Eu precisava minimizar a conversa, esconder minha ansiedade, porque ela estava certa de ficar chocada com a minha reação.

— Ela está bem? — perguntei.

Havia algo perturbador no contraste sinistro entre o que ela poderia ter descoberto e a serenidade perfeita daquele pequeno cubículo isolado por uma cortina.

— Acho que sim — disse Marnie, puxando Audrey para perto de novo. Ela pegou outro gorrinho na bolsa, que estava lotada de macacões enrolados e meias com babados, e o colocou na testa de Audrey até que ficasse acomodado acima das sobrancelhas.

— Desculpe — falei. — Você está certa. Temos que ignorá-la. Ela vai acabar parando.

— Exatamente.

Uma parteira chegou, uma diferente, para dar uma olhada em Audrey, avaliar a audição dela e pesá-la de novo e dispensá-la para o mundo fora das paredes do hospital. Ela era mais velha, calorosa e sorridente, com uma postura confiante de matrona. Fiquei grata pela interrupção.

— E como vocês vão para casa? — perguntou ela, os olhos indo de uma de nós para a outra.

— Eu ia pedir um táxi — respondi. — Posso fazer isso agora?

— Vocês têm cadeirinha de carro? — perguntou ela.

Indiquei a cadeirinha, junto da parede.

— Perfeito — disse ela. — Vocês estão prontas para ir para casa. — Ela mexeu nos dedos dos pés de Audrey. — Você não é uma salsichinha de sorte por ter mães tão adoráveis te levando para casa?

Não a corrigi.

— Jane — disse Marnie enquanto esperávamos o táxi em frente ao hospital —, posso perguntar uma coisa? — Ela estava tremendo dentro do vestido, apesar do sol.

— Qualquer coisa.

Audrey, já presa na cadeirinha, embrulhada em cobertores, choramingou e espirrou.

— Você parece diferente. Alguma coisa te chateou?

— Estou ótima — falei.

— Foi a jornalista? A mensagem?

Uma ambulância parou na frente da entrada, as sirenes ainda tocando.

— Jane — disse ela, exasperada.

— O quê? O que você disse?

A sirene parou. Uma maca foi tirada da parte de trás do veículo e, às pressas, levada para dentro do prédio, acompanhada de dois paramédicos de verde e de um médico de azul.

— Você ainda está incomodada com aquela jornalista?

— Talvez.

Marnie suspirou.

— Eu entendo. Mas é pior para mim, de certa forma. Ela me enganou. Achei que ela tivesse sido legal quando nos encontramos. Ela pareceu adorável, na verdade. E muito bonita. Pareceu gentil e compassiva. Achei mesmo que podia confiar nela. Mas foi tudo fachada, não foi? Então, pronto, lição aprendida. Sei que é horrível ter que receber essas acusações, eu sei como é, lembra? Mas ela não é mais importante.

Assenti como se entendesse, como se fizesse sentido, como se eu também estivesse incomodada por uma falsa acusação.

— Ou não é isso? Foi alguma outra coisa que ela disse? Na mensagem? É esse o problema?

Balancei a cabeça.

— O que ela disse pra você? — insistiu Marnie.

Fiz uma pausa para procurar uma resposta segura.

— Imagino que tenha dito a mesma coisa pra mim e pra você.

— Eu só ouvi o começo — disse ela. — Apaguei assim que me dei conta de quem era. Mas o que foi? O que ela disse?

Senti um tremor de alívio percorrer meu corpo. Agi certo ao não entrar em pânico. Ela não sabia mais do que antes. Mas essa breve sensação foi sufocada por um medo mais sutil. Não foi por Valerie ter deixado uma mensagem irrelevante, sem declarar nada digno de nota. Que era aonde minha esperança tinha me levado. Mas só o fato de eu ter tido sorte. Se Marnie não tivesse apagado a mensagem, o que ela poderia saber agora?

— Jane? — chamou ela.

— Ela ligou pra pedir desculpas — falei.

A verdade, e quase tenho vergonha de contar, é que inventei o resto da mensagem espontaneamente, sem pensar direito, enfeitando essa mentira com tanta facilidade quanto as outras.

— Ela disse que estava passando por um momento ruim, que o ex-marido tinha voltado a se casar, que ela se jogou demais no trabalho. Disse que lamentava a dor que provocou e que esperava que pudéssemos perdoá-la.

Essa foi a sexta mentira.

Contei-a pelo mesmo motivo das outras. Mas a sensação foi diferente, a dessa mentira, porque foi uma pausa, não um ponto-final, para um problema. Valerie tinha ido atrás de Marnie. Faria isso de novo.

A pressão para eu fazer alguma coisa estava aumentando, e eu precisava cuidar disso.

— Ah — disse Marnie, me olhando. — Que estranho. Achei que ela parecia bem perturbada no começo da mensagem. Quais foram as palavras...?

— Não é importante... — falei.

— Não, eu sei. Mas está me incomodando agora. Ela disse uma coisa que me deixou irritada na mesma hora, sabe? E eu soube imediatamente que era ela e que eu não queria ouvir. Porque eu tinha certeza de que seria uma mensagem hostil e cheia de mentiras ridículas de novo, e eu não estava a fim, sinceramente. Mas... Ah, não lembro.

— Acho que ela tinha bebido — respondi.

— Pode ser. Mas tenho certeza de que havia algo mais.

Ela sabia? Duvidava de mim? Não consegui perceber. Mas não achei provável. Porque a jornalista era a presença instável que nos perseguiu e assediou e publicou mentiras maliciosas na internet. E eu era a amiga de confiança: sólida e estável e permanente. Se era a palavra de uma contra a palavra de outra, eu sabia onde ficava a minha fé. Mas senti uma pequena dúvida, porque acho que ela nunca discordara de mim com tanta facilidade antes.

— Certo — disse ela quando o táxi parou na nossa frente. — Deve ser isso.

* * *

Voltei para casa com elas, prendi a cadeirinha da Audrey e carreguei as coisas delas, como bolsas de fraldas, cobertores, roupas. Fiquei parada na frente da porta enquanto Marnie tentava enfiar a chave, batendo e procurando até entrar na fechadura. Em um certo momento, a porta abriu.

O apartamento estava como o tínhamos deixado: arrumado, exceto pela bola azul no meio da sala, o corredor sem coisas espalhadas, o tapete preto e branco no pé da escada.

Parei com as bolsas perto dos pés, e Marnie se virou para mim e disse:

— A gente dá conta a partir daqui.

E, assim, do nada, fui dispensada.

Novamente, fui dispensada.

34

A primavera começou a se transformar em verão, e eu estava frustrada.
Eu queria estar passando mais tempo com Marnie.
Nós fazíamos planos, e ela os cancelava em cima da hora. Eu a visitei várias vezes nas primeiras semanas, levei coisas como fraldas, remédios, uma bandeja de gelo, mas nunca ficava por muito tempo. Porque sempre havia alguma coisa acontecendo, alguém interrompendo, uma ligação da enfermeira ou uma visita da parteira.
Ela estava muito determinada a resolver esse novo estágio da vida de forma independente. Ela contava com outras mulheres, outras mães recentes que podiam oferecer conselhos que eram desconhecidos para mim. Eu me sentia inadequada. Ela confiava nos profissionais médicos, que podiam prescrever pomadas de todos os tipos que pareciam ser necessárias nas primeiras semanas da vida de um bebê. Eu queria estar lá, queria mesmo, e juro que tentei dar apoio. Mas muitas vezes eu sentia que estava atrapalhando, sem saber onde ficava cada parafernália nova ou como segurar a cabeça de um bebê ou o lado certo de colocar a fralda.
Eu queria desesperadamente ser parte do mundo delas, e não fazia sentido para mim elas não quererem o mesmo. Queria aprender com Marnie, descobrir os desafios ao lado dela. Eu tinha uma visão de como nossas vidas deveriam ser, de como os três mundos se uniriam em um, e, àquela distância, parecia impossível.
Saímos para um brunch uma vez, quando Audrey tinha umas seis semanas. Eu estava tão animada de ver as duas que comprei um chocalho em aro com peças de plástico, para dar a Audrey. Mas ela não ficou interessada no presente. Ela chorava o tempo todo, perturbada pelos novos ruídos e cheiros e pelas luzes fortes de um café sob o sol. Ela estava furiosa, frustrada, o rostinho parecendo uma bolha vermelha, e Marnie ficou balançando-a, tentando acalmá-la e se estressando.
— Porra — disse ela. — Os ventiladores. A porra dos ventiladores.

— Que ventiladores? — respondi. A garçonete chegou com nossos pratos: ovos mexidos para Marnie e um sanduíche de bacon para mim.

— Eu tinha que ir buscar — disse ela. — É muito quente no apartamento. É um pesadelo, pra falar a verdade. Ela não está dormindo, e eu tenho um termômetro que fica vermelho o tempo todo porque está quente demais. Eu nunca vi uma primavera assim. Mas não posso fazer muita coisa em relação ao tempo, né? Então comprei três ventiladores. Talvez seja um pouco de exagero, talvez eu só precisasse de um, mas eu estava nervosa. Eu tenho que buscá-los ao meio-dia, mas não vou conseguir chegar, não com ela assim. Vou ter que ir amanhã. E vai ser mais uma noite de gritaria.

— Eu posso ir? — ofereci. — Onde é?

Ela fez uma pausa.

— Tem certeza? Você está falando sério? Você teria que ir agora.

— Claro — respondi. Eu queria ajudar.

— Bom, tenho que ver... — Ela remexeu na bolsa e pegou uma nota fiscal.
— Fica a uns dez minutos se você andar rápido.

— Pode deixar — falei, pegando o pedaço de papel da mão dela. — Tudo bem.

— Mas a sua comida, você não...

— Eu comi cereal mais cedo. Estou bem. De verdade.

— Bom, leva isso — disse ela. E a mão direita desapareceu na bolsa de novo. Ela tirou uma chavinha dourada, e a reconheci na mesma hora. — Vou pagar e encontro você lá, mas preciso cuidar dela primeiro, e pode ser que você chegue antes de mim. Tem certeza disso? Está tudo pago.

— Pode deixar — falei e estiquei a mão para pegar a chave. Senti o risco na parte circular de cima e soube que era a mesma que tinha ficado comigo antes.

— Te vejo lá.

Peguei os ventiladores e os levei até a casa dela. Eram pesados e difíceis de carregar. Entrei sozinha. A sensação foi diferente: de um lugar desabitado, bagunçado, cheio. Abri as três caixas no corredor e montei os ventiladores e liguei cada um na tomada ao lado do aquecedor, um de cada vez, para ver se estavam funcionando. Ali, agachada no chão, fui atraída novamente pelo tapete preto e branco. Levantei uma das pontas, para olhar embaixo. Nada. Puxei-o mais um pouco, mas não havia mancha, nem perto do degrau de baixo.

Deixei os ventiladores no pé da escada e me sentei no sofá e esperei que Marnie e Audrey voltassem para casa e não toquei em nada porque não queria alterar mais a sensação do ambiente. Elas voltaram pouco depois de uma hora, e Marnie disse que estava cansada e agradeceu pelos ventiladores e disse que devíamos tentar sair para um brunch em breve, ou talvez para almoçar, que ela entraria em contato.

Não conseguimos mais nos ver.

Eu ia até lá jantar semana passada, mas ela ligou para o meu escritório à tarde e disse que não estava com vontade de cozinhar, que estava exausta, será que podíamos remarcar? Falei para ela não se preocupar, para ir até a minha casa que eu cozinharia, ou que eu podia cozinhar na casa dela, ou podíamos pedir comida. Mas ela insistiu. Hoje não.

Faz mais de um mês.

Tenho usado o tempo, este espaço, para me concentrar em Valerie.

Eu queria poder dizer que foi uma distração satisfatória, mas não seria verdade. E eu prometi a verdade. Então, aqui está. Acabei contemplando coisas que... Como você diria? Que a impediriam de interferir de uma forma muito permanente. Eu sabia onde ela morava. Sabia onde ela trabalhava. Talvez não soubesse os segredos dela da forma que ela sabia os meus, mas estava calmamente confiante de que podia criar uma situação fatal.

Mas não foi tão direto assim. Não consegui achar um jeito que não me deixasse enjoada. Eu gostava da ideia de empurrá-la na frente de um carro. Teria uma simetria satisfatória. Imaginei um jeito de alterar os comprimidos dela, pois havia visto postagens suas sobre comprimidos antialérgicos, por causa de pólen, um jeito de colocar uma coisa mais mortal no lugar. Mas eu ficava tensa toda vez que meus pensamentos se tornavam mais pragmáticos e menos fantasiosos. O que, de muitas formas, serviu para provar que ela estava enganada: eu não era uma assassina, afinal.

Então, eu precisava de um plano diferente.

Naquela tarde, me vi olhando novamente as postagens recentes dela, fotografias, artigos de jornal e tweets, e descobri uma imagem nova, postada naquela manhã. Mostrava uma fileira de sapatos de sapateado, e a legenda dizia *Ensaio final, lá vamos nós*. Entrei no site da companhia de dança e descobri que o show aconteceria em poucas horas, em um salão de igreja, no centro. Não tinha pré-venda, os ingressos seriam vendidos por ordem de chegada, e aceitariam donativos para uma instituição beneficente focada em doenças mentais.

Decidi ir. Eu queria vê-la.

Cheguei pontualmente às sete. A mulher que segurava o balde de coleta na porta perguntou se eu já tinha visto algum dos shows, e, quando eu disse que não, perguntou se eu conhecia alguém do grupo.

Sem pensar, respondi:

— Valerie.

— Sands? Valerie Sands?

Assenti.

— Ela acrescentou tanto à equipe — disse a mulher. — Estamos tão animados por ela fazer parte. Ela não dançava desde que era adolescente, mas pegou tudo de novo rapidamente. Ela vai brilhar hoje, tenho certeza. Você vai sentir muito orgulho.

Sorri e assenti de novo e aceitei com gratidão um programa rosa berrante. Valerie estava listada como uma das seis dançarinas que iriam se apresentar na sequência inicial.

Entrei na igreja e fiquei impressionada com o tamanho: o teto, tão alto e decorado com tanto capricho; os bancos de madeira resistente; o palco escondido atrás de uma grossa cortina verde. Os assentos estavam cheios, com crianças sentadas em colos e adolescente espremidos, e fui me acomodar perto da fileira da frente, ao lado de outros solitários. Uma multidão começou a se formar atrás de mim: famílias e amigos e entes queridos.

As luzes se apagaram, e a cortina se abriu, e eu a vi entrar no palco. Ela era uma de três mulheres, com três homens atrás, todos com largas calças pretas e apertados tops pretos. Eles pareciam comuns, chatos, até a música começar. A caixa de som ao meu lado começou a vibrar, e eles se tornaram instantaneamente magníficos. Moviam-se tão rapidamente, os corpos precisos, pontuando a música, e o som dos pés era agressivo e ousado. A energia me fez sentir bem mais viva e fiquei completamente absorvida até ela olhar na direção da frente do palco. Ela estava procurando alguém. Mas me encontrou.

Ela tropeçou brevemente e logo se ajeitou. Recuperou-se rápido, mas foi boa a sensação de ter perturbado o ritmo dela. Gostei do fato de que, pela primeira vez, ela foi surpreendida por mim.

Saí no final da música e também gostei que ela soubesse como era ser abalada.

35

Era sábado de manhã, e eu estava indo visitar a minha mãe. Fiquei tentada a ficar na cama, mas ela estava me esperando... Ou pelo menos deveria estar; talvez tivesse esquecido.

O tempo estava quente, intenso e úmido para ficar deitada muito tempo numa manhã aconchegante. A temperatura tinha ficado acima de vinte e sete graus nas três semanas anteriores, sem chuva durante quase um mês. A grama por toda a cidade tinha murchado e virado uma palha amarela, e até as manhãs ficaram grudentas e opressivas. Era o tipo de tempo propício para tomar sorvete no parque e ficar na sombra e ir à piscina e jantar tarde ao ar livre no calor sufocante de uma noite longa. Não era o tipo de tempo para viagens de trem e lares de idosos sem janela e os laços dos deveres familiares.

O trem estava cheio. Ainda estávamos em Waterloo e só sairíamos em alguns minutos. Eu estava sentada perto das portas, em uma fileira de quatro assentos, todos de costas para a janela. Os assentos à frente estavam ocupados por uma jovem família: mãe, pai e duas filhas pequenas. Eles levavam mochilas no colo, e me perguntei se estavam indo para a praia ou para o campo, onde a temperatura estava um pouco mais baixa, e o ar, um pouco menos denso.

Atrás deles, outro trem estava se preparando para partir. O guarda se inclinou para fora, olhou a plataforma e soprou o apito. O outro trem gemeu e começou a se mover, e meu estômago afundou, como se também estivéssemos em movimento. Eu me encostei e fechei os olhos.

Eu estaria na cidade à tarde, e meu papel de boa filha já estaria cumprido por mais uma semana.

Quando abri os olhos, estávamos em Vauxhall.

— Você tem que parar — disse uma mulher, parada junto à porta, virada para fora, as mãos esticadas para os lados, segurando a porta e bloqueando a entrada. Não vi o rosto dela, mas, só pelo tremor na voz, percebi que estava quase chorando. — Não entre neste trem.

— Ah, moça, para com isso — disse um homem na plataforma. — Qual é o seu problema?

Ela inspirou, e seu peito subiu, e vi que ela estava com medo, mas tentando não demonstrar.

— Com licença — gritou ela para o guarda na plataforma. Ele estava virado de costas para ela, falando em um walkie-talkie. — Este homem está me perseguindo. Com licença! — Ele não se virou.

— Eu posso entrar no trem que eu quiser — disse o homem.

— Não neste. Você está me seguindo e gritando obscenidades e não aguento mais. — Depois de passá-la pela cabeça, a alça da sua bolsa ficou atravessada no peito. Seu suéter era rosa e fazia com que ela parecesse mais nova, vulnerável, e o short jeans revelava coxas fortes e bronzeadas.

Troquei um olhar com a mulher sentada à frente. O marido dela passou os braços pelos ombros das duas filhas, como se eles tivessem discutido silenciosamente se devíamos nos envolver.

— Ah, foda-se — gritou o homem.

— Já chega — disse o pai à frente, a voz controlada e calma. — É só esperar dois minutos, cara. Tem um trem logo atrás deste. Sem confusão, tá?

O homem estava imóvel na plataforma, como se pensasse no pedido.

— Fodam-se todos vocês — ele acabou dizendo e saiu andando pela plataforma.

Expirei. Recuar por causa de uma mulher pequena de short jeans e blusa rosa? Bom, isso seria vergonhoso, sinal de fraqueza. Mas recuar por causa de outro homem, um pouco mais velho, um pouco maior, era puro bom senso.

Charles se intimidava com mulheres fortes. Ele falava mal das colegas mulheres durante o jantar, as chamava de emotivas demais ou, com o mesmo tom, de boas demais. Sentia-se ameaçado pelo sucesso das sócias mulheres, que tinham filhos felizes e grandes casamentos e carreiras impressionantes. Ou talvez fosse só o que eu queria ver. Eu acrescentava todos os defeitos dele em uma lista e contava as muitas formas pelas quais ele não merecia uma mulher como Marnie.

A mulher de rosa apertou o botão, e a porta se fechou à sua frente

— Obrigada — disse ela, se virando para olhar para o pai que estava com as filhas pequenas. — Obrigada por se envolver.

Ela se virou e foi na direção do assento vazio ao meu lado.

Eu a conhecia.

Eu a reconheci imediatamente.

Reconheceria aquele rosto em qualquer lugar.

36

Ela era tão familiar. Reconheci o cabelo preto penteado para trás, e as tatuagens no pulso esquerdo e no polegar eram as mesmas das fotos. Ela era diferente de perto: mais intensa, mais impressionante. Eu já a tinha visto parada assim, com o peso de um lado, o quadril projetado para a esquerda, e ela estava com a mesma bolsa de couro que tinha usado no enterro. Mas era mais do que isso: mais do que a aparência e como ela se portava e as coisas que ela tinha. Eu sentia como se soubesse como a mente dela funcionava e como ela construía um pensamento.

— Eu te conheço — falei.

— Conhece — respondeu ela. — Mas não era para você me ver. Só que eu não tinha como prever toda a comoção com aquele homem estranho. Fiquei meio abalada, na verdade. Ele foi horrível, não foi? É a segunda vez que ele me segue. E nunca é bom ser seguida por um estranho, acho.

Ela ergueu uma sobrancelha e riu.

Fiquei atônita com a confiança dela; ela era tão segura, tão destemida. Eu deveria ter sentido medo. Sei disso. Devia ter sido incômodo ouvir a confirmação de que ela estava me seguindo, provavelmente havia meses, sem nada além das piores intenções. Mas, naquele momento, me senti tranquilizada. Eu estava certa. Tinha sido seguida. Eu acertei.

— Você não foi tão sutil quanto acha — respondi. — Eu já te vi. Mais de uma vez, na verdade.

— Ah, é? Droga. Isso é decepcionante. — Eu não tinha reparado antes, mas havia algo muito bonito nas feições dela, no rosto.

— O que você quer? — perguntei.

— Quero saber aonde você vai todo sábado — respondeu ela. — Você se importa se eu me sentar?

Respondi, porque não queria que ela ficasse do meu lado, agindo como se fôssemos amigas, como se aquilo fosse outra coisa e não a confusão que realmente era.

— Sim — respondi. — Eu me importo.

— Ah, não faz isso.

— Você acabou de admitir que está me seguindo e quer se sentar ao meu lado e o quê? Bater um papo? Não. Não estou interessada.

— Você é tão dramática. Eu não esperava isso. Achava que você seria controlada, meio indiferente, mas você jorra emoções, não é? O que é estranho, porque não foi revelação nenhuma, não é? Se você sabia que eu estava te seguindo.

Odiei isso. Odiei a sugestão de que eu estava sendo histérica quando queria desesperadamente ser o oposto: calma, composta, controlada.

Ela se sentou ao meu lado mesmo assim. O braço encostou no meu. Fiquei tão imóvel que o tecido do suéter dela se acomodou suavemente na minha pele exposta. Senti uma raiva dentro de mim e sabia que precisava ignorá-la e ser cuidadosa, ser calculista e não implacável.

Ela suspirou e passou os dedos pelo cabelo.

Senti vontade de dar um tapa nela, apesar de saber que violência nunca é a resposta, mas tudo nela, o sorrisinho debochado, o suéter rosa, a impetuosidade, era irritante. Ela tinha me acusado de assassinato, não uma, mas duas vezes. Tinha me acusado de matar meu próprio marido. E, quando Marnie finalmente estava começando a achar um caminho para sair da dor, foi aquela mulher, a que estava sentada ao meu lado, que tirou isso dela e suspendeu nosso caminho em frente.

— Você deveria descer na próxima parada — falei.

— Mas aí não vou saber aonde você vai — disse ela e ergueu um dos pés até o assento acolchoado, para amarrar os sapatos.

— Você poderia me perguntar. Não é interessante. E, sinceramente, se sua investigação te trouxe até aqui, está na hora de parar. Estou indo visitar minha mãe. Eu a vejo todos os fins de semana e sempre pego este trem.

— Onde ela mora?

— No fim da linha.

— Você pode me dar o endereço dela? — Ela abriu um sorriso conspirador, como se estivéssemos naquilo juntas. Botou o pé de volta no chão e começou a erguer e baixar o calcanhar repetidamente, de forma que a perna balançou, a pele bronzeada da coxa tremendo.

— Ela está em um lar para idosos — falei. — Com demência.

Acho que eu precisava parecer honesta, apesar de não ter nada a esconder. Eu estava dando as informações que ela queria, para me fazer parecer inocente.

— Sinto muito — disse Valerie. — É uma pena.

— Por quê? — perguntei com rispidez. — Porque ela não vai poder te contar nada?

Ela pareceu chocada.

— Não — insistiu ela. — Que coisa horrível de se dizer. Não é isso.
— Certo — falei. Eu não sabia se ela estava falando a verdade. Não importava.
Ela olhou para trás, pela janela, para os arbustos passando, um borrão verde.
— Você me acha um monstro. Mas não sou. Só sei que tem alguma coisa aqui que precisa ser descoberta. Por isso, tenho que seguir em frente. Não vai melhorar, infelizmente.

Acho que meu rosto deve ter se contorcido de alguma maneira. Talvez ela tenha visto o medo guardado dentro de mim. Porque seus olhos se transformaram rapidamente, até estarem quase solidários.

— Desculpe — disse ela. — Pareceu uma ameaça, não foi?
— E não é? — perguntei.
— Não, você está certa. Acho que é. Você acha que estou chegando perto?
— Não há nada para chegar perto...
— Pare com isso. Você vê tão claramente quanto eu. Há pequenas rachaduras na sua história. E, em algum lugar, tem uma bola de demolição que vai destruir tudo. Eu vou encontrar.

Dei de ombros.

— Você está errada — falei. Não fui convincente.
— Mas eu não acho que você matou seu marido, se serve de consolo.
— Não serve.
— Sinto muito sobre isso, acho. É difícil.
— A gente se acostuma — respondi. — Com a merda.
— Ah, eu sei. Às vezes estou na quarta vodca quando as coisas começam a parecer menos sofridas... — Ela começou a girar o anel de prata enfiado no polegar. — Acabei de me lembrar da mensagem — disse ela com uma careta. — Eu deixei uma mensagem. Na sua secretária eletrônica. Fiquei péssima na manhã seguinte. Tinha bebido demais. Mas o que falei era sério.

— Que você ainda está nos investigando? Estou feliz de Marnie ter apagado a mensagem antes de ouvir suas besteiras.

Valerie inclinou a cabeça de leve para o lado e arregalou os olhos, e eu soube nesse momento que tinha cometido um erro.

— O que você quer dizer? Ela não ouviu?

Balancei a cabeça.

— Achei que ela tinha ouvido, mas ignorado.

Não falei nada. A família de quatro pessoas desembarcou em Richmond. Houve uma agitação de último minuto por causa dos chapéus e das mochilas e onde estava o protetor solar, e a mãe sorriu para nós com desconforto ao levar a família para fora do vagão pouco antes de as portas apitarem e se fecharem e nos afastarmos da plataforma.

O ar-condicionado grunhiu e gemeu e parou. O trem ficou silencioso de repente, sem o ruído do ventilador e o chiado do ar frio entrando no vagão. A temperatura começou a subir. Levantei-me para abrir a janela, mas estava lacrada. Todas estavam lacradas.

— Muito bem, princesa — soou a voz atrás de mim e me virei e vi que o homem tinha voltado e estava sentado à nossa frente, onde a família estava alguns momentos antes.

Fiquei de pé, mas não disse nada.

— O que foi que você disse lá atrás? — A voz dele estava alta, e outros no vagão estavam se agitando, olhando, esperando para ver como a situação se desdobraria. Eu me perguntei se estavam ouvindo o tempo todo e o quanto da nossa discussão tinham ouvido.

— Ei — gritou ele. Valerie estava olhando dentro da bolsa. — Você não estava me ignorando antes, estava?

— Tem alguns lugares ali na frente — falei. — Bem ali.

— Não estou procurando um lugar, estou, meu amor? Estou querendo falar com ela.

Valerie se recusou a olhar e ficou mexendo em recibos velhos e dobrados, na garrafa de água vazia, no celular. Eu deveria ter me afastado. Deveria ter deixado que ela resolvesse sozinha, mas existe um código tácito entre as mulheres, um código que existe em lugares públicos e mais ainda em transporte público, que diz que precisamos nos unir na presença de homens ameaçadores, então, inevitavelmente, sem nem pensar, fiquei ao lado dela.

— Olha pra mim — gritou ele, e, instintivamente, ela olhou.

Valerie inspirou fundo e se levantou.

— Olha — disse ela —, eu só estou tentando ter um dia legal com a minha namorada. — Senti os dedos dela chegarem, pelo meu pulso, na direção da minha mão. Deixei que ela a segurasse. Ela ainda estava jogando? Estava no controle? Ou ele estava? — E não queremos confusão. É isso que você quer?

— Bom, isso não explica tudo? — disse ele, se levantando.

Fiquei tensa, mas ele não chegou mais perto.

— Você é sapatão. — Ele riu. — Por que você não falou? Eu deveria ter adivinhado, com toda essa raiva e esse ódio.

Ele passou por nós, levantando o dedo do meio atrás da cabeça enquanto desaparecia pelo vagão.

Nós o vimos se afastar e nos acomodamos novamente.

— Ele anda me perseguindo — disse ela baixinho. — Nós saímos para tomar uma bebida uma vez. Para falar de um artigo que eu queria escrever. Depois, eu o vi no meu show, um show de dança. Ele estava me olhando da frente do palco. Me abalou muito. Mas espero que seja a última vez que o vejo.

— Quero que você desça na próxima parada — falei de novo.
— Não vou te seguir.
— Não acredito em você.
Ela riu.
— É justo.
— Quero que você pare de nos investigar agora.
— Não vou fazer isso.
— Vai — respondi. — Não tem nada para descobrir, e você está me perseguindo agora, o que é um delito por si só.
— Vou contar pra polícia o que descobri.
— Você acha que vão ligar? Pra uma caminhada na chuva e um apartamento barulhento? Essas coisas não são provas, Valerie. Não são nada. Você não descobriu nada. Está só perdendo seu tempo. Tem algum problema com você.
— Não tem nenhum problema comigo — disse ela, e percebi que tinha encontrado uma coisa que a abalava.
— Isso não é normal. — Eu estava tentando não gritar, mas a raiva dentro de mim explodia em cada fio de cabelo, pequenas explosões fora do meu controle, coçando e pulsando, desesperadas para fugir. — Você não é normal.
— Olha quem fala. — O rosto dela se contorceu. O maxilar contraiu, os olhos se apertaram, a boca entortou.
— O que isso quer dizer? O que você está falando?
— Que você matou o marido da sua melhor amiga. Quer falar sobre obsessão? Quer falar sobre o que *não é normal*? Eu vou te pegar. E você sabe. Só não consegue acreditar ainda.
— Quer saber — falei. — Acho que você tem inveja.
Foi um pensamento novo. Não tinha passado pela minha cabeça até aquele momento. Mas devia estar crescendo em algum lugar, porque fez sentido.
Ela abriu a boca para falar, mas não disse nada. As bochechas afundaram levemente entre os dentes, e a testa ficou livre das rugas na mesma hora.
— Não tenho — ela acabou dizendo.
Dei de ombros, como tinha feito antes, de um jeito deliberadamente indiferente.
O trem parou numa plataforma. Ela enfiou a mão na bolsa e me entregou um cartão de visitas. De um lado, tinha uma ilustração de uma caneta-tinteiro em dourado.
— Vou embora. Mas pegue isto. E me ligue. Quero muito que você me ligue. Estou falando sério.
— Não tem a menor chance — respondi.

37

A porta estava aberta, como sempre, e bati de leve no batente. Minha mãe estava sentada no canto do quarto, na poltrona. A moldura era de madeira clara, e as pernas, polidas. Eu não tinha reparado na estampa antes, na parte acolchoada decorada com espirais verdes fluorescentes, mas era um desenho hipnótico perto do roxo do suéter de lã. Ela usava sapatos em vez de chinelos, e me perguntei se estava usando o hidratante que comprei no aniversário dela, pois a pele estava mais macia, mais viçosa.

— Bom dia — falei.

Ela sorriu para mim e bateu com a mão no braço da poltrona. Ela ainda falava às vezes, mas cada vez menos, e usava pequenos gestos para transmitir o que queria dizer. Uma vez, descreveu como era perder as palavras a caminho dos lábios. Ela disse que era como levar crianças para a escola, cada palavra uma criança, mas eram crianças inquietas e chegavam na hora errada, ou, às vezes, não chegavam e ficavam paradas no caminho, girando em círculos. Ou, pior ainda, as crianças que chegavam eram as erradas, de outra pessoa, não as que ela queria. O silêncio era uma alternativa menos assustadora.

Ela virou a cabeça para a cama, me encorajando a me sentar lá. Fiz o que ela instruiu, apesar de o colchão ser horrivelmente desconfortável.

— Você — disse ela. E o que ela queria dizer era: me conte sobre sua semana, sobre seu dia, sobre sua vida, sobre tudo que aconteceu com você desde que nos vimos pela última vez.

— Não tenho muita coisa pra contar — falei. E era verdade. Eu tinha entrado em uma rotina muito familiar, uma combinação tranquila de trabalho e casa e casa e trabalho. — Mas vou ligar pra Emma mais tarde.

O rosto da minha mãe se contorceu levemente quando falei isso, e continuei falando, a fim de que ela não tivesse espaço para formar uma resposta nem começar os gestos maníacos.

— Talvez até passe para vê-la. Ela está bem melhor desde a última ida ao hospital, mas acho uma boa ideia fazer uma visita mesmo assim.

Minha mãe franziu a testa. Ela ignorou o sofrimento de Emma até a doença estar entranhada nos ossos. Ela não me conheceu como esposa, só como viúva. Mas, apesar desses reveses horríveis, ela nos conhecia. E talvez de uma forma que só uma mãe pode conhecer uma filha. Ela sabia, por exemplo, que eu estava manipulando a verdade, porque eu era fraca. Não conseguia admitir que Emma não estava bem melhor e que, de fato, me parecia um pouco pior. O cabelo estava caindo e tinha um trecho careca acima da têmpora esquerda. Ela tremia o tempo todo, sempre coberta de suéteres e cobertores e meias. Tinha uma tosse que não passava.

Mas eu não podia admitir nada disso, porque não suportava confrontar essa realidade. E minha mãe sabia disso. Também sabia que Emma não tinha forças para estar muito melhor e que, no máximo, estava sofrendo.

Minha mãe passou as unhas pelo braço de madeira da poltrona e disse:

— John?

— Jonathan? — perguntei.

— Amanhã — respondeu ela.

Ela apontou para o calendário pendurado na parede. Em algum Natal anterior, eu tinha comprado para ela um calendário genérico com datas, mas sem os dias, com fotografias de flores, uma imagem diferente para cada mês. Ela estava frustrada com a incapacidade de se lembrar de eventos importantes como nossos aniversários, então preenchemos os mais relevantes. Jonathan estava morto havia uns anos, mas as datas dele ainda eram as minhas datas, e eu as escrevi como se fossem mesmo minhas.

Eu me levantei e me aproximei do calendário. Todas as manhãs, a cuidadora da minha mãe movia um adesivo amarelo para a data do dia. Não adiantava nada saber quando eram os momentos importantes sem saber que dia era.

O dia seguinte seria o aniversário do Jonathan.

Eu tinha esquecido.

Em outra vida, eu estaria me preparando há semanas, talvez meses, com presentes e um bolo e um cartão e balões. Talvez tivesse reservado uma mesa em um restaurante legal ou organizado uma festa surpresa. Talvez tivesse procurado papel de presente parecido com a personalidade dele, decorado com bicicletas ou tacos de críquete ou animais, ou tivesse comprado croissants na padaria.

E, mesmo uns anos atrás, conforme esse dia se aproximasse, meus pulmões estariam quase explodindo devido à maior dor do mundo. Eu estaria ansiosa e em pânico, vendo os dias passarem, pensando em todas as coisas que estaria fazendo se ele estivesse vivo e nas coisas que não estava fazendo porque ele estava morto.

— Sim — falei, querendo que ela achasse que eu tinha lembrado, que eu já sabia, porque que tipo de esposa esquece o aniversário do marido? — Acho que vou fazer uma visita. Ao cemitério. Logo cedo. Antes de ir ver Emma. Vou levar umas flores, acho. Talvez um balão. Não, um balão, não.

Ela assentiu.

— Seu pai? — perguntou ela.

Às vezes, com uma certa frequência, ela esquecia que ele não era mais parte da vida dela. Achava que ele tinha ido visitá-la e, de vez em quando, me contava sobre as visitas. Ela dizia que ele tinha levado flores, apesar de nunca haver flores no quarto que não tivessem sido levadas por mim, e que ele tinha colocado as prateleiras em casa, apesar de ela ter pedido que ele fizesse isso por anos e de ele nunca ter feito. Ele estava bem, ela dizia, e eu sabia que estava, mas a muitos quilômetros de distância, com uma outra mulher que não era a minha mãe.

Uma vez, quando estávamos brigando sobre nossas responsabilidades compartilhadas, Emma sugeriu que eu ia visitar a mamãe com regularidade não por ela ser minha mãe e não por eu ter uma sensação de dever familiar, mas porque eu invejava a capacidade da minha mãe de esquecer. Ela não sabia que a pessoa que ela mais amava não estava presente.

Eu costumava evitar essa conversa com a minha mãe sempre que possível: ou ignorava as perguntas ou respondia com uma coisa terrivelmente vaga, uma coisa que sugeria que ele talvez a visitasse um dia, mas sem fazer promessas de dar recados nem de ir visitá-lo.

Talvez ela nunca tenha tentado se lembrar da ausência do meu pai. Talvez ficasse feliz em esquecer.

— Marnie? — perguntou ela com um sorriso.

— Ela está muito bem. Audrey está ótima. Ela foi examinada algumas semanas atrás. Está ganhando muito peso. Mas não a tenho visto nestas últimas semanas. Elas andam muito ocupadas.

— A maternidade — disse minha mãe e bocejou, como se também fosse parte da nossa conversa.

— Eu sei — respondi. — Mas amizades também são importantes. Ando pensando que eu devia fazer uma surpresa pra ela.

Minha mãe assentiu com entusiasmo.

Houve uma barulheira no quarto ao lado e um gemido frustrado quando a vizinha da minha mãe deixou alguma coisa cair no chão. Ouvimos o som rápido de sapatos nos ladrilhos, e duas enfermeiras passaram correndo para ajudar.

— Pensei em fazer um jantar para ela — continuei a falar. — Lembra que nós jantávamos juntas uma vez por semana? Estou pensando em voltar a fazer isso. Seria um bom jeito de manter contato. O que você acha?

Em outros lugares, com outras pessoas, as ausências eram preenchidas por outras vozes, mais altas. Mas, ali, a minha era a única.

— Estou pensando em sair cedo do trabalho na sexta. É tranquilo. Todo mundo sai depois do almoço com o tempo bom, todo mundo querendo passar o fim de semana fora. Temos menos gente para atender os telefones, mas e daí? Os telefones estão tocando menos, porque todo mundo saiu de férias. Sei que Marnie se reúne com outras mães às três horas, às sextas-feiras, ela arruma tempo para *esse* compromisso semanal, então sei que não vai estar em casa. Estou pensando em entrar e cozinhar uma coisa ótima, uma coisa que vai impressionar até ela.

Minha mãe franziu a testa.

— Eu tenho a chave. Não pense coisa errada. Eu não arrombaria a porta. — Eu ri, e a sensação foi constrangedora.

Minha mãe começou a balançar a cabeça.

— Ela me deu — falei. — Qual é o problema?

— Não — disse ela e balançou a cabeça mais vigorosamente. — Não.

— Não fala assim. A ideia é boa. Vai ser uma boa surpresa.

— Chave — insistiu ela.

— Sim, chave — falei.

Minha mãe parou de balançar a cabeça e me encarou.

Eu era a adulta responsável na minha família, mas ela ainda ocupava um papel tradicional onisciente de mãe, com olhos que se apuravam da forma como só os de uma mãe conseguem e uma inclinação de cabeça que exigia respostas. Ela levou semanas para aceitar que meu pai tinha mesmo ido embora, pois nós tínhamos certeza de que ele estava blefando, mas, quando finalmente aceitou, ela desmoronou. Ele enviou um cartão-postal de uma praia na Tailândia, dizendo que tinha um novo número e que não nos daria, mas que achava que nós devíamos saber que ele não estava mais ignorando nossas ligações e mensagens, só não estava recebendo mais nada. Ela chorou e bebeu demais e se fechou no quarto, e eu entrava regularmente para deixar garrafas de água na mesa de cabeceira e pratos congelados feitos no micro-ondas. Ela não foi uma grande mãe na época.

— Está tudo bem — falei. — Não precisa ficar nervosa.

Ela bateu a mão no braço da poltrona com força e fez uma careta, puxando-a de volta para o peito, tentando fazer passar a dor.

— Pare com isso — falei. — Pare agora. O que você está fazendo?

Ela bateu com a outra mão no rosto e derrubou o copo de água que estava na bandeja ao lado.

Dei um pulo e corri até lá.

— O que você tem? Pare de fazer tanta bagunça.

— Chave — insistiu ela.

— Ela acabou de me dar — falei. E era verdade. — Não tem a ver... Não tem nenhuma relação com...

Uma enfermeira parou na porta. Minha mãe e eu nos viramos para olhá-la.

— Bom dia, Jane — disse ela. — Bom dia, Helen. O que houve?

Minha mãe bateu com a mão na coxa. Olhou para mim, querendo dizer alguma coisa, mas sem conseguir, incapaz de encontrar as palavras certas para expressar essa vontade.

— Qual é o problema? Sua filha veio visitá-la. É uma coisa ótima. — A enfermeira se ajoelhou no chão, na frente da minha mãe, e segurou as mãos dela, de forma que ela não as batesse mais.

— Chave — gemeu minha mãe. — Chave.

A enfermeira me olhou, e dei de ombros.

— Infelizmente, não tenho ideia do que a deixou agitada.

— Puxa vida — disse a enfermeira, assumindo a responsabilidade pelo caos. — Bom, infelizmente eu também não sei. O que a deixou tão agitada? Por que você não respira fundo algumas vezes, querida? — A voz dela foi tranquilizadora. — Pronto. Vamos limpar isso em um minuto, mas primeiro vamos te acalmar. Porque a semana foi ótima, não foi? A cabeleireira veio, e você está linda agora, não está? — Ela indicou o cabelo da minha mãe com um movimento de mão. — Você contou isso pra Jane? Estamos prontas pras visitas, estamos, sim.

— Chave — insistiu minha mãe, ainda me olhando.

— Certo, tudo bem — disse a enfermeira, se agachando. — De que você precisa? Quer uma chave? Quer que eu abra a janela, é isso?

Ela estava pensando o pior de mim: que eu tinha chave o tempo todo, que estava mentindo para ela agora.

Minha mãe bateu com a mão na bandeja, que caiu no chão, espalhando os lenços de papel, a jarra de água e o porta-retratos.

A enfermeira me olhou.

— Será que devemos...

— Tudo bem — falei, me levantando. — Não se preocupe. Volto semana que vem. Talvez ela tenha dormido mal à noite.

Eu estava perdendo o controle, cometendo erros.

Eu tinha dito antes que não tinha chave. E, pior ainda, tinha dito que, se tivesse chave, teria usado para salvar a vida dele. O que era besteira. Eu tinha usado a chave para tirar a vida dele, e agora ela sabia.

Eu não estava mentindo agora, mas menti antes, e ela me pegara na minha própria teia.

— Pai? — disse minha mãe, e me virei para olhar para ela. Ela estava perguntando por ele, porque precisava dele. Queria que ele se envolvesse, que fosse meu pai. Sabia que não deveria confiar em mim e sabia que estava frágil demais, fraca demais, para dar um jeito nisso.

— Você sabe que ele não vem — falei com a voz solidária. — Já falamos sobre isso. Ele não mora mais aqui. Lembra? Não faz parte da nossa família há anos.

E fui embora.

Só depois, a caminho de casa, comecei a pensar se ela não estava me repreendendo, se não estava tentando me punir, se não estava zangada, mas com medo. Ela estava me protegendo? Estava me avisando, me mandando tomar mais cuidado, prestar atenção, não ser pega?

Não é isso o que uma mãe faria?

Ela estava com medo por mim. Tinha olhado dentro de mim e visto que algo estava destruído, tinha visto minhas fraturas e admitido que eu talvez não fosse a melhor versão de mim mesma. E, apesar disso, ainda queria me proteger.

38

Quando cheguei em casa, liguei para Emma, mas ela não atendeu, então vi três filmes e pedi comida e fui para a cama. Liguei de novo na manhã seguinte, e ela continuou sem atender, mas não achei nada de mais, porque ela devia estar dormindo. Ela vivia fraca e estava sempre cansada. Além do mais, costumava se isolar quando as coisas ficavam sufocantes.

Liguei de novo na segunda depois do trabalho, e ela continuou sem atender, por isso decidi levar algumas frutas até o apartamento dela; ela comia ocasionalmente algumas fatias de maçã, mesmo nas piores semanas. Eu queria dizer que a amava e que queria ajudar.

Em nenhum momento desses três dias considerei que ela estivesse com problemas, em perigo, que alguma coisa estivesse errada.

Cheguei lá e bati na porta. Não houve resposta.

A polícia depois me perguntou se senti algum cheiro, e, embora eu nunca vá esquecer o fedor repugnante, não reparei na hora.

Mas comecei a sentir medo. Eu soube naquele momento que uma coisa ruim tinha acontecido.

Desci a escada e encontrei o segurança. Ele tinha sido contratado para patrulhar a área depois que um jovem fora esfaqueado em um estacionamento próximo. Ele estava sentado em um muro baixo de tijolos, e eu interrompi o filme a que ele estava assistindo discretamente no celular, para pedir ajuda. Ele suspirou alto e disse que não havia nada que pudesse fazer, que eu precisava voltar com a polícia.

Liguei na mesma hora e falei alto, expliquei que minha irmã estava vulnerável, tinha ficado hospitalizada poucos meses antes, vivia praticamente presa em casa e que eu não estava conseguindo falar com ela. Fiquei parada na frente do segurança, andando de um lado para o outro, interrompendo-o mais enquanto esperava a polícia chegar.

Senti-me meio ridícula porque, embora tivesse certeza de que alguma coisa estava errada, não conseguia afastar o medo (nem a esperança) de que estava provocando uma confusão à toa.

A polícia chegou, e acho que eles também sabiam que ela estava morta.

Por insistência deles, o segurança chamou o funcionário da manutenção, que nos acompanhou até o apartamento.

— Quer esperar aqui? — perguntou a policial. — Nós podemos entrar primeiro.

Balancei a cabeça.

— Tudo bem. Quero estar junto.

Eu sabia que minha pequena esperança era absurda, que ela estava morta, e eu não queria ser covarde desta vez, não queria olhar para o outro lado por estar com medo.

Abriram a porta, e senti o cheiro e entrei no apartamento. Ela estava deitada no sofá, mais inchada do que em qualquer outro momento da vida, a pele sarapintada de cinza, os olhos arregalados, com moscas voando à sua volta, uma delas pousada bem acima da pálpebra.

Fiquei parada, olhando, e a policial passou correndo por mim, para sentir o pulso dela, mas nós todos sabíamos que não havia pulso algum. O funcionário da manutenção teve ânsia de vômito atrás de mim, e o ouvi correr para a varanda.

Eu sabia havia anos que ela ia morrer.

Pode parecer mórbido, e talvez seja mesmo, mas ela tinha uma doença terminal. Tinha uma doença da qual jamais se recuperaria. Só havia um resultado.

A policial se levantou e balançou a cabeça e andou na minha direção, passou o braço pela minha cintura e me levou na direção da escada.

Não senti medo. Sabia o que esperar. Já tinha sentido essa dor e estava pronta.

— Você tem alguém para quem eu possa ligar? — perguntou ela.

Desta vez, não tinha ninguém.

Estas são algumas das coisas que você tem quando tem outras pessoas, coisas que não tenho mais: a presença firme, tranquilizadora, harmoniosa de alguém que se importa; o reflexo que vai na direção da história, a recontagem, quando uma coisa dá risivelmente errado; a pessoa para quem você ligaria da beira da estrada, do hospital, da traseira de um carro de polícia; a certeza de que você nunca vai ficar por muito tempo morta na cama sem ser encontrada, porque alguém está sempre de olho.

Como é viver sem essas coisas? Sem amor e sem risadas e sem amizade e sem esperança?

Não quero saber.

Não quero ter essa vida.

Estou fazendo uma escolha — que parece ousada, que é ousada — de recapturar essas coisas, custe o que custar, para fazer valer a pena viver esta vida.

Não quero mais viver assim.

O que quer dizer que as coisas vão ter que mudar.

A SÉTIMA MENTIRA

39

Emma morreu há menos de uma semana.
Não é muito tempo, é?
Ainda estou em choque. Devo estar.
Mas, ao mesmo tempo, acho que já cheguei ao suposto estágio final da dor. Sei que ela se foi; consigo aceitar que ela se foi.
Acho que eu sempre soube que ela não ficaria velha. Nunca supus que ela se tornaria uma daquelas mulheres fantasmagóricas com pele fina como papel deitada em uma cama de hospital. Nunca pareceu provável. Talvez porque ela sempre estivesse pronta, de tantas formas, como aquelas velhas nos corredores hospitalares.
Ela passava tanto tempo sozinha. Eu nunca a tinha visto tão fraca como nas últimas semanas. Seus ossos pareciam tão frágeis. Suas costas doíam, e os nós dos dedos estavam inchados e artríticos. Ela tinha dificuldade de subir a escada até o apartamento. Eram os quadris, ela dizia. Ela sofria de uma variedade tão complexa de doenças que passou a maior parte da vida adulta se equilibrando, de forma precária, no limite entre a vida e a morte.
Assim, eu sabia havia muito tempo que aquilo aconteceria. Dava para ver nas estrelas todas as noites, a verdade brilhando, o momento esperando para ser decretado. Não é a pior forma de perder uma pessoa amada.
As mortes que acontecem inesperadamente, os relâmpagos no céu escuro da noite, são bem piores. Você olha pela janela, e, de repente, está ali, na sua frente, brilhando mais do que as estrelas e caindo rápido. Não há tempo para se preparar nem para se firmar antes que a terra se mova debaixo dos seus pés.
Essas são as mortes que não conseguimos aceitar. São as piores e batem com mais força, destroem outras vidas e outros futuros, espalham destruição. Porque sentimos tudo de uma vez, em um momento só, quando a vida escorre pelas rachaduras da terra como líquido por entre dedos.

Voltei para casa logo depois de encontrá-la. Chorei, mas só um pouco. E adormeci.

Acordei cedo, cedo demais, e senti um desequilíbrio horrível, como se todas as peças que formavam minha vida antes daquele momento tivessem mudado de posição à noite. Vesti uma calça jeans e um suéter e saí para a rua, para lembrar a mim mesma que as árvores não estavam balançando e que as raízes delas não estavam tremendo debaixo do solo e que o asfalto não estava se quebrando lentamente na superfície da terra. Eu queria lembrar a mim mesma que isso não era o pior, que eu tinha sobrevivido a coisas piores.

Vi que o céu estava preto, iluminado só pela lua e pela luz quente dos postes. Andei pela cidade, pelas pracinhas de subúrbio escondidas nela. Havia carros estacionados, enfileirados junto ao meio-fio, as rodas encostadas na calçada. Andei pelo restaurante de curry com o letreiro néon brilhando na noite, pelo supermercado, a porta fechada com correntes e uma única lâmpada fluorescente tremeluzindo lá dentro. Passei por duas imobiliárias e três cabeleireiros e vi que a cidade não tinha mudado.

Voltei para o meu apartamento e vi partículas de poeira flutuando no meu quarto e na cozinha e comecei a limpar a casa. Porque a vida não reconhece as perdas pequenas e individuais. A poeira continua se acumulando. Tomei um banho, vesti meu pijama favorito e me sentei no sofá. Só me mexi para usar o banheiro e encher a taça de vinho e fazer umas fatias de torrada. Falei para mim mesma que eu tinha que ser paciente, perseverar, que aquilo também passaria.

Na noite seguinte, arrastei uma cadeira de jantar para o quarto e fiquei de pé nela, na frente do meu guarda-roupa aberto, e tateei, procurando os velhos álbuns de fotos criados pela minha mãe décadas antes, quando ainda éramos uma família. Encontrei-os lá: grossos e poeirentos, com capas de couro vermelho.

Sentei-me na cama e folheei as páginas, procurando fotos minhas junto de Emma. Havia dezenas. Havia uma minha com uma jardineira jeans e sandálias cor-de-rosa, encolhida no canto de uma poltrona, com ela nos braços, sobre as minhas coxas. Ela devia ter poucas semanas de idade, porque ainda havia tubos enfiados no nariz, passando pelas suas bochechas.

Uma foi tirada na frente de uma parede de tijolos, nós duas de mãos dadas com uniformes escolares iguais. Ela estava parada ao meu lado, a cabeça no meu peito. Havia uma linda de nós duas sentadas em um campo, com enroladinhos de salsicha e sanduíches e pãezinhos entre nós em um cobertor xadrez, um Frisbee na mão dela e vacas ao fundo. Havia uma de nós duas com maiôs laranja iguais, em um parque com tobogãs monstruosos e sinuosos atrás de nós. Naquela época, o corpinho dela era uma réplica em miniatura do meu: as mesmas coxas retas, os mesmos ombros empertigados. Havia duas fotografias festivas perto do final do álbum. Na primeira, estávamos sentadas lado a lado, de pijama, com presentes empilhados ao redor embrulhados em papel colorido, a árvore cintilando atrás de nós e sorrisos brilhantes e empolgados nos nossos rostos. Na segunda, estávamos usando casacos e galochas iguais, ao lado de um boneco de neve com uma cenoura como nariz e gravetos como braços. E, no finalzinho do último álbum, uma de nós na frente da última casa onde moramos como uma família, no dia em que fomos morar lá, paradas entre nossos pais.

Eu sabia que precisava contar para a minha mãe.

Era uma quarta-feira. Eu nunca tinha ido fazer uma visita numa quarta-feira, mas sabia que não deveria esperar até sábado. Fui até a estação e entrei no trem e vi meu próprio rosto na janela. Meus olhos estavam vermelhos e inchados, e minha pele, cinzenta. Esfreguei as bochechas, para reavivá-las. Tentei não chorar no trajeto, na esperança de que estivessem melhor quando eu chegasse lá.

Apertei a campainha na recepção, e a recepcionista se aproximou e suspirou alto quando falei que precisava falar com a minha mãe e que era um assunto urgente.

— Não estávamos esperando você hoje — disse ela.

— Como falei — repeti —, é urgente.

— Ela pode estar na sala...

— Não vai estar.

— Nós alocamos as horas de visita...

Ela parou de falar quando me virei e saí andando pelo corredor na direção do quarto da minha mãe.

Ela não pareceu surpresa de me ver. Sorriu quando me sentei na ponta da cama; devia estar achando que era fim de semana. Ela estava usando o cardigã azul de novo, as mangas puxadas até os cotovelos, e parecia que ainda estava de pijama por baixo.

— Preciso falar com você — falei.

Ela assentiu.

— A notícia não é boa.

Ela assentiu de novo.

— Mãe, a notícia é bem ruim, do pior tipo.

Eu não a chamava de *mãe* havia anos. A palavra sempre pareceu pouco natural na minha boca, como se não pertencesse à mulher que estava na minha frente.

Ela inclinou a cabeça para a esquerda. Assentiu de novo, com mais vigor agora, querendo que eu falasse, que contasse a ela, que acabasse com aquela enrolação desnecessária.

— É sobre Emma.

Ela me encarou. Eu continuei.

— Fui vê-la, como falei, para ver se ela estava bem. Ela não estava atendendo o telefone. Quando apareci lá, ela não atendeu a porta. Acabei ligando pra polícia, porque ninguém queria me deixar entrar no apartamento, mas, então, chegaram. E abriram a porta.

Eu queria que ela dissesse alguma coisa, mas ela ficou em silêncio, e continuei contando o que tinha acontecido, cambaleando entre os momentos que vieram em seguida, meus pensamentos, meus medos, todas as formas como aquilo poderia ter terminado de um jeito diferente. Eu sabia que ela estava aturdida, mas não consegui ir mais devagar. Contei que a filha dela estava morta, com palavras que eu nunca tinha usado antes, palavras que estavam esperando dentro de mim, mas que eu queria que ficassem lá para sempre.

— Mãe, ela se foi. Acho que foi o coração.

Creio que ela finalmente entendeu, porque ela ofegou, e seus olhos assumiram uma expressão louca e sobressaltada. Ela abriu e fechou a boca e se virou para longe de mim.

Tentei segurar a mão dela, mas ela a puxou de mim.

Tentei falar com ela, mas ela começou a cantarolar baixinho, e eu soube que ela não estava ouvindo.

Ela não quis mais olhar para mim depois disso. Fui na direção dela, inclinei a cabeça para encará-la, mas seu olhar estava sem foco, como se olhasse através de mim.

Eu soube que era o fim, que o fungo contra o qual ela vinha lutando nos últimos anos se espalharia livremente pelo seu cérebro. Agarrar-se a si mesma tinha sido uma tremenda batalha; exigia muito esforço todos os dias. E não valeria mais a pena.

Assim, fui embora.

40

Fui a única família da minha mãe por muitos anos. Fui o marido, a filha mais velha e a mais nova também. E, sim, me ressenti disso às vezes. E, sim, era um tédio enorme ir vê-la todos os fins de semana. E, sim, era frustrante ninguém mais sentir culpa suficiente para fazer o mesmo.

Todos eram tão egoístas. Todos estavam cagando. Todo mundo estava cagando.

Eu também deveria cagar. Não deveria ter me dado a porra de trabalho algum; foi uma perda do meu tempo e da minha paciência e da minha vida, passá-la com ela e pensar que eu estava fazendo uma coisa boa e sendo uma coisa melhor e me sacrificando por ela para ela ter a ousadia de não poder estar ao meu lado.

Ah.

Desculpe.

Eu te assustei?

Por favor, não chore.

Encontrei minha irmã morta no começo da semana. E minha mãe se retraiu na demência alguns dias atrás. Se alguém deveria estar chorando agora, acho que deveria ser eu.

Ela não era capaz de existir sem a filha mais nova. Não era capaz de existir para mim.

Foi uma semana muito difícil.

Hoje de manhã, recebi uma mensagem de Marnie. Ela disse que lamentava, mas que precisava cancelar nosso jantar desta noite, coisa que parece ser a regra atualmente. A desculpa dela (e sempre tem uma boa, algo difícil de questionar) é que Audrey não está bem e passou a noite toda acordada com uma febre de mais de trinta e oito graus.

Respondi que não era para ela se preocupar comigo, mandando meu amor e desejos de melhoras.

Mas não senti solidariedade. Só senti tristeza. Porque não éramos mais crianças com copos de papel e um fio de barbante esticado entre nossas janelas do quarto. Estávamos tão distantes, tão desconectadas, tão afastadas da vida uma da outra.

Valerie tinha falado sobre uma bola de demolição, como se houvesse uma coisa por aí que fosse a morte dessa amizade. Eu queria tornar nossas paredes fortes, firmes, tão seguras que nada, nem mesmo uma coisa substancial, pudesse quebrar os tijolos. Eu precisava reforçar nossa amizade, escorá-la e torná-la algo que aguentasse a força da verdade.

Eu inseriria as várias descobertas de Valerie nas nossas conversas de uma forma muito casual, mencionando vizinhos barulhentos, que as paredes e pisos do prédio dela eram muito finos, que os sons pareciam proliferar entre apartamentos. Planejava me referir bem casualmente à minha semana no apartamento, citar minha estada de alguma forma; o estalo dos canos à noite ou o tiquetaquear do relógio no quarto dela, e ficar chocada pela sua surpresa inevitável.

— Charles não te contou? — eu diria. — Foi sugestão dele.

Eu contaria sobre o encontro no trem. Revelaria (e essa parte, pelo menos, seria verdade) que tinha sido seguida, perseguida, até, por aquela jornalista ameaçadora e perguntaria se ela achava que deveríamos chamar a polícia. Valerie. Eu diria o nome dela e não teria medo. Porque desta vez a história dela pertenceria a mim. E eu faria outra coisa dela, uma coisa não confiável, mentirosa.

Mas, para fazer essas coisas, eu precisava passar tempo com Marnie.

Apesar de estar decepcionada por ela ter cancelado, eu tinha certeza de que ela teria tempo para mim quando soubesse da minha irmã, da minha mãe. Porque, embora a morte seja o grande divisor, ela também une. Nunca se sabe o quanto se é amado até estar no epicentro de uma dor tão grande e ampla que não dá para ver além das beiradas. Porque então, rapidamente, rostos começam a aparecer no alto dos muros, passando cartões e cartas e flores e comida. E aquelas pessoas são as suas pessoas, e elas encontram um jeito de tirar você de lá.

Marnie encontrou um jeito de me tirar da primeira vez.

Eu sabia que ela poderia me salvar de novo.

Uma amizade assim é importante. Não se abre mão de um amor assim.

Valerie também parecia incapaz de abrir mão de um amor como o nosso.

Eu a encontrei esperando no saguão do meu prédio hoje, mais cedo. Eu tinha ido ao supermercado e não reparei nela de primeira, mas ela me chamou depois que peguei minhas correspondências. Ela estava sentada em uma antiga cadeira de escritório que esperava ser recolhida, girando em círculos e deixando marcas sujas de sola de sapato nas paredes recém-pintadas. Tinha feito uma tatuagem nova, uma pequena ilustração de flor, embaixo do lóbulo da orelha esquerda. A calça jeans estava larga, rasgada nos joelhos, e ela usava um suéter preto apertado.

Ela parou de girar e sorriu.

— Legal te ver aqui — disse ela, erguendo as pernas e cruzando-as no assento. — Eu queria falar com você sobre a semana passada.

— Não é uma boa hora — respondi, parada na porta do elevador, as cartas na frente do peito. Não fiquei surpresa ao vê-la. Deveria ter ficado, pois era um espaço que parecia completamente meu, mas uma coisa tinha mudado entre nós. Eu a conhecia um pouco melhor agora, conhecia a obstinação dela, e ela não conseguia mais me chocar da mesma forma.

— É importante — disse ela. — Você me aborreceu.

Eu ri; não pude evitar. Foi uma delícia, uma explosão de alívio, apesar de a culpa e a dor surgirem logo em seguida.

— Aborreci você? Sério?

— No trem. Quando você falou que eu sentia inveja.

— E não sente? — perguntei.

— Não, eu sinto — respondeu ela. — Mas essa não é a questão.

Havia algo infantil na sinceridade dela, na presença dela, na simplicidade do que estava dizendo. Nas semanas anteriores, eu a rastreei pela internet, seguindo-a desde a época de escola (havia um artigo de sua autoria sobre adolescentes sem rumo na vida que estava disponível no site da escola) até a faculdade, onde editou o jornal do campus. Encontrei as plataformas antigas de redes sociais dela; os melhores amigos e interesses e a lista de pessoas que ela gostaria de conhecer. Rastreei sua mudança de hobbies e casas e hábitos. Ela tinha começado a nadar ao ar livre aos vinte e nove anos. Ia pelo menos uma vez por semana. Mudou-se para Elephant and Castle aos trinta, depois que o casamento terminou. Fez uma tatuagem nova a cada aniversário depois disso; a da nuca foi a primeira.

Mas o que talvez fosse mais impressionante, uma coisa que só registrei naquele momento, era que todos os melhores amigos, registrados como tais aos dezessete anos, estavam ausentes desde então. Eles não apareciam no Instagram dela. Não a seguiam no Twitter.

— Só me diz uma coisa, e vou embora — continuou ela. — Como vocês ainda são tão amigas?

Não respondi.

— Vamos lá — disse ela. — Essa é a última pergunta que vou fazer a você. Porque não faz sentido pra mim. Ter uma melhor amiga. Na nossa idade. É meio infantil, não é?

— Eu acho bem especial — respondi.

— Não é o que eu acho — começou ela. — Porque não é real, é...

— Você não tem velhos amigos? Que são tão parte de você que você não consegue se lembrar da vida sem eles?

— Não — respondeu ela. — Não tenho.

— Que solitário.

Ela deu de ombros e descruzou as pernas, apoiando os pés no chão.

— Eu acho... — Ela tentou continuar. — Que...

— Nem mesmo um? — perguntei.

— Quero falar sobre você. Estou interessada em você.

— Mas eu não estou interessada em você — respondi, segurando as cartas na frente do corpo, tentando parecer indiferente. Havia uma carta do banco, outra da minha universidade. Havia um bilhete escrito à mão de um morador do térreo insistindo para que tomássemos mais cuidado e fechássemos a porta de entrada *direito*.

Olhei para ela, e ela estava sorrindo.

— Ainda assim, está me fazendo muitas perguntas — disse ela. — Eu te conheço, Jane. Você queria que não conhecesse.

— Você não me conhece mesmo — falei, mas senti o equilíbrio da conversa mudando, ela tomando o controle, puxando minhas cordas.

Ela deu de ombros.

— Você é solitária. Ela cancelou os planos desta noite? Será que ela sabe como você fica chateada? Imagino que não. Ela não conhece você como eu, sabe. E...

— Eu tenho que ir — falei e me virei para o elevador e apertei o botão.

Ela riu.

— Se você diz. Mas, se eu te conheço, e acho que conheço, você não tem lugar pra onde tenha que ir.

— Acabou? — perguntei enquanto um dos elevadores descia pelo vão, se aproximando de nós.

— Ainda não — disse ela. — Eu vim contar outra coisa. Você não quer saber o que é?

— Não. — Apertei o botão de novo.

— Isso é mentira. Sei que quer.

— Então fala.

Eu poderia fingir para mim (e para você) que era armação. Poderia dizer que a encorajei só para acelerar a conversa, só para dar espaço para ela dizer o que queria dizer, na esperança de ela ir embora. Mas ela estava certa, claro. Eu queria saber.

— Não vou mais te seguir. — Ela fez uma pausa e me olhou. — Isso não ganha nem um sorriso?

— Não ligo.

— Liga. Está aliviada. Bom, é isso. É o que eu queria dizer. Não é que essa investigação tenha terminado. Não terminou. Ainda quero que Marnie descubra a verdade. Porque é tão mais do que o que estava na minha primeira mensagem, não é? Tem tanta coisa que ela não sabe. Mas não estou mais com pressa.

— Valerie...

— Você vai destruir isso tudo sozinha.

— Ah, por...

— Aí, vou escrever tudo.

O elevador chegou, e as portas se abriram. Eu entrei.

— Me liga quando acabar — sussurrou ela.

41

Não fui trabalhar esta semana. Duncan me mandou um e-mail irritado sobre eu estar negligenciando minhas responsabilidades. Recebi uma mensagem de texto preocupada de Peter. Não respondi a nenhum dos dois.

Acho que ando sentindo muita pena de mim mesma, e hoje foi o pior dia, o ápice de tantas notícias ruins.

Mas aí, inesperadamente, as coisas começaram a parecer um pouco melhores. Quando eu estava começando a sentir fome, já pensando no jantar, recebi um telefonema de Marnie. Ela estava frenética, nervosa, agitada, como costuma ficar, sem conseguir ter uma conversa calma e moderada. Disse que a temperatura de Audrey subira de novo, que tinham conseguido uma consulta de último minuto com o médico, que era muito bom, sempre disposto a dar um jeito pelo bebê, e que ele diagnosticou uma otite, e ela estava com uma cópia da receita, mas também tinham enviado uma cópia para a farmácia. Será que eu me importaria, porque era uma farmácia entre os nossos apartamentos que ficava aberta até mais tarde, será que eu poderia?

— Claro — falei. — Estarei aí assim que puder.

Vesti minha calça jeans velha e este suéter e minhas botas marrom-escuras e andei até o metrô na chuva e me sentei em um vagão cheio de famílias de capas pingando com nuvens de condensação nas janelas e senti esperança. Porque era uma boa notícia, não era? Era uma reunião, o remédio, um jeito de reconstruir o que parecia tão destruído.

Eu sabia exatamente o que aconteceria. Dava para imaginar o rosto dela quando ela soubesse o que houve com Emma: o choque, a tristeza. Eu a via botando água para ferver e pedindo comida e decidindo que chá não era o tônico certo, não para aquele ferimento, e abrindo uma garrafa de vinho. Audrey dormiria rapidamente por causa do antibiótico, do analgésico, e cuidaríamos dessa tristeza juntas.

Mas as coisas não foram tão simples. Porque fui à farmácia, conforme instruída, e descobri que tinha fechado uma hora antes do que esperávamos. A placa na porta estava certa: sextas-feiras das oito às nove. Mas as mensagens ficaram confusas, e a informação se perdeu. Liguei para Marnie. Disse que iria até a casa dela, pegaria a cópia da receita e encontraria outra farmácia. Ela entrou em pânico, porque e se não houvesse outra farmácia, não houvesse como conseguir o remédio certo naquela noite. Garanti que tudo ficaria bem e imaginei um momento mais tarde, quando ela me consolaria.

    Entrei no trem seguinte, e, quando cheguei à estação dela, havia um variado de tons de cinza no céu, nos prédios, no asfalto. Segui meu caminho de sempre até o apartamento, pela passagem e pelas fileiras de lojas. E todos aqueles passos, todos aqueles momentos foram positivos. Aqueles eram meus locais, o caminho para as minhas pessoas. Chorei brevemente, o que não é incomum para mim no momento, mas foi de um jeito meio estranho e catártico.

    Encontrei seu vizinho no saguão. Lembra-se do homem com a pasta, correndo para ir trabalhar no dia em que você nasceu? Ele tinha acabado de voltar do escritório e estava parado na porta, sacudindo o guarda-chuva na rua, para tirar o excesso de água. Ele me cumprimentou com um sorrisinho e um leve movimento de cabeça.

    Jeremy me cumprimentou com um aceno rápido.

    Senti que ali era meu lugar.

    Bati na porta, e ela a abriu e pareceu feliz de me ver.

— Você veio — disse ela e sorriu.

Ela usava uma calça jeans escura e uma camiseta creme, larga nos quadris, mas justa nos braços. O cabelo estava preso em um coque frouxo, e, como sempre, os fios mais curtos tinham se soltado na frente. Ela estava linda.

— Me desculpe — disse ela. — Eles falaram oito horas. Tenho certeza de que disseram oito horas.

O apartamento estava impecável: o piso brilhando, e as superfícies, livres de detritos, e não identifiquei uma única coisa que tivesse sido do Charles.

— Algum problema? — perguntou ela e se inclinou para perto de mim, como se para olhar melhor. — Você andou chorando?

Acho que devo ter assentido.

— O que foi? — perguntou ela, me levando até a sala.

Audrey estava deitada em um tapete amarelo no chão, usando só uma fralda e com as bochechas rosadas.

— Aqui — insistiu Marnie. — Senta. O que houve?

Ela parou na minha frente e olhei para o cinto preto de couro com fivela dourada e tentei me concentrar. Eu não estava mais chorando, mas meus olhos doíam. Perguntei-me se estavam vermelhos ou com manchas pretas.

Sentei-me no sofá e abracei uma almofada cinza contra o peito.

— Tive uma semana horrível — falei. — Emma...

Eu não sabia como terminar a frase, mas não precisava dizer mais nada.

— Não — disse Marnie, sussurrando. — Ah, Deus. Quando? O que houve? Por que você não me ligou?

— Eu a encontrei.

— Jane!

— Na segunda.

Marnie andou pela sala, passando os dedos pelo cabelo, em volta da mesa de centro. Tinha pernas de madeira e tampo de vidro, e, quando olhei com atenção, vi que havia pequenas manchas — digitais e marcas de água, aros brancos de canecas e copos — espalhadas pela superfície.

— Você deveria ter me ligado. Eu teria ido na mesma hora. Não consigo acreditar. Como...? Você contou pra sua mãe?

Marnie fechou a porta da varanda e puxou a cortina na frente do vidro. A sala pareceu menor sem o barulho das buzinas dos carros e das vozes da rua abaixo.

Éramos só nós.

— Ela quase não está mais presente — respondi. — Parece que ela sumiu na mesma hora, assim que contei. Ela não quis olhar para mim depois. Não quis me ouvir. Ela ainda estava sentada lá, como estava minutos antes, mas completamente ausente.

— Ah, Jane. Sinto muito. — Marnie se sentou no sofá ao meu lado.

— Faz sentido — respondi.

— Não faz sentido — disse Marnie. — Como isso pode fazer algum sentido?

— Ela sempre foi doida pela Emma, não foi? E se é a demência ou... Que importância tem? Ela nunca esteve ao meu lado me apoiando mesmo.

Marnie soltou um gritinho vindo do fundo da garganta.

— Que coisa horrível de acontecer — disse ela. — Isso é horrível. Pobrezinha. Deve ter sido um choque. Você foi trabalhar depois?

Balancei a cabeça.

— Você ficou em casa? A semana toda? Sozinha? Por que não...? — Ela segurou minhas mãos, e as unhas estavam pintadas de esmalte rosa e tão compridas que fizeram cócegas na minha pele enquanto ela esquentava meus dedos. — Eu podia ter ido pra lá. Podia ter cuidado de você. Odeio pensar que você passou por isso sozinha.

— Não é tão ruim — falei.

— Que absurdo — disse ela, batendo no meu braço. — É loucura ficar sozinha depois de... um trauma desses. Sempre estou e sempre estive do outro lado do telefone. Você deveria ter ligado. Mas isso não importa agora. Estou aqui. Estou aqui. Estou sempre aqui. Quando é o enterro? Sua mãe vem? Você precisa de ajuda para organizar? Ou com a casa dela? O que posso fazer?

— Combinei de esvaziar o apartamento dela amanhã — falei. — Tem uma pessoa que vai se mudar na segunda. Eu esperava que não fosse tão corrido, mas a procura é grande, o apartamento é barato, sabe, e...

Audrey começou a choramingar e, em segundos, estava gritando. O rostinho estava de um vermelho doloroso, as mãozinhas fechadas batendo no chão, os pés balançando no ar.

— Ah, eu sei, eu sei — disse Marnie, correndo para pegá-la. — Sei que você está se sentindo mal, minha pobrezinha. — Ela balançou Audrey no quadril, girando devagar, se virando para mim e depois de costas, mas nunca olhando para mim. — Eu sei, eu sei. — Ela encostou as costas da mão na testa de Audrey. — Ah, minha pequena, você está pegando fogo de novo. Que horas são? — Ela olhou para o relógio pendurado na parede, para os números romanos e os ponteiros de metal. — Sim, vamos tomar uma coisa para resolver essa febre. E a mamãe vai dar a receita pra tia Jane, e vamos fazer você voltar ao normal logo, logo.

Elas desapareceram na cozinha.

— Jane — chamou ela —, você pode procurar uma que esteja aberta?

Falei para mim mesma que eu tinha que ficar calma, ser paciente, não ler uma verdade que não estava lá como a sensação de abandono que estava preenchendo meus pulmões, como o pânico que vibrava em mim. Forcei-me a fazer o que ela pediu e encontrei só uma farmácia aberta ali perto. Ficava a alguns quilômetros do apartamento, mas não era perto de uma estação de metrô e também não havia ponto de ônibus por lá. Ouvi Audrey gritando, o consolo incessante de Marnie ("Pronto. Não chore. A mamãe está aqui"), e senti uma fúria crescendo dentro de mim e tentei sufocá-la.

— E aí? — perguntou ela ao voltar e franziu a testa quando expliquei o problema, que eu levaria mais de uma hora para chegar lá, pois teria que andar pela maior parte da distância e talvez mais para voltar.

— Ah, isso é absurdo — disse ela. — Estamos em uma das maiores cidades do mundo, e não consigo encontrar uma porra de farmácia que seja acessível. Tudo bem. Vou botá-la no chão e vou eu mesma resolver isso. Vou de carro. Vai ser mais rápido. E você fica aqui com Audrey? Tudo bem?

Assenti.

— Que bom — disse ela. — Me dê alguns minutos.

Elas subiram, e eu liguei a televisão e tentei encontrar uma coisa que quisesse ver, e havia tantas escolhas, mas nada que parecesse vagamente atraente. Fui até a geladeira, e havia uma garrafa de vinho branco, então a abri. Nem pensei que ela se importaria. E servi uma taça para mim. Olhei os armários em busca de um

DVD ou livro que me interessasse, mas não consegui me concentrar. Cinco minutos se passaram. E dez. Fiquei olhando para a tela desligada da televisão, um vazio preto no meio da chaminé.

— Pronto — disse Marnie, voltando às pressas. — Ela não está dormindo. Estou tão cansada que não acredito que vamos dormir algum dia. Ela está cheia de energia, mas pelo menos está mais calma agora. O choro parou, e isso é um começo. — Ela andou de um lado para o outro, pegou a carteira e o celular e a chave do carro e enfiou tudo na bolsa preta de couro. — Acho que é tudo. — Ela tirou a capa do gancho de madeira do corredor e a jogou nos ombros. Ela apontou para a escada. — Você pode dar uma olhada nela daqui a alguns minutos? Pra ver se a temperatura está baixando? Tem um termômetro lá, um daqueles de ouvido. Se ela ficar muito agitada, tenta dar leite pra ela. Está na geladeira se você precisar. A bolsa de troca está embaixo da escada, mas acho que tem tudo no quarto dela. Pronto. Já vou. Volto logo, no máximo em meia hora. Vamos conversar direito quando eu voltar. Sinto muito, Jane. Não vou demorar.

Não falei nada. Não consegui pensar no que dizer. Eu estava sentindo uma decepção absurda e achei que fosse ficar com raiva, mas não fiquei. Só fiquei triste.

Então eu vim para cá, para o seu quarto.

E comecei a te contar esta história.

Porque é uma coisa que você merece ouvir.

Afinal, esta é a história de como você veio a existir, da sua vida e das pessoas que nos trouxeram até este momento. Era para ser uma história sobre o seu pai, sobre a inadequação dele, sobre a morte dele. Era para ser uma história sobre a sua mãe, sobre o quanto ela é incrível e todas as pequenas formas pelas quais nosso amor nos sustentou. Era para me tranquilizar, para me lembrar, para tornar esta noite menos imperdoável.

Mas não foi nada disso.

42

Há muitas coisas que fazem você se sentir pior quando deveriam fazer você se sentir melhor. Comida de restaurante. É uma coisa maravilhosa no momento: a base de tomate de uma pizza, o chutney de manga ácido com um paparis, panquecas crocantes de pato. Mas pesam no estômago. Nunca é tão bom depois, como achamos que era antes de comer. Eu achei que minha conversa com Marnie seguiria um caminho bem diferente. Não esperava me sentir tão pior depois.

Porque eu achava que a conhecia. Se você me perguntasse, eu teria dito que podia prever com precisão a resposta dela a praticamente qualquer conversa. Eu poderia dizer, por exemplo, que ela gostava do hambúrguer ao ponto, com queijo extra e tomates, por favor. Poderia dizer que ela reviraria os olhos se você perguntasse sobre os pais dela, sem importar quem você era, sem importar qual era a pergunta. Poderia dizer que ela entregaria o trabalho depois do prazo estipulado, mas só algumas horas depois. Poderia dizer que ela não retornaria uma ligação e não era para você deixar mensagem porque era improvável que ela ouvisse. Poderia dizer que ela não conseguia, nunca aceitaria comer pepino e que ela ficaria bem mais feliz se você comesse o seu rapidamente, para que ela não tivesse que vê-lo ali no seu prato.

Todas essas coisas ainda são verdade.

Mas aquela conversa não foi como eu esperava. Eu tinha escrito nossas falas com perfeição: a preocupação dela, o apoio, a atenção focada em mim. Mas, sem aviso, ela improvisou.

Estou decepcionada. Estou com medo. Acho que estou confusa.

Sei que você não está bem. E não sou burra. Entendo que é responsabilidade dela garantir que você tome a medicação correta, cuidar de você, ser sua mãe. Mas me interromper no meio de uma frase, ir fazer outra coisa sem dar atenção, minimizar minha perda de forma tão descarada, tão insensível? Acho que são coisas que nenhuma melhor amiga deveria fazer. O que você acha?

Ela enviou uma mensagem mais de uma hora atrás, para dizer que a farmácia estava fechada, que havia uma placa na porta que dizia EMERGÊNCIA FAMILIAR — ABERTO NA SEGUNDA-FEIRA e que ela ia procurar outra, mas desliguei meu celular, porque queria que ficássemos só nós duas e nossa história, porque eu precisava de espaço para pensar, para expor minha angústia sozinha.

Meu pai sempre dizia que, quando você se apaixona por alguém, deve se esforçar ao máximo para amar a pessoa um pouco menos do que você ama a si mesmo. É a única forma de se proteger, ele teria dito.

Mas é tarde demais agora. Eu poderia sair deste apartamento em algumas horas e nunca mais olhar para trás, nunca mais ligar para nenhuma de vocês duas? Acho que não. É difícil demais desapegar de um amor grande desses. Eu não saberia como desfazer os fios entrelaçados nas minhas costelas e nas minhas juntas e nos meus músculos. E, mesmo que soubesse, eu não ia querer.

Meu pai estava errado. Acho que, se você ama demais alguém, deveria fazer o que for preciso para fazer com que a pessoa te ame. E eu a amo: seu jeito aberto, seu calor, a confiança e a luz que emanam dela. Nenhuma dessas coisas mudou. Mas não bastam mais. Ela é aberta, mas a você. É calorosa, mas com você. É amorosa, mas com você.

Ela não tem mais luz para mim.

Posso dizer que queria que sua mãe me amasse tanto quanto ela ama você?

Talvez não.

Mas é verdade.

Porque ela amava. Foi juntas que descobrimos a amizade e percebemos que era diferente, melhor do que nossos relacionamentos com as pessoas que eram obrigadas a nos amar. Descobrimos que nos ancorava à nossa própria vida. E, anos depois, abrimos mão disso. Eu gostaria de poder dizer que você não vai cometer os mesmos erros, mas você vai, porque nós todos cometemos. Nós todos sacrificamos os melhores amores em busca de algo melhor.

Ah.

Ah, não.

É isso, não é?

Eu nem sabia que havia mais. Não conseguia ver.

Mas estou certa, não estou?

Faz tanto sentido.

Você se separa da família e depois dos amigos, membro a membro, osso a osso, lembrança a lembrança, quando seu eu único se torna parte de um dois diferente, parte do amor romântico. Achei que era isso: o estágio final. Não vi que o padrão se repete uma última vez. Que não é um fio, mas um círculo, que um estágio alimenta o seguinte, até você acabar no mesmo lugar em que começou, que volta, de novo, para a família.

Você cria novos membros e novos ossos e não é mais uma pessoa só porque, desta vez, você se torna duas de verdade. Seu esqueleto abriga outra vida. Uma vida que existe dentro da sua. E isso não pode ser desfeito. Esses membros e ossos, esse novo ser, vão existir além do seu corpo, e uma parte sua vai viver para sempre fora de você. Seu coração é agora dois corações, e um deles sempre está em outro lugar.

Eu não tinha percebido antes.

Mas é você.

Você desfez essa amizade, com suas perninhas e bracinhos e seu coraçãozinho trovejando no peito. Você criou esse amor implacável, ingrato e desequilibrado.

Achei que tinha sido eu, alguma coisa que eu fiz, mas não foi isso, não mesmo.

Lembra-se das duas mulheres do começo desta história? Uma alta e clara, uma encolhida e escura, totalmente à vontade na companhia uma da outra. Lembra-se dos galhos fortes das duas, das raízes longas e emaranhadas? Eu vi essa árvore murchar. Mas posso reavivá-la. Perdi meu amor romântico e acabei com o dela. Criei uma forma de voltarmos à amizade. Eu precisava que fôssemos mais fortes do que nunca, e só tem um jeito de conseguir isso.

Preciso fazer de novo.

Parece excessivo. Não parece excessivo? Mas, se eu não fizer nada, vou ficar presa aqui, nessa vida terrível, horrenda, na qual as pessoas me deixam voluntariamente, porque não sou boa para viver, e essa não é a vida que eu quero. Só tem um caminho que vai me levar até lá, até uma vida que valha a pena. E, sinto muito, mas você não faz parte dela.

— Me liga se houver algum problema — ela gritou ao desaparecer pelo corredor, ainda enfiando o outro braço na manga do casaco. Ela dobrou a esquina. — Cuida bem do meu bebê — eu a ouvi cantarolar.

— Pode deixar — gritei, e a porta bateu.

Acho que essa foi minha sétima mentira.

43

Houve uma ocasião em que quase tive um bebê.

Eu me lembro da noite em que ele morreu. É possível que ele fosse ela, mas sempre foi "ele" para mim. Eu só o conheci por aquela noite.

Nós tínhamos ido jantar com uns amigos, só uns poucos, não muitos. Eu tinha convidado Marnie. Jonathan tinha convidado Daniel e Ben, que ele conhecia desde a época de escola; Lucy, a esposa de Ben, e Caro, que era a única mulher do grupo de ciclismo deles. Foi bom. Fomos a um restaurante de curry e pedimos comida demais, uma garrafa de cerveja atrás da outra, e terminamos com copos de licor. Nós nos abraçamos na despedida, e Marnie disse que tinha boas notícias, que tínhamos que nos ver, que havia um homem e que as coisas estavam indo bem, nós podíamos conversar? Caro e a namorada iam viajar na manhã seguinte, para pedalar pela França, e ela prometeu nos enviar um cartão-postal. Ben e Lucy iam jantar com os pais dos dois na semana seguinte, e nós todos sabíamos, mas ninguém falou, que ele a pediria em casamento em algumas semanas.

Foi uma noite normal: encantadora, maravilhosa, normal. Sinto muita falta disso, sabe. Quando você olha para um ambiente ou por cima de uma mesa e se dá conta de que está cercada de pessoas que te amam, que precisam de você, que escolhem você. Sinto falta de me sentir louca e inesperadamente sortuda. Não sinto isso há tanto tempo.

Naquela noite, o sangramento não parava. Sentei-me na privada do nosso banheirinho azulejado, e as cólicas abdominais foram furiosas, pulsando implacavelmente dentro de mim. Segurei a camisola em volta da cintura, e minha calcinha estava esticada nos meus tornozelos, com uma mancha vermelha.

Lembro-me de lágrimas caindo nos meus joelhos, descendo até os tornozelos. Eu não sabia que estava grávida, então acho que não era luto, mas eu estava com medo, tremendo, o corpo todo vibrando. De repente, fiquei com raiva. Lembro-me de um barulho terrível, um rugido terrível, das profundezas da minha barriga, um barulho que trovejou pelos meus ossos e encheu aquele aposento frio e pequeno.

— Jane? — Eu me lembro dele me chamando. Do som da voz dele. Ainda consigo ouvi-lo como se ele estivesse aqui. — O que foi, Jane?

Eu o ignorei, porque não havia palavras que conseguissem explicar.

— Jane. Por favor. Abre a porta.

Eu não disse nada.

— Jane! — gritou ele. — Destranca. Agora.

Não destranquei. Alguns segundos depois, ele entrou no aposento acompanhado de barulho e caos, quando a porta tremeu nas dobradiças e a madeira em volta da fechadura rachou e caiu no chão. Lembro que ele usava uma calça jeans escura. Ele não estava de cinto, então ela caía da cintura, até os quadris. A camiseta cinza tinha uma mancha na barra: tinta amarela, acho. O maxilar dele estava contraído, e os olhos, fixos e concentrados, mas os lábios estavam apertados e assustados.

— Tudo bem — disse ele ao se ajoelhar no chão à minha frente. — Vai ficar tudo bem.

Ele se inclinou para a frente e beijou minha cabeça. Ele era um bom homem, o melhor. Eu me lembro dele me oferecendo as mãos e percebendo que as minhas estavam molhadas de sangue e fazendo uma careta, mas se obrigando a ficar com as dele no lugar. Porque ele queria que eu soubesse que, apesar do que estava acontecendo, ele ainda ia cuidar de mim e que nós tínhamos um laço, sempre um laço, que nunca falharia.

Eu me levantei, e ele puxou minha camisola pela cabeça.

— Vou buscar uma roupa — disse ele. — Tudo bem? Você vai ficar aqui?

Assenti, e ele sorriu; foi um sorriso pequeno e suave que me dizia para não entrar em pânico.

Eu o ouvi correr até minha cômoda. Acho que ele não queria ficar longe de mim por muito tempo. Ele voltou com uma calcinha velha que já tinha sido branca, mas estava cinza, e uma camisola grossa de algodão.

— Precisa de alguma coisa pra...? — Ele olhou para a calcinha limpa na mão.

Assenti e apontei para a gaveta embaixo da pia.

— Disto? — Ele mostrou um pacote roxo de absorventes.

Assenti.

— Quer...? — Seus olhos estavam implorando, dizendo por favor, você consegue fazer essa parte sozinha, e acabo sorrindo agora por saber que ele teria feito por mim se eu tivesse pedido. Ele se virou, e limpei entre as pernas várias vezes. Continuei até me sentir mais seca, mas não mais limpa. Vesti a calcinha e abri as pernas, para esticar o tecido e prender o absorvente no lugar. Jonathan segurava um pedaço de pano embaixo da pia. Ele limpou minhas mãos, uma de cada vez, e entre meus dedos, e delicadamente em volta da aliança que tinha me dado. Eu me levantei e vesti a camisola.

— Preciso de uma parte de baixo — falei.
— Também?
Assenti de novo.
— Tudo bem — disse ele. — Vai pra cama que vou procurar.

Fui para o quarto, as pernas ainda grudentas, o absorvente já úmido. Puxei o edredom e entrei embaixo, surpresa ao ver minhas mãos, como estavam limpas, inalteradas.

Jonathan me deu um pijama dele. Era verde e vermelho, quadriculado, com elástico na cintura. Ele usava o tempo todo: de manhã, quando tomava café e lia o jornal, à noite, quando ficava no sofá vendo filmes. Ainda o tenho.

— Mas vai ficar... — comecei.
Ele balançou a cabeça.
— Não importa.

Eu não sabia que estava grávida. Pensei nos fins de semana anteriores, nos lugares aonde fomos e nas pessoas que vimos, e percebi que devia ter sido um mês ou dois antes, mas eu estava tão ocupada e feliz que o tempo passou e não percebi.

Eu não sabia (e tive dificuldade de articular isso na ocasião), mas parecia que aquilo negava a minha experiência. Eu estava triste, mas não conseguia justificar a tristeza, porque como é possível sentir falta de uma coisa que nunca existiu?

Mas, ao mesmo tempo, foi uma coisa e tanto, não uma coisa grande, uma coisa pequena, mas uma coisa mesmo assim. Eu vi a pessoa que aquelas poucas células poderiam se tornar um dia. Vi um garotinho que parecia Jonathan. Vi um garotinho de bicicleta, com cabelo claro e queixinho pontudo. Vi um garotinho que queria me dar a mão, que se balançava entre nós, que crescia embaixo de nós, que era amado e sempre sabia disso.

Algumas semanas depois, Jonathan voltou da última corrida, a última preparação para a maratona. Ele estava à vontade de novo perto de mim; tinha parado de fazer uma pausa ao entrar num aposento e olhar para mim em intervalos curtos. Nós jantamos com os pratos no colo, no sofá, e, como as conversas difíceis costumam acontecer com as pessoas sentadas lado a lado, eu falei o que queria. Que eu queria aquele garotinho que era a cara dele.

E ele sorriu e se virou para mim e disse que também queria isso.

* * *

Acho que Marnie teria amado aquele garotinho. Acho que ela teria comprado presentes e planejado aventuras e o ensinado a cozinhar. Acho que ela teria sido melhor para ele do que eu sou para você.
Não.
Sei que ela teria sido melhor para ele do que eu sou para você.
Não posso deixar de admitir que estou meio empolgada.
Porque, depois disso, sem vocês dois, vamos ser inseparáveis.

44

Você está deitada no berço. Está distraída com o móbile pendurado no teto, as estrelas cinza e brancas dançando em um fio. Ela caprichou no seu quarto, perfeito para você. A persiana creme com pássaros bordados em branco. As prateleiras cheias de livros e brinquedos e imagens de animais coloridos em molduras brancas. Você é muito amada.

    Vejo sua mãe em você, em tudo em você. Nos lábios rosados que parecem fazer beicinho no seu rosto, combinando com o macacão de bolinhas rosa. No azul dos seus olhos. No movimento impaciente de abrir e fechar as mãos, enquanto você espera para ser alimentada uma última vez antes de ir dormir.

    Vejo seu pai só nas suas pernas compridas, nas coxas fortes. Lembro-me de ver as pernas dele o levarem para a frente na vida, por todas as avenidas do sucesso. Ele era um homem de sorte, sabe. Tinha todos os privilégios e uma grande fortuna e um charme que parecia inspirar confiança. Todo mundo queria fazê-lo rir, sorrir, ser quem provocava uma coisa boa. É uma vantagem incrível ser alguém por quem as pessoas querem ser amadas. Acho que eu teria gostado de ter um pouco de charme.

    É difícil acreditar que nosso tempo juntas está quase acabando.

    Quero que você saiba que eu te amei primeiro, antes de qualquer pessoa ter te visto ou mesmo começado a te conhecer. Eu te vi primeiro. Amei você naquele espaço entre a vida e a não vida, quando você atravessou o limite entre uma coisa que mal existia e uma coisa que sempre existiria. Mas eu não te conheci depois disso, não tive oportunidade de transformar aquele amor inicial em algo mais sólido. Eu queria, de verdade. Tinha uma vida planejada para nós.

    Você está adormecendo. Desculpe; sei que está tarde.

    Serei rápida.

    Não tenho medo do que pode acontecer. Se tudo der errado, e sei que pode, estarei na mesma posição em que estou agora. Estarei sozinha.

Mas alguém vai questionar? Mais uma tragédia no entorno da minha vida? Acho que não.

Como dissemos, sou uma dessas pessoas. Acho que Marnie também é uma de nós agora.

Esta almofada foi um presente. Já foi da minha irmã. Dei para ela quando ela foi para o hospital aos treze anos. Eu a fiz. É ridículo, eu sei. Dá para me imaginar numa máquina de costura? O bolo bordado na frente era piada. Ela achou graça, mas nossos pais ficaram furiosos. Eles não acreditaram que eu podia ser tão insensível com ela doente, e nós ficamos felizes de vê-los com raiva. Ela deu para você quando você nasceu. Sua mãe já tinha esta cadeira de balanço, de madeira branca brilhante, e disse que precisava de algo mais, algo humano, algo amado.

Certo.

Pare de se mexer assim. Já chega.

Está na hora.

A VERDADE

45

A almofada está na minha mão — o tecido áspero e o enchimento macio —, e estou abaixando-a devagar, totalmente no controle, quando a porta da frente se abre tão freneticamente que voa nas dobradiças. Bate na parede, e a corrente tilinta com o balanço, e o trinco se fecha quando a porta volta. Há um momento em que o quarto parece estar em queda livre. E ouço os passos dela na escada, e fica claro na mesma hora que havia algo errado, porque estão velozes, fortes, e ela nem toma o cuidado de evitar os rangidos, os que têm madeira fraca, os que podem acordar o bebê.

Quando aparece na porta, ela está um caos, o cabelo se soltou na frente e está grudado na pele. O rosto está vermelho, e os olhos, úmidos, enlouquecidos, avermelhados, piscando como uma borboleta em voo, os cílios molhados de lágrimas. Ela está tentando respirar, se firmar, mas está falhando, e o som que ela faz é fraco, como um choramingo.

Ela corre para o berço, e gotas de umidade da superfície do casaco pingam no meu suéter, chegam à minha pele.

— Jane! — Ela está gritando. — O que você... Audrey? — Ela se inclina por cima do berço. — Querida?

O casaco se soltou; cai até os tornozelos dela, pingando água no carpete. As mãos se fecham em volta da filha, e, com o movimento, algo cai do bolso dela no colchão. Chego mais perto para ver com clareza e sinto uma explosão de surpresa, um aperto no coração.

É um celular.

E é este quarto.

E eu em miniatura refletida na tela. Vou na direção do berço e me apoio na moldura, e a versão espelhada de mim também vai, imitando meu movimento.

— O que é isso?

Mas eu não precisava ter perguntado, porque já estou procurando a câmera, o outro lado, e lá está: outro celular, em uma prateleira, ao lado de bichos de pelúcia e livros empilhados.

O choque é inimitável, como um vírus se mexendo dentro de mim, voltando do meu estômago como ácido.

— Eu ouvi, Jane — diz ela. — Ouvi o que você disse. Olhei na farmácia. Queria ver se ela estava bem. Ouvi tudo no caminho de casa. E se eu não estivesse vindo tão rápido... — Ela fecha os olhos, os aperta bem e morde os lábios. — Você estava falando sobre o Charles e a noite em que ele morreu, e... — Um tremor percorre o corpo dela, e, em resposta, Audrey gorgoleja, chuta, e a pele da perna dela faz dobrinhas.

— Não é o que você pensa... — Mas não há palavras para terminar a frase, não há como desfazer o que já foi feito.

— Não fala nada — sussurra ela. — Outra mentira? É isso que você está procurando? Fui tão...

— Marnie, eu...

— Eu ouvi tudo, Jane. Que você saiu cedo do trabalho no dia em que ele morreu. Eu estava tão aliviada de você estar aqui, de ouvir sua voz neste quarto. E aí, o que foi? Que você tinha chave. E não pensei em questionar de primeira; eu sempre achei o melhor de você, nunca duvidei, nem uma vez em... quanto? Vinte anos.

— Eu posso explicar, eu...

— Jane.

Eu tremo com o som que meu nome faz, como o latido de um cachorro, pelo jeito como sobe do fundo da garganta dela. Vejo que não há como disfarçar a verdade; não há mais mentiras.

— Eu gostaria que você largasse a almofada — diz ela.

Ainda está na minha mão, macia na minha coxa, e a deixo cair no chão.

Ela sai do quartinho. Está tão escuro lá fora, só os postes de luz criando desenhos na calçada, e esse quarto fica tão sinistro sem elas. Sinto o começo de uma dor gigantesca crescer dentro de mim, mas é cedo demais para enxergá-la inteira. Eu a sigo.

Ela está no degrau de cima, olhando para baixo, e a manga do casaco está tremendo um pouco, quase imperceptivelmente, e sei que ela também sente: um medo inexplicável.

Nós seguramos as cordas e ditamos a forma da vida uma da outra. É uma coisa assustadora com que se viver e mais tensa de perder. Há uma esperança em mim naquele momento.

Audrey faz um ruído, quase uma risadinha, e sua mãozinha se fecha em uma mecha ruiva. Ela puxa, e Marnie se vira para mim. Suas bochechas estão rosadas, com marcas pretas de rímel. Seus olhos estão inchados, e as bordas dos lábios se misturaram com a pele ao redor.

Conheço aquelas feições em detalhes perfeitos. Mas, de alguma forma, ela parece assustadoramente desconhecida. Tem uma coisa nova ali, algo mais.

— Sai — ela acaba dizendo. — Vai embora.

MAIS TARDE
Quatro anos depois

46

Jane está sentada no carro (ela aprendeu a dirigir naquele intervalo de quatro anos) e parou entre o parquinho da escola e o trilho do trem. Está acordada há horas, desde as três, quase quatro, e ainda está cedo agora. O sol bate no para--brisa e sobe lentamente entre os prédios de escritórios no fim da rua. Ela reclina o assento e puxa o cobertor do banco de trás por cima das pernas. Um trem passa trovejando, tremendo nos trilhos; um dos primeiros do dia. As janelas vazias se misturam num borrão.

Jane se lembra de viajar de trem, fazia isso o tempo todo, e está aliviada de morar no subúrbio agora, em uma cidade a três paradas do fim da linha, com pouca necessidade de ir à cidade em si. Ela tem um apartamento (sua irmã aprovaria) em um casarão reformado e dividido em sete imóveis, decorado em tons de cinza e branco. Ela gosta da mistura sinistra de velho e novo: a lareira com a simetria perfeita, os eletrodomésticos brancos e modernos da cozinha, o piso de plástico imitando madeira. Ela espera que haja histórias escondidas nas paredes, segredos silenciados por uma camada de gesso e uma de tinta.

Seus segredos estão em silêncio agora. Houve um momento que pareceu ruim, logo depois que as coisas desmoronaram, mas ela se controlou. Disse para a polícia que não tinha dito nada do tipo ("Confissão? Claro que não!") e que era uma pena que o aplicativo de monitoramento do bebê não tivesse a opção de gravar, que só permitia que os pais vissem e ouvissem uma transmissão ao vivo, mas, mesmo se fosse o caso, ela teria provado que estava falando a verdade.

Ela sempre mentiu muito bem.

Marnie tinha sido insistente por vários meses, suplicando que a polícia fizesse mais, que perseverasse, que investigasse oficialmente, mas não havia provas, eles disseram, e era a palavra de uma mulher contra a palavra de outra. Mas chamaram Jane uma segunda vez, provavelmente só para satisfazer os pedidos de Marnie, e os policiais quase pediram desculpas ao repassarem as perguntas.

No fim da entrevista, falaram sobre perda e sofrimento e como a mente era uma coisa poderosa. E Jane assentiu e nem precisou retorcer o rosto para parecer estar sofrendo, porque sua dor era genuína.

Tem uma garrafa térmica com chá aos pés dela, e ela toma um gole. Ainda está quente. Ela vê um homem com um grosso casaco de lã passar de carro, ligar a seta e parar no portão da escola. Ele abre a janela, estica um controle remoto, e o portão de metal se abre. Depois disso, as estradas ficam bem mais movimentadas. As pessoas passam a caminho da estação. Professores param o carro, tiram pilhas de papéis dos bancos do passageiro e entram às pressas para o calor das salas de aula. É o primeiro dia do semestre, e há uma novidade nesses procedimentos.

Jane está sempre procurando um cabelo ruivo com espirais vermelhas e douradas, cachos que caem na frente. Ela nunca procura um cabelo preto curto, mas é o que vê para todo lado, mas nunca escuro o suficiente e nunca aquela tatuagem. Ela observa as pessoas conforme as crianças começam a chegar, mas são todas um pouco mais velhas, acompanhadas dos pais, que foram se despedir no portão. Jane afunda um pouco mais no assento, dobrando as pernas, ciente das pessoas que passam perto do carro: crianças de patinete, pais segurando bolsas e bebês.

Jane olha e a vê: Marnie se aproximando da escola, do outro lado do portão. Ela está usando uma calça preta larga com bainha nos tornozelos e tênis brancos. Está segurando o casaco azul fechado na gola e anda como sempre andou: determinada, confiante, destemida. Ela está falando, e Jane sente uma onda repentina de inveja, porque conhece tão bem o movimento daqueles lábios, o subir e descer das bochechas, a dança animada do maxilar.

Audrey está andando ao lado de Marnie com um casaco vermelho e sapatos pretos brilhantes. Jane acha que o cabelo de Audrey, ruivo, foi cortado recentemente; está abaixo do queixo. Ela está com uma mochila vermelha na mão e um chapéu vermelho na cabeça.

Jane também tem um chapéu daqueles. Algumas semanas antes, ela seguiu Marnie e Audrey até a loja da escola, na rua principal. Marnie saiu carregando sacolas de uniforme, e Audrey estava saltitando na frente, com empolgação, o chapéu na cabeça. E Jane entrou e comprou um igual, contando uma história da filha cujo chapéu tinha sumido no ano anterior. Ela queria sentir o tecido, um feltro áspero, entre os dedos.

No portão de entrada, Marnie se inclina e diz alguma coisa para Audrey. Elas olham para a professora, que está sorrindo, recebendo os alunos novos e tranquilizando os pais. Marnie está nervosa. Jane reconhece os lábios repuxados, a forma como ela apoia as mãos nos quadris. Ela quer estar ao lado da melhor amiga, porque ela sabe que é necessária em momentos assim.

Audrey não parece preocupada. A professora fala para Marnie ir embora, faz sinal para ela ir, para que Audrey possa entrar, e Marnie se afasta com relutância. Ela se vira e acena várias vezes antes de chegar ao canto no fim do caminho e desaparecer.

É nessa hora que Audrey começa a parecer meio perdida. Ela olha em volta.

Jane não se lembra do seu primeiro dia na escola. E acredita que Audrey não vai se lembrar desse dia em vinte anos. Mas, se lembrar, parece improvável que vá se recordar de ter olhado para a frente e visto uma mulher sentada em um carro vermelho, observando-a. Ela não vai lembrar que aquela mulher sorriu e acenou.

Que ela sempre sorri. Que ela sempre acena.

AGRADECIMENTOS

Há muitas pessoas sem as quais esta história não existiria.

A primeira delas é meu marido, Malcom Kay. Você merece tantos agradecimentos que é impossível descrever a sua contribuição em apenas algumas palavras, mas vou tentar o meu melhor. Obrigada pelas muitas longas caminhadas nas quais você me encorajou a desemaranhar e refazer esta narrativa em voz alta; por sua contribuição inteligente e perspicaz; por cuidar de nossas vidas, e de mim, enquanto eu me perdia nesta história; por sua confiança infinita, seu apoio constante e por me encorajar a perseverar.

Agradeço aos meus pais, Anne e Bob Goudsmit. Mamãe, você tem sido a minha motivadora, campeã e conselheira. Agradeço a você pelo meu amor pelos livros, pela leitura e escrita. Papai, obrigada por sempre me desafiar, por sua generosidade sem fim e por me encorajar a encontrar alguma coisa que eu realmente amasse e a correr atrás disso incessantemente. À minha irmã, Kate Goudsmit, sou eternamente grata por seu encorajamento fervoroso e sua honestidade. Aos Goudsmit, Dundases e Kay, que têm sido incrivelmente generosos em seu apoio.

Este livro é, de muitas maneiras, sobre amizade feminina, e eu tenho a sorte de estar rodeada de mulheres brilhantes, inteligentes e formidáveis. Agradeço a Eleanor Thomas e India Merrony, que zombam de mim sem piedade, mas são as amigas mais gentis e leais que alguém poderia querer. A Bethany Hadrill, Charlotte Piazza, Frances Johnson, Florence Peterson, Freya Hadrill, Lois Parmenter, Lucy Gilham e Sarah Cawthron.

Tenho uma enorme dívida de gratidão com aqueles que trabalharam incansavelmente para transformar esta história em um livro. Agradeço à minha agente, Madeline Milburn, que acreditou nela muito antes de mim. Madeline é tudo que um escritor poderia querer, e, sem sua orientação, determinação e apoio, este livro não existiria. À sua equipe excepcional: Alice Sutherland-Hawes, Anna Hogarty, Georgia McVeigh, Giles Milburn, Georgina Simmonds, Hayley Steed,

Liane-Louise Smith e Rachel Yeoh. À minha editora no Reino Unido, Lucy Malagoni, que é tão maravilhosamente perceptiva, paciente, criativa e calma: sou muito grata por trabalhar com você. E à equipe da Little, Brown: Abby Parsons, Gemma Shelley, Hannah Wood, Stephanie-Elise Melrose, Thalia Proctor e Rosanna Forte, que foram fundamentais para dar vida a este livro. À minha editora nos Estados Unidos, Pamela Dorman, cuja sabedoria, visão e capacidade de identificar o problema com um capítulo e — felizmente! — a solução são incomparáveis. E à equipe dela: Jeramie Orton, Lindsay Prevette, Andrea Schulz, Roseanne Serra, Kate Stark, Brian Tart e o restante da Pamela Dorman Books e Penguin. Muito obrigada também às equipes que estão publicando este livro em outros países ao redor do mundo. Eu sou muito grata a todos vocês.

Obrigada a todos da Transworld Publishers, na qual assumo o papel de editora e recebi a orientação mais incrível e fiz os amigos mais maravilhosos. Uma menção especial deve ir para Sophie Christopher, que foi uma amiga muito querida e que, sem ter lido uma única palavra, foi a primeira defensora deste livro. Sua falta é sentida por todos nós.

E, finalmente, aos leitores de todo o mundo. Se você pegou este livro e chegou ao final, obrigada a você, acima de tudo, por dedicar seu tempo a estas páginas. Espero que você tenha gostado.

ESTA OBRA FOI COMPOSTA PELA ABREU'S SYSTEM EM CAPITOLINA REGULAR
E IMPRESSA EM OFSETE PELA GRÁFICA BARTIRA SOBRE PAPEL PÓLEN SOFT DA
SUZANO S.A. PARA A EDITORA SCHWARCZ EM ABRIL DE 2021

A marca FSC® é a garantia de que a madeira utilizada na fabricação do papel deste livro provém de florestas que foram gerenciadas de maneira ambientalmente correta, socialmente justa e economicamente viável, além de outras fontes de origem controlada.